한국 대표 단편선 05

해설과 함께 읽는 **운수 좋은 날 / 날개** 외

한국 대표 단편선 05

해설과 함께 읽는 운수 좋은 날 / 날개 외

초판 3쇄 2019년 5월 10일
지은이 전도현

펴낸곳 서연비람
등록 2016년 6월 29일 제 2016-000147호
주소 서울시 강남구 도곡로 422, 5층
전화 02-563-5684
팩스 02-563-2148
전자주소 birambooks@daum.net

ISBN 979-11-89171-00-1 (54810)
ISBN 979-11-958474-4-0 (전6권)

값 12,000원

해설과 함께 읽는

운수 좋은 날 / 날개 외

전도현 엮음

서연비람

이 책을 추천하며

　이 책이 청소년들을 위해 만들어졌다는 말을 듣는 순간 내 귀가 번쩍 뜨였다.

　한창 자라는 청소년들에게 좋은 소설을 읽어주겠다니 참 아름다운 인간교육이라는 생각을 해본다. 소설은 그 시대가 창출한 가장 강렬한 정신적 유산이자, 미래를 지향하는 상상적 공간일 텐데, 커가는 청소년들로 하여금 그걸 성장의 발판으로 삼게 하겠다니 반갑지 않을 수 없다. 대학에서 소설을 가르치고 연구하고 또 직접 창작을 해온 사람으로서, 문학이 인성개발에 미치는 영향을 높게 평가함은 당연하며, 한바탕 성장과 발육을 향해서만 치닫는 청소년기야말로 좋은 소설을 많이 읽을 때라는 생각을 늘 해온 사람이다.

　강소천 선생의 「꿈을 찍는 사진관」을 읽으면서 자랐다. 중학생이 되어 처음 도시로 나간 시골소년 앞에 갑자기 나타난 이 동화집은 나로서는 세상에는 없던 신대륙이나 마찬가지였다. 어떻게 이토록 아름답고도 신비한 글 세상이 존재할 수 있을까. 나는 그동안 모르고 살았던 책들을 찾아 읽기를 계속하였다. 그리고 훨씬 훗날 미국에 가서 한국문학을 소개할 기회가 있었는데, 무엇을 가르칠까 고심하다가 나는 결국 나의 성장기에 읽은 「꿈을 찍는 사진관」을 갖고 가서 읽어주기로 하였다. 그때 그들은 대학생이었지만 그들이 한국을 이해하는 정도는 아직 중학생이 었을 것이기 때문이다. 그렇게 한 학기 수업을 마치고 귀국했을 때 나는 내가 미국에 다녀왔다는 생각보다 그들의 세상이 태평양을 건너 우리 대한민국까지 뻗친 것을 보는 것 같아 마음 뿌듯했던 기억이 있다.

　이번에 〈서연비람〉이 엮어낸 『해설과 함께 읽는 한국 대표 단편선』 이 오늘의 청소년들에게도 같은 즐거움과 보람을 안겨줄 것으로 기대 한다. 읽어라! 모르겠거든 알 때까지 읽어라! 이것이 내가 대학에서 가르치고 연구하고 또 소설을 쓰면서 얻은 올바른 소설독법 가운데 하나다. 여기에 친절한 해설까지 곁들였으니 서연비람의 독자들이야말 로 천군에 만마를 얻은 셈이다. 모두 6권 40편의 아름다운 단편소설 모음집이 될 것이다. 새로운 작품을 발굴한다는 등의 이유를 걸어 괜 히 낯설거나 정체가 불명한 책을 만들기보다는, 좀 해묵어보이더라도 우리 조부모 때부터, 부모 때부터 대를 이어 읽히고 검증을 받아온 모범적인 작품들을 선별하고자 노력한 책이다.
　편편이 '작가 소개-작품 해설-작품-선생님이 들려주는 그 시절 이야 기'의 순서를 밟아 읽는 이들로 하여금 쉽게 이해할 수 있도록 완벽을 기하였다. 그중에서도 특히 '선생님이 들려주는 그 시절 이야기'는 이 책이 고안한 아주 특별한 코너로서, 그동안 그 어떤 책에서도 보지 못한 선생과 학생의 실체를 여기서 만나게 될 것이다. 학습은 꼭 배워서만 안다기보다 그것을 가르치던 선생님의 회초리와 함께 기억된다는 말이 있다. 배우고 가르치는 일에서 그만큼 교사의 역할이 중요하다는 말일 것이다. 여기 실린 단편들도 그렇게 선생님이 들려주신 그 시절 이야기와 함께 오래 기억될 것을 바라는 마음이다.

송하춘 고려대학교 명예교수

책머리에

이 책은 한국 현대 소설의 세계에 첫발을 들여놓는 청소년들을 위해 만들어졌다. 이제 청소년기에 접어드는 중학 시절은 자아와 세계에 대해 눈떠가는 때이다. 감수성이 예민하고 주변 환경의 영향을 많이 받으며, 신체적 성장과 함께 정서적·사회적 발달도 활발히 이루어진다.

이러한 시기에 접하는 소설 작품들은 다양한 삶의 간접 체험을 제공하여 인생과 세상에 대한 폭넓은 인식을 자극하고 세련된 정서를 길러준다. 또 예비 수험생들인 학생들로서는 작품에 대한 지식과 감상 능력을 갖추기 위해서라도 반드시 읽어야 하는 대상이다.

소설의 이해와 감상에서 가장 중요한 것은 많은 작품을 직접 읽는 일이다. 그러나 학생들이 막상 현대 소설 작품을 집어 들고 독서를 시작하면 적지 않은 곤란을 느낀다. 초등학교 시절에 접하던 동화 위주의 이야기들과는 현격한 차이가 있기 때문이다.

우선 수많은 낯선 단어들이 학생들에게 당혹감으로 다가온다. 교과서 수록 소설 중에는 거의 100년 전의 작품을 비롯하여, 지금과 상당한 시간적 거리가 있는 시기에 창작된 작품들이 많다. 이들 작품의 어휘와 표현은 웬만한 교양을 갖춘 어른들에게도 쉽지 않다.

또 작품 내용들도 자상한 설명이 없으면 잘 이해되지 않는 부분이 많다. 삶과 사회에 대한 경험 자체가 많지 않은 데다 시대적 격차가 크기 때문이다. 식민지 피지배와 극도의 가난, 분단과 전쟁, 급속한 산업화와 도시화로 이어져 왔던 우리의 근현대사는 아직은 어린 학생들이 자연스럽게 받아들이기에는 무거운 내용이 아닐 수 없다.

필자는 이 같은 학생들의 어려움에 주목하여, 눈높이에 맞는 해설로써 작품 이해를 돕고자 하였다. 책의 제목을 '해설과 함께 읽는 한국 대표 단편선'으로 삼은 것도 이 때문이다. 책의 구성과 체제는 다음과 같다.

우선 첫머리에서 '작가 소개'를 통해 우리 문학사에 기록된 대표적인 작가들의 생애와 소설 세계를 소개하였다. 작가들의 삶과 창작 경향에 대한 이해가 작품 감상의 발판이 되어줄 것이다.

다음으로 줄거리와 주제, 기법적 특징 등을 정리하여 '작품 해설'란에 실었다. 특히 주제와 핵심적인 특징에 초점을 맞춰 기술하여 작품 이해를 돕고자 하였다. 이 해설은 작품 감상 전에 읽어도 좋고, 독서 후에 자신의 느낌과 견주어 보며 읽어도 좋을 듯하다.

그리고 작품의 원문 아래에는 어려운 어휘에 대한 '뜻풀이'를 각주 형식으로 제시하였다. 지금은 잘 쓰이지 않는 옛말과 난해한 한자어, 시골 사람들의 토속어와 방언 등에 대해 그 말뜻과 쓰임새를 가능한 한 쉽고 자세하게 풀이하였다. 이를 통해 학생들이 어휘력을 키우면서 원문의 의미를 정확하게 파악할 수 있을 것이다.

마지막으로 작품 말미에는 '선생님이 들려주는 그 시절 이야기'라는 코너를 통해 작품 이해의 바탕이 될 내용들을 설명하였다. 시대적·공간적 배경, 당시 사람들의 관습과 생활상, 기타 작품에 등장하는 요소들의 이해에 필요한 내용을 대화체로 기술하였다. '서연'과 '태환'이라는 가상의 학생이 질문하고, 선생님이 답하는 형식이다. 이처럼 또래 친구들이 질문하는 형식은 학생들로 하여금 친근함을 느끼면서 주체적인 문제의식을 갖고 작품을 대하게 만들 것으로 기대한다.

아무쪼록 학생들이 이러한 해설과 도움말을 통해 한국 현대 소설 읽기의 어려움과 부담을 덜고, 재미와 감동을 만끽하면서 작품 감상 능력을 키워 나가기를 바란다.

엮은이 전도현

식민지 시대 조선인의
비참한 생활상

최서해 「홍염」 / 현진건 「운수 좋은 날」

1920년대 간도 이주민과 도시 하층민의 비참한 생활상을 그린
작품들이다. 사실적인 묘사와 아이러니를 통해 극도의 가난으로
고통받는 민중의 모습을 생생하게 그렸다.

홍염

최서해 (1901~1932)

작가 소개

최서해는 함경북도 성진에서 소작농의 아들로 태어났다. 집안이 가난하여 학교 교육을 제대로 받지 못하였고, 어릴 적 한문을 배우고 성진 보통학교 3학년을 중퇴한 것이 학업의 전부였다.

그는 소년 시절 궁핍한 환경 속에서도 『청춘』, 『학지광』 등의 잡지를 읽으며 혼자 문학 공부를 하고, 이들 잡지에 습작품을 투고하기도 하였다.

열여덟 살이 되던 1918년부터는 고향을 떠나 간도와 회령 등지를 전전하며 유랑 생활을 하였다. 나무장수, 두부 장수, 부두 노동자, 잡일꾼 등의 밑바닥 생활을 하며 떠돌았는데, 이때의 체험은 후일 가난한 민중들의 고통스런 삶을 담아내는 작품 세계의 밑바탕이 되었다.

1924년 서울로 올라온 그는 이듬해 조선문단사에 입사하였다. 이후 현대평론사와 『중외일보』 기자를 거쳐 1931년에는 『매일신보』 학예부장으로 일하기도 하다가, 1932년 위문협착증으로 사망하였다.

그는 1924년 1월 『동아일보』에 첫 작품 「토혈」을 발표하고, 같은 해 10월 『조선문단』에 단편 「고국」이 추천되면서 문단에 데뷔하였다. 1925년에는 간도로 이주한 한 가족의 고난과 참상을 그린 대표작 「탈출기」를 발표하여 문단의 주목받았고, 「박돌의 죽음」, 「기아와 살육」, 「큰물 진 뒤」 등의 문제작들을 잇달아 발표하며 작가적 명성을 얻었다.

이 시기 그는 '카프(조선프롤레타리아예술가동맹)'에 가입하여 활동하며 30여 편의 작품을 창작하였으나, 1929년에 이르러서는 조선총독부 기관지인 『매일신보』의 기자가 되면서 카프에서 탈퇴하였다.

최서해의 소설들은 당대 하층민들의 빈곤한 생활상과 반항 의식을 그려내는 이야기가 주류를 이룬다. 많은 작품에서 주인공들은 삶의 터전을 잃고 이국땅인 간도로 내몰려 굶주림과 병고에 시달리다 비참하게 죽어간다. 그리고 절망적이고 부조리한 현실에 절규하며, 복수를 위해 살인을 하거나 불을 지르는 결말을 보여준다.

이런 작품 내용은 매우 사실적이며 강한 호소력을 지닌다. 이는 그의 작품이 관념적인 이념이나 상상력이 아니라 자전적 체험과 구체적인 현실을 바탕으로 창조되었기 때문이다. 이 같은 체험 문학적 특성은 작품 세계의 근간을 이루며, 당대의 궁핍상을 누구보다 현실감 있게 묘사해 내는 원동력이 되었다.

이런 점들로 인해 최서해는 1920년대 당시 사회주의 경향의 문학을 추구하던 신경향파 문학의 한 전범을 보여주는 작가로 평가받고 있다.

작품 해설

이 소설은 1920년대 서간도의 '빼허[白河]'라는 촌락을 배경으로, 조선인 이주민의 비참한 생활상과 중국인 지주의 횡포에 대한 저항을 그린 작품이다.

경기도에서 소작농 생활을 하던 문 서방은 먹고살기 힘들어 가족을 이끌고 서간도로 들어왔지만, 여기서도 소작인 노릇을 면치 못한다. 게다가 연이어 흉년이 들면서 중국인 지주 인가에게 빚을 지게 된다.

빚 독촉에 시달리던 문 서방은 악독한 인가에게 무남독녀 룡례를 빼앗기고 만다. 이 일로 병이 나 누운 아내는 딸을 한 번만이라도 보고 싶어 했으나 인가는 허락하지 않는다. 문 서방이 네 번이나 찾아가 애원했지만 끝내 거절당하고, 아내는 원한이 맺혀 정신착란을 일으키다가 피를 토하고 죽는다.

이튿날 밤 문 서방은 인가의 집으로 가서 불을 지른다. 타오르는 불길을 보며 웃던 문 서방은 인가와 딸을 발견하자 달려가서 도끼로 인가를 쳐 죽이고 딸을 끌어안는다. 딸을 품에 안은 문 서방은 슬픈 중에도 기쁘고 시원한 마음을 느낀다. '작다고 믿었던 자기의 힘이 철통같은 성벽을 무너뜨'렸기 때문이다. 붉은 불길은 모든 것을 태워 버릴 것처럼 타올랐다.

이상의 줄거리에서 알 수 있듯, 이 작품은 빈부와 신분에 따른 계급

간의 갈등을 다루고 있다. 부유하고 간악한 지주 인가와 가난하고 순박한 소작인 문 서방의 대립이 그것이다.

부당하고 가혹한 소작료 징수가 근본 문제지만, 작품 속에서 이들의 갈등은 딸 룡례로 인해 불거진다. 음흉한 인가가 룡례를 탐내어 빚 대신에 뺏어 갔기 때문이다. 이 일로 병을 얻은 아내가 비참한 죽음을 맞이함으로써 갈등은 최고조에 달한다.

그리고 이런 갈등은 결말에서 방화와 살인으로 해소된다. 외동딸을 빼앗기고 아내마저 잃은 문 서방이 인가의 집에 불을 지르고 그를 죽여 복수를 하는 것이다.

이와 같은 계급 갈등의 대립 구조와 힘없는 자의 반항으로서의 방화와 살인은 당대 신경향파 문학의 공통된 면모였다. 이 때문에 신경향파 소설들은 도식적인 창작 방법에 대한 지적과 함께 원초적이고 충동적인 해법을 제시하는 데 그친다는 비판을 받기도 한다.

최서해의 작품 역시 그런 도식성을 지니지만, 다른 지식인 작가의 작품들과는 구별되는 사실성과 박진감을 보여준다. 그것은 극도로 가난했던 어린 시절과 밑바닥 인생으로 간도를 떠돌았던 청년기의 실제 체험이 작품에 생생하게 반영되어 있기 때문이다.

1920년대 간도 이주민의 참혹한 생활과 반항을 강렬한 인상으로 그려낸 이 소설은 작가의 창작 경향과 특징을 잘 보여주는 대표작의 하나로 꼽힌다.

홍염

1

겨울은 이 가난한—백두산 서북 편 서간도 한 귀퉁이에 있는 이 가
난한 촌락 빼허(白河)에도 찾아들었다. 겨울이 찾아들면 조그만 강을 앞
에 끼고 큰 산을 등진 빼허는 쓸쓸히 눈 속에 묻히어서 차디찬 좁은 하
늘을 치어다보게 된다.

눈보라는 북국의 특색이다. 빼허의 겨울에도 그러한 특색이 있다. 이
것이 빼허의 생령[1]들을 괴롭게 하는 것이다.

오늘도 눈보라가 친다.

북극의 얼음 세계나 거쳐 오는 듯한 차디찬 바람이 우하고 몰려오는
때면 산봉우리와 엉성한 가지 끝에 쌓였던 눈들이 한꺼번에 휘날려서
이 좁은 산골은 뿌연 눈안개 속에 들게 된다. 어떤 때는 강골바람[2]에 빙
판에 덮였던 눈이 산봉우리로 불리게 된다. 이렇게 교대적으로 산봉우리
의 눈이 들로 내리고, 빙판의 눈이 산봉우리로 올리달려서 서로 엇바뀌
는 때면 그런대로 관계치 않으나, 하뉘(天風)[3]와 강바람이 한꺼번에 불

---

1 생령 : 살아 있는 넋이라는 뜻으로, '생명'을 이르는 말
2 강골바람 : 강물이 흐르는 골짜기에서 불어오는 바람
3 하뉘(천풍) : 하늘 높이 부는 바람

어서 강으로부터 올리닫는 눈과 봉우리로부터 내리닫는 눈이 서로 부딪치고 어우러지게 되면 눈보라와 바람 소리에 빼허의 좁은 골짜기는 터질 듯한 동요4를 받는다.

등진 산과 앞으로 낀 강 사이에 게딱지5처럼 끼여 있는 것이 이 빼허의 촌락이다. 통틀어서 다섯 호밖에 되지 않는 집이나마 밭을 따라서 이리저리 흩어져 있다. 모두 커다란 나무를 찍어다가 우물 정(井) 자로 틀을 짜 지은 집인데, 여기 사람들은 이것을 '귀틀집'이라 한다. 지붕은 대개 조짚6이요, 혹은 나무껍질로도 이었다. 그 꼴은 마치 우리 내지7(간도서는 조선을 내지라 한다.)의 거름집[堆肥舍]8과 같다. 심하게 말하는 이는 도야지9 굴과 같다고 한다.

이것이 남부여대10로 서간도 산골을 찾아들어서 사는 조선 사람의 집들이다. 빼허의 집들은 그러한 좋은 표본이다.

험악한 강산, 세찬 바람과 뿌연 눈보라 속에 게딱지처럼 붙어서 위태

---

4 동요 : 물체 따위가 흔들리고 움직임
5 게딱지 : 작고 허술한 집을 게의 등딱지에 비유하여 이르는 말
6 조짚 : 낟알을 떨어낸 조나 피 따위의 줄기
7 내지 : 외국이나 식민지에서 본국을 이르는 말
8 거름집(퇴비사) : 퇴비를 넣어 두는 헛간
9 도야지 : 돼지
10 남부여대 : 남자는 짐을 지고 여자는 짐을 인다는 뜻으로, 가난한 사람들이나 재난을 당한 사람들이 살 곳을 찾지 못하고 온갖 고생을 하며 이리저리 떠돌아다님을 비유적으로 이르는 말

위태한 침묵을 지키고 있는 이 모든 집에도 어느 때든 — 공도[11]가 위대한 공도(公道)가 어그러지지 않으면, 언제든지 꼭 한때는 따뜻한 봄볕이 지내리라. 그러나 이렇게 눈발이 날리고 바람이 우짖으면[12] 그 어설궂은[13] 집 속에 의지 없이 들어박힌 넋들은 자기네로도 알 수 없는 공포에 몸을 부르르 떨게 된다.

이렇게 몹시 춥고 두려운 날 아침에 문 서방은 집을 나섰다. 산산이 흐트러진 머리카락을 뿌연 상투에 휘휘 걷어감고, 수건으로 이마를 질끈 동인 위에 까맣게 그을린 대팻밥모자[14]를 끈 달아 썼다. 부대[15]처럼 툭툭한[16] 토수래(베실을 삶아서 짠 것) 바지저고리는 언제 입은 것인지 뚫어지고 흙투성이 되었는데 바람에 무겁게 흩날린다.

"문 서뱅이 발써 갔소?"

문 서방은 짚신에 들막[17]을 단단히 하고 마당에 내려서려다가 부르는 소리에 머리를 돌렸다. 펄쩍 문을 열면서 때가 찌덕찌덕한 늙은 얼굴을 내미는 것은 한 관청(韓官廳, 관청은 직함)이었다.

"왜 그러시우?"

---

11 공도 : 사회 일반에 통용되는 공평하고 바른 도리
12 우짖다 : 울며 부르짖다.
13 어설궂다 : 몹시 어설프다.
14 대팻밥모자 : 나무를 대팻밥처럼 얇게 깎아 꿰매어 만든 여름 모자
15 부대 : 베나 가죽, 종이 따위로 만든 큰 자루
16 툭툭하다 : 천이나 그 올이 매우 촘촘하고 고르게 짜여 두껍다.
17 들막 : '들메'의 방언으로 보임. 신발이 벗어지지 않도록 끈으로 발에 동여매는 일

경기 말씨가 그저 남아 있는 문 서방은 한 발로 마당을 밟고, 한 발로 흙마루18를 밟은 채 한 관청을 보았다.

"엑, 바름19두…… 저, 엑, 흑……."

한 관청은 몰아치는 바람이 아츠러운지20 연방21 흑흑 느끼면서22,

"저, 일절 욕을 마오! 그게…… 엑, 워쩐 바름이 이런구. 그게 되놈23인데, 부모두 모르는 되놈〔胡人〕인데……."

하는 양은 경험 있는 늙은 사람의 말을 깊이 들으라는 어조이다.

"나는 또 무슨 말씀이라구! 아, 그늠이 이번두 그러면 그저 둔단 말이요?"

문 서방의 소리는 좀 분개하였다.

눈을 몰아치는 바람은 또 몹시 마당으로 몰아들었다. 그 판에 문 서방은 바람을 등지고 돌아서고 한 관청의 머리는 창틀 안으로 자라목처럼 움츠러들었다.

"글쎄, 이 늙은 거 말을 듣소! 그놈이 제 가새비(장인)를 잘 알겠소? 흥……."

한 관청은 함경도 사투리로 뇌이면서24 다시 머리를 내밀었다.

---

18 흙마루 : 방에 들어가는 문 앞에다 약간 높고 편평하게 다져 놓은 흙바닥
19 바름 : '바람'의 방언
20 아츠럽다 : 보거나 듣기에 견디기 어려울 정도로 거북하다.
21 연방 : 잇따라 자꾸.
22 느끼다 : 숨이 차거나 하여 흑흑 가쁜 소리를 내다.
23 되놈(호인) : '중국인'을 낮추어 이르는 말
24 뇌이다 : 뇌다. 지나간 일이나 한 번 한 말을 여러 번 거듭 말하다.

"염려 마슈! 좋게 하죠."

문 서방은 더 들을 말 없다는 듯이 바람을 안고 휙 돌아섰다.

"그새 무슨 일이나 없을까?"

밭 가운데로 눈을 헤가르면서 나가던 문 서방은 주춤하고 돌아다보면서 혼자 뇌였다.

눈보라 때문에 눈도 뜰 수 없거니와 지척25을 분간할 수 없이 되어서 집은커녕 산도 보이지 않았다.

"그새 무슨 일이 날라구!"

그는 또 이렇게 혼자 뇌이고 저고리 섶26을 단단히 여미면서 강가로 내려가다가 발을 돌려서 언덕길로 올라섰다. 강 얼음을 타고 가는 것이 빠르지만 바람이 심하면 빙판에서 걷기가 거북하여 언덕길을 취하였다. 하 다니던 길이니 짐작으로 걷지 눈에 묻히어서 길이 보이지 않았다.

언덕길에 올라서니 바람은 더욱 심하였다. 우와—하고 가슴을 쳐서 뒤로 휘딱 자빠질 것은 고사하고 눈발에 아츠럽게 낯27을 치어서 눈도 뜰 수 없고 숨도 바로 쉴 수 없었다. 뻣뻣하여 가는 사지에 억지로 힘을 주어 가면서 이를 악물고 두 마루턱28이나 넘어서 '달리소' 강가에

---

25 지척 : 한 자의 거리라는 뜻으로, 아주 가까운 거리를 비유적으로 이르는 말
26 섶 : 두루마기나 저고리 따위의 깃 아래에 달린 긴 헝겊 조각
27 낯 : 눈, 코, 입 등이 있는 얼굴의 앞쪽 면
28 마루턱 : 산마루나 용마루 따위의 높게 두드러진 턱

이르니 가슴에서는 잔나비[29]가 뛰노는 것 같고 등골에는 땀이 흘렀다. 그는 서리가 뿌연 수염을 씻으면서 빙판을 건너갔다. 빙판에는 개가죽 모자, 개가죽 바지에 커다란 '울레(신)'를 신은 중국 파리(썰매)꾼들이 기다란 채쭉을 휘휘 두르면서,

"뚜―어, 뚜―어, 딱딱."

하고 말을 몰아간다.

"꺼울리 날취(저 조선 거지 어디 가나)?"

중국 파리꾼들은 문 서방을 보면서 욕을 하였으나 문 서방은 허둥허둥 빙판을 건너서 높다란 바위 모퉁이를 지나 언덕에 올라섰다.

여기가 문 서방이 목적하고 온 '달리소'라는 땅이다. 이 땅 주인은 인(殷)가라는 중국 사람인데 그 '인'가는 문 서방의 사위이다. 저편 밭 가운데 굵은 나무로 울타리를 한 것이 인가의 집이다. 그 밖으로 오륙 호나 되는 게딱지같은 귀틀집은 지팡살이〔小作人〕[30]하는 조선 사람들의 집이다. 문 서방은 바위 모롱이를 돌아 언덕에 오르니 산이 서북을 가리어서 바람이 좀 잠즉하여 좀 푸근한 느낌을 받았으나, 점점 인가―사위의 집 용마루가 보이고 울타리가 보이고 그 좌우의 같은 조선 사람의 집이 보이니 스스로 다리가 움츠러지면서 걸음이 떠지었다.

---

29 잔나비 : '원숭이'의 방언

30 지팡살이(소작인) : 광복 전 만주 땅에서 성행하던 소작 제도의 하나. 높은 비율의 소작료를 지불할 것을 계약하고 지주로부터 경작할 땅과 함께 살림집과 농기구까지 받아 가지고 농사를 짓던 제도이다.

"엑, 더러운 놈! 되놈(胡人)에게 딸 팔아먹는 놈!"

그것은 자기 스스로 한 일은 아니지만 어디선지 이런 소리가 귀청을 징징 치는 것 같은 동시에 개기름이 번지르르하여 핏발이 올올한 눈을 흉악하게 굴리는 인가—사위의 꼴이 언뜻 눈앞에 떠올라서 그는 발끝을 돌릴까 말까 하고 주저하였다. 그러다가도,

"여보 룡례(딸의 이름)가 왔소? 룡례 좀 데려다주구려."

하고 죽어 가는 아내의 애원하던 소리가 귓가에 울려서 다시 앞을 향하였다.

"이게 문 서뱅이! 또 딸집을 찾아가옵느마?"

머리를 수굿하고 걷던 문 서방은 불의의 모욕이나 받는 듯이 어깨를 툭 떨어뜨리면서 머리를 들었다. 그것은 길옆에서 도야지 우리를 치던 지팡살이꾼의 한 사람이었다.

"네! 아아니……."

문 서방은 대답도 아니요 변명도 아닌 이러한 말을 하고는 얼른얼른 인가의 집으로 향하였다. 온 동리가 모두 나서서 자기의 뒤를 비웃는 듯해서 곁눈질도 못 하였다.

여기는 서북이 가리어서 빼허처럼 바람이 심하지 않았다. 흐릿하나마 볕도 엷게 흘렀다.

2

"여보! 저 인가가 또 오는구려!"

가을볕이 쨍쨍한 마당에서 '깨'를 떨던 아내는 남편 문 서방을 보면서

근심스럽게 말하였다.

"오면 어쩌누? 와도 하는 수 없지!"

뒤주간31 앞에서 옥수수 껍질을 바르던 문 서방은 기탄없이 말하였다.

"엑, 그 단련을 또 어찌 받겠소?"

아내의 찌푸린 낮은 스르르 흐리었다.

"참, 되놈이란 오랑캐……."

"여보, 여기 왔소."

문 서방의 높은 소리를 주의시키던 아내는 뒤주간 저편을 보면서,

"아, 오셨소?"

하고 어색한 웃음을 웃었다.

"에, 왔소? 장귀즈(주인) 있소?"

지주 인가는 어설픈 웃음을 지으면서 마당에 들어서다가 뒤주간 앞에 앉은 문 서방을 보더니,

"응, 저기 있소!"

하고 손가락질을 하면서 그 앞에 가 수캐처럼 쭈그리고 앉았다.

서천에 기운 태양은 인가의 이마에 번지르르 흘렀다.

"어디 갔다 오슈?"

문 서방은 의연히 옥수수를 바르면서 하기 싫은 말처럼 힘없이 끄집어내었다.

---

31 뒤주간 : 곡식을 보관하기 위해 나무로 지은 창고

"문 서방! 그래 오레두 비들(빚을) 모 가프겠소?"

인가는 문 서방 말과는 딴전을 치면서 담뱃대를 쌈지32에 넣는다.

"허허, 어제두 말했지만 글쎄 곡식이 안 된 거 어떡하오?"

"안 돼! 안 돼! 곡식이 자르 되고 모 되구 내가 아르오? 오늘은 받아 가지구야 가겠소!"

인가는 담배를 피우면서 버티려는 수작인지 땅에 펑덩 들어앉았다.

"내년에는 꼭 갚아드릴게 올만 참아 주오! 장구재(주인)도 알지만 흉년이 되어서 되지두 않은 이것(곡식)을 모두 드리면 우리는 어떻게 겨울을 나라우 응? ……자 내년에는 꼭, ……하하."

인가를 보면서 넋 없는 웃음을 치는 문 서방의 눈에는 애원하는 빛이 흘렀다.

"안 되우! 안 돼! 퉁퉁(모두)디 주! 모두두 많이 부족이오."

"부족이 돼두 하는 수 없지. 글쎄 뻔히 보시면서 어떡하란 말이요? 휴—."

"어째 어부소? 응 늬듸 어째 어부소! 응 늬듸 어째 어부소! 마리해! 울리 쌀리디, 울리 소금이디, 울리 강냉이디…… 늬듸 입이(그는 입을 가리키면서) 다 안 먹어? 어째 어부소, 응?"

인가는 낯빛이 검으락푸르락해서 소리를 고래고래 질렀다. 문 서방은 더 말이 나오지 않았다.

---

32 쌈지 : 담배나 부시 등을 담기 위하여 종이나 헝겊, 가죽 따위로 만든 주머니

언제나 이놈의 소작인 노릇을 면하여 볼까? 경기도에서도 소작인 생활 십 년에 겨죽33만 먹다가 그것도 자유롭지 못하여 남부여대로 딸 하나 앞세우고 이 서간도로 찾아들었더니 여기서도 그네를 맞아 주는 것은 지팡살이〔小作人〕였다. 이름만 달랐지 역시 소작인이다. 들어오던 해는 풍년이었으나 늦게 들어와서 얼마 심지 못하였고, 그 이듬해에는 흉년으로 말미암아 일 년 내 꾸어 먹은 것도 있거니와 소작료도 못 갚아서 인가에게 매까지 맞고 금년으로 미뤘더니 금년에도 흉년이 졌다. 다른 사람들도 빚을 지지 않은 바가 아니로되 유독이 문 서방을 조르는 것은 음흉한 인 서방의 가슴속에 문 서방의 룡례(금년 열일곱)가 걸린 까닭이었다.

문 서방은 벌써 그 눈치를 알아채었으나 차마 양심이 허락지 않았다. 인가의 욕심만 채우면 밭맥(1맥은 10일경, 1일경은 약 천 평(坪))이나 단단히 생겨 한평생 기탄없을34 것을 모르지는 않지만 무남독녀로 고이 기른 딸을 되놈에게 주기는 머리에 벼락이 내릴 것 같아서 죽으면 그저 굶어 죽었지 차마 할 수 없었다. 그는 그런 것 저런 것 생각할 때마다 도리어 내지(조선)―쪼들려도 나서 자란 자기 고향에서 쪼들리던 옛날― 삼 년 전의 그 옛날이 그리웠다. 그러나 그것도 한 꿈이었다. 그 꿈이 실현되기에는 그네의 경제적인 기초가 너무나도 어주리 없었다. 빈 마음만 흐르는

---

33 겨죽 : 쌀의 속겨로 쑨 죽
34 기탄없다 : 꺼림칙하거나 마음에 걸림이 없다.

구름에 부쳐서 내지로 보낼 뿐이었다.

"어째서 대답이 어부소, 응? 그래 울리 비디디 안 가파? 창우니—
빠피야(이놈 껍질 벗긴다)."

인가는 담뱃대를 꽁무니에 찌르면서 일어나 앉더니 팔을 걷는다. 그것
을 본 문 서방 아내는 낯빛이 파랗게 질려서 부들부들 떨면서 이 편만
본다. 문 서방도 낯빛이 까맣게 죽었다.

"자, 그러면 금년 농사는 온통 드리지요."

문 서방의 목소리는 힘없이 떨렸다. 마치 종아리채를 든 초학35 훈장
의 앞에 엎드린 어린애의 소리처럼…….

"부요우(싫어)…… 퉁퉁디…… 모모 모두 우리 가져가두 보미〔옥수수〕
쓰단〔四石〕, 쌔옌〔소금〕 얼씨진〔20斤〕, 쑈미〔좁쌀〕 디 빠단〔八石〕 디유아
(있다)…… 늬듸 자리 알라 있소! 그거 안 줘?"

검붉은 인가의 뺨은 성난 두꺼비 배처럼 불떡불떡하였다.

"나머지는 내년에 갚지요."

문 서방은 머리를 뚝 떨어뜨렸다.

"슴마(무엇)? 창우니 빠피야!"

인가의 억센 손이 문 서방을 잡았다. 문 서방은 가만히 받았다. 정신
이 아찔하였다.

"에구, 장구재…… 흑흑…… 장구재…… 제발 살려 줍쇼! 제발 살려

---

35 초학 : 학문을 처음으로 접함.

주시면 뼈를 팔아서라두 갚겠습니다. 장구재 제발!"

문 서방의 아내는 부들부들 떨면서 인가의 팔에 매달렸다. 그의 애걸하는 소리는 벌써 울음에 떨렸다.

"내 보미 워디 소금이 낼라! 아니 줬소? 아니 줬소? 어 어째니 줬소?"

인가의 주먹은 문 서방의 귀벽36을 울렸다.

"아이구!"

문 서방은 땅에 쓰러졌다.

"엑, 에구…… 응응응…… 에구, 장구재! 제발 제제…… 흑, 제발 살려 줍소……. 응."

쓰러지는 문 서방을 붙잡던 아내는 인가를 보면서 땅에 엎드려서 손을 비빈다.

"이 상느므샛지(상놈의 자식)…… 늬듸 로포(아내) 워디(내가) 가져가!"

하고 인가는 문 서방을 차더니 엎디어서 손이야 발이야 비는 문 서방 아내의 손목을 잡아끌었다.

"늬듸 울리 집이 가! 오늘리부터 늬듸 울리 에미네(아내)!"

"장구재…… 제발…… 에이구, 응응?……."

"에구, 엄마."

집 안에서 바느질하던 룡례가 내달았다. 인가는 문 서방의 아내를 사정없이 끌고 자기 집으로 향한다.

---

36 귀벽 : 귀의 안쪽 벽

"나를 잡아가라! 나를!"

쓰러졌던 문 서방은 인가의 팔을 잡았다.

"타마나!"

하는 소리와 함께 인가의 발길은 문 서방의 불거름으로 들어갔다. 문 서방은 거꾸러졌다.

"아이구, 어머니! 왜 울 어머니를 잡아가오? 응응…… 흑."

룡례는 어머니의 팔목을 잡은 중국인의 손을 물어뜯었다. 룡례를 본 인가는 문 서방의 아내는 놓고 문 서방의 딸 룡례를 잡았다.

"이 개새끼야! 이것 놔라…… 응응. 흑…… 아이구, 아버지…… 엄마!"

억센 장정37 인가에게 티끌같이 끌려가는 연연한38 처녀는 몸부림을 하면서 발악하였다.

"룡례야! 아이구, 우리 룡례야!"

"에이구, 응……너를 이 땅에 데리구 와서 개 같은 놈에게…….'"

문 서방의 내외는 허둥지둥 달려갔다.

낯빛이 파랗게 질린 흰옷 입은 사람들은 쭉 나와서 섰건마는 모두 시체같이 서 있을 뿐이었다. 여편네 몇몇은 치맛자락으로 눈물을 씻었다.

의연히 제 걸음을 재촉하는 볕은 서산에 뉘엿뉘엿하였다. 앞강으로 올라오는 찬바람은 스르르 스쳐 가는데 석양에 돌아가는 까마귀 울음은

---

37 장정 : 기운이 좋은 젊은 남자
38 연연하다 : 가냘프고 약하다.

의지 없는 사람의 넋을 호소하는 듯 처량하였다.

"에구, 룡례야! 부모를 못 만나서 네 몸을 망치는구나! 에구, 이놈에 돈이 우리를 죽이는구나!"

문 서방 내외는 그 밤을 인가의 집 울타리 밖에서 새었다. 누구 하나 들여다보지도 않는데 인가의 집에서 내놓은 개들은 두 내외를 잡아먹을 듯이 짖으며 덤벼들었다.

이리하여 룡례는 영영 인가의 손에 들어갔다. 며칠 후에 인가는 지금 문 서방이 있는 빼허에 땅날갈이[39]나 있는 것을 문 서방에게 주어서 그리로 이사시켰다. 문 서방은 별별 욕과 애원을 하였으나 나중에 인가는 자기 집 일꾼들을 불러서 억지로 몰아내었다. 이리하여 문 서방은 차마 생목숨을 끊기 어려워서 원수가 주는 땅을 파먹게 되었다. 그것이 작년 가을이었다. 그 뒤로 인가는 절대 룡례를 밖으로 내보내지 않을 뿐만 아니라 그 어버이 되는 문 서방 내외에게도 보이지 않았다.

'룡례는 매일 밥도 안 먹고 어머니 아버지만 부르고 운다.'
하는 희미한 소식을 인가의 집에 가까이 드나드는 중국인들에게서 들을 때마다 문 서방은 가슴을 치고 그 아내는 피를 토하였다.

이리하여 문 서방의 아내는 늦은 여름부터 아주 병석에 드러누웠다. 그는 병석에서 매일 룡례만 부르고 룡례만 보여 달라고 졸랐다. 그래서 문 서방은 벌써 세 번이나 인가를 찾아가서 말했으나 효과가 없었다.

---

39 땅날갈이 : 하루갈이. 소를 데리고 하룻낮 동안에 갈 수 있는 밭의 넓이

이번까지 가면 네 번째다. 이번은 어떻게 성사가 될는지? (간도에 있는 중국인들은 조선 여자를 빼앗아 가든지 좋게 사가더라도 밖에 내보내지도 않고, 그 부모에게까지 흔히 면회를 거절한다. 중국인은 의심이 많아서 그런다고 들었다.)

3

문 서방은 울긋불긋한 채필40로 관운장과 장비를 무섭게 그려 붙인 집 대문 앞에 섰다. 문밖에서 뼈다귀를 핥던 얼룩개 한 마리가 웡웡 짖으면서 달려들더니 이 구석 저 구석에서 개 무리가 우 하고 덤벼들었다. 어떤 놈은 으르렁 으르고, 어떤 놈은 뒷다리 사이에 바싹 끼면서 금방 물 듯이 송곳 같은 이빨을 악물었고, 어떤 놈은 대어들었다가는 뒷걸음을 치고 뒷걸음을 쳤다가는 대어들면서 산천이 무너지게 짖고, 어떤 놈은 소리도 없이 코만 실룩실룩하면서 달려들었다. 그 여러 놈들이 문 서방을 가운데 넣고 죽 돌아서서 각각 제 재주대로 날뛴다. 그렇지 않아도 지금 개 때문에 대문 밖에서 기웃거리던 문 서방은 이 사면초가41를 어떻게 막으면 좋을지 몰랐다. 이러는 판에 한 마리가 휙 들어와서 문 서방의 바짓가랑이를 물었다.

"으악…… 꺼우디(개를)!"

---

40 채필 : 여러 가지 색깔을 칠하는 데에 쓰는 붓
41 사면초가 : 아무에게도 도움이나 지지를 받을 수 없는 고립된 상태에 처하게 된 것을 이르는 말

문 서방은 소리를 치면서 돌멩이를 찾노라고 엎드리는 것을 보더니 개들은 일시에 뒤로 물러났으나 또다시 덤벼들었다.

"창우니 타마나가비(상소리다)!"

안에서 개가죽 모자를 쓰고 뛰어나오는 일꾼은 기단 호밋자루를 두르면서 개를 쫓았다. 개들은 몰려가면서도 몹시 짖었다.

문 서방은 수수깡이가 지저분하게 널려 있는 방문으로 들어갔다. 누릿하고 퀴퀴한 더운 기운이 후끈 낯을 스칠 때 얼었던 두 눈은 뿌연 더운 안개에 스르르 흐리어서 어디가 어디인지 잘 분간할 수 없었다.

"윈따야 랠라마(문 영감 오셨소)?"

캉(구들)에서 지껄이는 중국인 중에서 누군지 첫인사를 붙였다.

"에헤 랠라 장구재(주인) 유(있소)?"

문 서방은 어색한 웃음을 지었다. 얼었던 몸은 차차 녹고 흐리었던 눈앞도 점점 밝아졌다.

"쌍캉바(구들42로 올라오시오)!"

구들 위에서 나는 틱틱한43 소리는 인가였다. 그는 일꾼들과 무슨 의논을 하던 판인가? 지껄이는 일꾼들은 고요히 앉아서 담배를 피우면서 호기심에 번득이는 눈을 인가와 문 서방에게 보내었다.

---

42 구들 : 아궁이에 불을 때어 그 불기운이 방바닥 밑으로 난 방고래를 통해 퍼지도록 하여 방을 덥게 하는 난방 장치. 우리나라와 중국 동북부에서 발달하였다.
43 틱틱하다 : 칙칙하다. 빛깔이나 분위기 따위가 산뜻하거나 맑지 않고 컴컴하고 어둡다.

어느 천 년에 지은 집인지, 거미줄이 얼키설키 서린 천정과 벽은 아궁이 속같이 까만데 벽에 붙여 놓은 삼국풍진도(三國風塵圖)며 춘야도리원도(春夜桃李園圖)는 이리저리 찢기고 그을었다. 그을음과 담배 연기에 싸여서 눈만 반짝반짝하는 무리들은 아귀도44(餓鬼道)를 생각케 한다. 문 서방은 무시무시한 기분에 몸을 부르르 떨었다.

"추엔바(담배 잡수시오)?"

인가는 웬일인지 서투른 대로 곧잘 하던 조선말은 하지 않고 알아도 못 듣는 중국말을 쓰면서 담뱃대를 문 서방 앞에 내밀었다.

"여보 장구재! 우리 로포(아내)가 딸을 못 봐서 죽겠으니 좀 보여 주. 응?"

문 서방은 담뱃대를 받으면서 또 전처럼 애걸하였다. 인가는 이마를 찡그리면서 볼을 불렸다.

"저게(아내) 마지막 죽어 가는데 철천지한45이나 풀어야 하잖겠소, 응? 한 번만 보여 주! 어서 그러우! 내가 룡례를 만나면 꼬일까 봐…… 그럴 리 있소! 이렇게 된 받자에46…… 한 번만…… 낯이나…… 저 죽어 가는 제 에미 낯이나 한 번 보게 해 주! 네? 제발!"

"안 되우! 보내지 모하겠소. 우리지비 문 밖에 로포(아내-룡례를 가리키

---

44 아귀도 : 죄를 많이 지은 중생이 죽어서 가는 세계인 삼악도(三惡道)의 하나. 늘 굶주리고 매를 맞는다고 한다.

45 철천지한 : 하늘에 사무치는 크나큰 원한

46 받자에 : 남이 괴로움을 끼치거나 여러 가지 요구를 하여도 너그럽게 잘 받아주는 김에.

는 말) 나갔소. 재미어부소."

배짱을 부리는 인가의 모양은 마치 전당포 주인과 같은 점이 있었다. 문 서방의 가슴은 죄였다. 아쉽고 안타깝고 슬픔이 어우러지더니 분한 생각이 났다. 부뚜막에 놓은 낫을 들어서 인가의 배를 왁 긁어 놓고 싶었으나 아직도 행여나 하는 바람과 삶에 대한 애착심47이 그 분을 제어하였다.

"그러지 말고 제발 보여 주오! 그러면 내 아내를 데리구 올까? 아니 바람을 쏘여서는…… 액, 죽어두 원이나 끄고 죽게 내가 데리고 올게 낯만 슬쩍 보여 주오, 네? 흑…… 끅…… 제발……."

이십 년 가까이 손끝에서 자기 힘으로 기른 자기 딸을 억지로 빼앗긴 것도 원통하거든 그나마 자유로 볼 수도 없이 되는 것을 생각하니…… 더구나 그 우악한 인가에게 가슴과 배를 사정없이 눌리우는 연연한 딸의 버둑거리는 그림자가 눈앞에 언뜻하여, 가슴이 꽉 막히고 사지가 부르르 떨리면서 주먹이 쥐어졌다. 그러나 뒤따라 병석의 아내가 떠오를 때 그의 주먹은 풀리고 머리는 숙었다.

"넬리 또 왔소. 이 얘기하오! 오늘리디 울리디 일이디 푸푸디! 많이 있소!"

인가는 문 서방을 어서 가라는 듯이 자기 먼저 캉(구들)에서 내려섰다.

"제발 그러지 말구! 으흑, 흑…… 제제 제발 단 한 번만이라두 낯

---

47 애착심 : 무엇을 매우 아껴 집착하는 마음

만…… 으흑흑응!"

문 서방은 인가를 따라서 밖으로 나오면서 울었다. 등 뒤에서는 웃음소리가 들렸다. 그러니 그 웃음소리는 이때의 문 서방에게는 아무러한 자극도 주지 못하였다.

"자 — 이거 적지만!"

마당에 한참이나 서서 무엇을 생각하던 인가는 백 조(弔)짜리 관체(官帖-돈) 석 장을 문 서방의 손에 쥐였다. 문 서방은 받지 않으려고 하였다. 더러운 놈의 더러운 돈을 받지 않으려 하였다. 그러나 지금 부쳐 먹는 밭도 인가의 밭이다. 잠깐 사이 분과 설움에 어리어서 퇴기던 돈은—돈힘은 굶고 헐벗은 문 서방을 누르지 않을 수 없었다. 그는 못 이기는 것처럼 삼백 조를 받아 넣고 힘없이 나오다가,

'저 속에는 룡례가 있으려니!'

생각하면서 바른편에 놓인 조그마한 집을 바라볼 때 자기도 모르게 발길이 도로 돌아졌다. 마치 거기서는 룡례가 울면서 자기를 부르는 것 같았다. 그러나 인가는 문 서방을 문밖에 내보내고 문을 닫아 잠갔다.

문밖에 나서니 천지가 아득하였다. 발길이 돌아서지 않았다. 사생을 다투는 아내를 생각하면 아니 가든 못 할 일이고, 이 울타리 속에는 룡례가 있거니 생각하면 눈길이 다시금 울타리로 갔다.

그가 바위 모퉁이 빙판에 올 때까지 개들은 쫓아 나와 짖었다. 그는 제 분김에 한 마리 때려잡는다고 얼른 돌멩이를 집어 들었다가, 작년 가을에 어떤 조선사람이 어떤 중국사람의 개를 때려죽이고 그 사람이 주인에게 총 맞아 죽은 일이 생각나서 들었던 돌멩이를 헛뿌렸다.

돌아 떨어지는 겨울 해는 어느새 강 건너 봉우리 엉성한 가지 끝에 걸렸다. 바람은 좀 자고 날씨는 맑으나 의연히 추워서 수염에는 우물가처럼 얼음 보쿠지48 졌다.

4

눈옷 입은 산봉우리 나뭇가지 끝에 남았던 붉은 석양볕이 스르르 자취를 감추고, 먼 동쪽 하늘가에 차디찬 연자줏빛이 싸르르 돌더니 그마저 스러지고 쌀쌀한 하늘에 찬 별들이 내려다보게 되면서부터 어둑한 황혼빛이 '빼허'의 좁은 골에 흘러들어서 게딱지 같은 집 속까지 흐리기 시작하였다.

까만 서까래49가 드러난 수수깡 천정에는 그을린 거미줄이 흐늘흐늘 수없이 드리우고, 빈대 죽인 자리는 수목으로 댓잎〔竹葉〕50을 그린 듯이 흙벽에 빈틈이 없는데, 먼지가 수북한 구들에는 구름깔개(참나무를 엷게 밀어서 결은 자리)를 깔아 놓았다. 가마 저편 바탕(부엌)에는 장작개비가 흩어져 있고 아궁이에서는 뻘건 불이 훨훨 붙는다.

뜨끈뜨끈한 부뚜막에는 문 서방의 아내가 누덕이불51에 싸여 누웠고,

---

48 보쿠지 : '너테'의 북한어. 물이나 눈이 얼어붙은 위에 다시 물이 흘러서 여러 겹으로 얼어붙은 얼음
49 서까래 : 지붕판을 만들고 추녀를 구성하는 가늘고 긴 각재
50 댓잎(죽엽) : 대나무의 잎
51 누덕이불 : 누덕누덕 기운 이불. 또는 몹시 해지고 더러워진 이불

문 앞과 윗목에는 이웃집 사람들이 모여 앉았는데 지금 막 달리소 인가의 집에서 돌아온 문 서방은 신음하는 아내의 가슴에 손을 얹고 앉았다.

등꽂이[52]에 켜놓은 등(삼대에 겨를 올려서 불 켜는 것)불은 환하게 이 실내의 모든 사람을 비췄다.

"룡례야! 룡례야! 룡례야!"

고요히 누웠던 문 서방의 아내는 마지막 소리를 좀 크게 질렀다. 문 서방은 아내의 가슴을 지그시 눌렀다.

"에구, 우리 룡례! 우리 룡례를 데려다주구려!"

그는 눈을 번쩍 뜨면서 몸을 흔들었다.

"여보, 왜 이러우. 룡례가 지금 와요. 금방 올걸!"

어린애를 어르듯 하면서 땀내가 꽤저분한 아내의 얼굴을 내려다보는 문 서방의 눈은 흐렸다.

"에구, 몹쓸 놈(인가)두! 저런 거 모르는 체하는가? 쩻!"

윗목에 앉은 늙은 부인은 함경도 사투리로 구슬피 뇌었다.

"허, 그러게 되놈〔胡人〕이라지! 그놈덜께 인륜(人倫)[53]이 있소?"

문 앞에 앉았던 한 관청은 받아쳤다.

"룡례야! 룡례야! 흥 저기 저기 룡례가 오네!"

---

52 등꽂이 : 등잔걸이. 나무나 놋쇠로 받침대를 만들어 등잔을 걸어 놓는 기구
53 인륜 : 군신 · 부자 · 형제 · 부부 따위에서 지켜야 할 도리

문 서방의 아내는 쑥 꺼진 두 눈을 모뜰떠서[54] 천정을 뚫어지게 보면서 보기에 아츠러운 웃음을 웃었다.

"어디? 아직은 안 오. 여보, 왜 이러우? 응?"

문 서방의 목소리는 떨렸다.

"저기 엑…… 룡, 룡례……."

그는 눈을 더 크게 뜨고 두 뺨의 근육을 경련적으로 움직이면서 번쩍 일어났다. 문 서방은 아내의 허리를 안았다. 그는 또 정신에 착오를 일으켰는지, 창문을 바라보고 뛰어나가려고 하면서,

"룡례야! 룡례, 룡례…… 저 저기 저기 룡례가 있네! 룡례야! 어디 가느냐, 응?"

고함을 치고 눈물 없는 울음을 우는 그의 눈에서는 파란 불빛이 번쩍하였다. 좌중[55]은 모진 짐승의 앞에나 앉은 듯이 모두 숨을 죽이고 손을 틀었다. 문 서방은 전신의 힘을 내어서 아내의 허리를 안았다.

"하하하(그는 이상한 소리를 내어 웃다가 다시 성을 잔뜩 내면서)…… 룡례! 룡례가 저리로 가는구나! 으응…… 저놈이, 저놈이 웬 놈이냐?"

하면서 한참 이를 악물고 창문을 노려보더니,

"저, 저…… 이놈아! 우리 룡례를 놓아라! 저 되놈이, 저 되놈이 룡례를 잡아가네! 이놈 놔라! 이놈 모가지를 빼놓을 이, 이……."

---

54 모뜰뜨다 : 두 눈동자를 안쪽으로 몰아서 뜨다.

55 좌중 : 여러 사람이 모인 자리. 또 그렇게 모여 있는 사람들

그의 눈앞에는 룡례를 인가에게 빼앗기던 그때가 떠올랐는지, 이를 뿍 갈면서 몸을 번쩍 일어 창문을 향하고 내달았다.

"여보, 정신을 차리오! 여보, 왜 이러우? 아이구, 응."

쫓아나가면서 아내의 허리를 안아서 뒤로 끌어들이는 문 서방의 소리는 눈물에 젖었다.

"이놈아! 이게 웬 놈이 남을 붙잡니? 응 으윽."

그는 두 손으로 남편의 가슴을 밀다가도 달려들어서 남편의 어깨를 물어뜯으면서,

"이것 놔라! 에구, 룡례야, 저게 웬 놈이…… 저놈이…… 저놈이 룡례를 깔고 앉네!"

하고 몸부림을 탕탕 하는 그의 눈에는 핏발이 서고 낯빛은 파랗게 질렸다.

이때 한 관청 곁에 앉았던 젊은 사람은 얼른 일어나서 문 서방을 조력하였다[56]. 끌어들이려거니 뛰어나가려거니 하여 밀치고 당기는 판에 등꽂이가 넘어져서 등불이 펄렁 죽어 버렸다. 방 안이 갑자기 깜깜하여지자 창문만 히슥하였다.

"조심들 하라니! 엑, 불두."

한 관청은 등대를 화로에 대이고 푸푸 불면서 툭덕툭덕하는 사람들께 주의를 시켰다. 불은 번쩍하고 켜졌다.

"우우 쏴― 스르르륵."

---

56 조력하다 : 힘을 써 도와주다.

문을 치는 바람 소리가 요란하였다.

"엑, 또 바람이 나는 게로군! 날쎄두 폐릅(괴상하)다."

한 관청은 이렇게 뇌이면서 등꽂이에 등을 꽂고 몸부림하는 문 서방 내외와 젊은 사람을 피하여 앉았다.

"이것 놓아 주오! 아이구, 우리 룡례가 죽소! 저 흉한 되놈에게 깔려서…… 엑 저저저…… 저것 봐라! 이놈, 네 이놈아! 에이구 룡례야! 룡례야! 사람 살려 주오! (소리를 더욱 높여서) 우리 룡례를 살려 주! 응으윽, 에엑 끅……."

그는 마지막으로 오장육부가 쏟아지게 소리를 지르다가 검붉은 핏덩이를 왈칵 토하면서 앞으로 거꾸러졌다.

"으윽!"

"응 끔직두 한게!"

하면서 여러 사람들은 거꾸러진 문 서방의 아내 앞에 모여들었다.

"여보! 여보소! 아이구, 정신 좀……."

떨려 나오는 문 서방의 소리는 절반이나 울음으로 변하였다.

거불거불하는57 등불 속에 검붉은 피를 한 말이나 토하고 쓰러진 그는 낯이 파랗게 되어서 숨결이 없었다.

"허! 잡싱〔雜神〕58이 붙었는가? 으흠 응! 으흠 흥! 각황제방 심미기,

---

57 거불거불하다 : 자꾸 크게 흔들리거나 움직이다.
58 잡싱(잡신) : 온갖 잡스러운 귀신

두우열로 구슬벽……."

여러 사람들과 같이 문 서방의 아내를 부뚜막에 고요히 뉘어 놓고 한 관청은 귀신을 쫓는 경문[59]이라고 발음도 바로 못 하는 이십팔수[60]를 줄줄줄 읽었다.

"으응응…… 흑흑…… 여여보!"

문 서방의 목멘 울음을 받는 그 아내는 한 관청의 서투른 경문 소리를 듣는지 마는지, 손발은 점점 식어 가고 낯은 파랗게 질렸는데, 무엇을 보려고 애쓰던 눈만은 멀거니 뜨고 그저 무엇인지 노리고 있다. 경문을 읽던 한 관청은,

"엑, 인제는 늙어 가는 사람이 울기는? 우지 마오! 살아날 꺼!"

하고 문 서방을 나무라면서 문 서방의 아내 앞에 다가앉더니 주머니에서 은동침(어느 때에 얻어 둔 것인지?)을 꺼내 문 서방 아내의 인중(人中)[61]을 꾹 찔렀다. 그러나 점점 식어 가는 그는 이마도 찡그리지 않았다. 다시 콧구멍에 손을 대어 보았으나 숨결은 없었다.

바람은 우우 쏴— 하고 문에 눈을 들이치었다. 여러 사람은 약속이나 한 듯이 두려운 빛을 띤 눈으로 창을 바라보았다.

"으응, 에이구! 여보! 끝끝내 룡례를 못 보고 죽었구려…… 잉잉…… 흑."

---

59 경문 : 무당이나 판수 등이 점을 치거나 굿을 할 때에 외는 사설
60 이십팔수 : 천구를 황도에 따라 28구역으로 나누어 놓은 별자리를 이르던 말
61 인중 : 코의 밑과 윗입술 사이의 우묵하게 골이 파인 부분

문 서방은 울기 시작하였다. 그 울음소리는 고요한 방 안 불빛 속에 바람 소리와 함께 처량하게 흘렀다.

"에구, 못된 놈두 있는게!"

"에구, 참 불쌍하게두!"

"흥, 우리두 다 그 신세지!"

무시무시한 기분에 싸여서 낯빛이 푸르러 가는 여러 사람들은 각각 한마디씩 뇌었다. 그 소리는 모두 갈 데 없는 신세를 호소하는 듯하게 구슬프고 힘없었다.

5

문 서방의 아내가 죽던 그 이튿날 밤이었다. 그날 밤에도 바람이 몹시 불었다. 그 바람은 강바람이어서 서북에 둘린 산 때문에 좁한 바람은 움쩍도 못 하던 달리소(문 서방의 사위 인가의 땅)까지 범하였다. 서북으로 산을 등지고 앞으로 강 건너 높은 절벽을 대하여 강골밖에 터진 데 없는 달리소는 강바람이 들어차면 빠질 데는 없고 바람과 바람이 부닥쳐서 흔히 회오리바람이 일게 된다. 이날 밤에도 그 모양으로, 달리소에는 회오리바람이 일어서 낟가리가 날리고 지붕이 날리고 산천이 울려서 혼돈이 배판할 62 때 빙세계나 트는 듯한 판이라 사람은커녕 개와 도야지도 굴 속에서 꿈쩍 못하였다.

---

62 배판하다 : 별러서 차리다.

밤이 퍽 깊어서였다.

차디찬 별들이 총총한 하늘 아래, 우렁찬 바람에 휘날리는 눈발을 무릅쓰고 달리소 앞강 빙판을 건너서 달리소 언덕으로 올라가는 그림자가 있다. 모진 바람이 스치는 때마다 혹은 엎드리고 혹은 우뚝 서기도 하면서 바삐바삐 가던 그림자는 게딱지 같은 지팡살이 집 근처에서부터 무엇을 꺼리는지 좌우를 슬몃슬몃 보면서 자취를 숨기고 걸음을 느리게 하여 저편으로 돌아가 인가의 집 높은 울타리 뒤로 돌아갔다.

"으르릉, 웡웡."

하자 어느 구석에서인지 개가 한 마리, 두 마리, 세 마리 뒤이어 나와서 짖으면서 그 그림자를 쫓아간다. 그 개소리는 처량한 바람 소리 속에 싸여 흘러서 건너편 산을 즈르렁 즈르렁 울렸다.

"꽝! 꽝꽝."

인가의 집에서는 개짖음에 홍우재63(마적)나 돌아오는가 믿었던지 헛총질을 네댓 방이나 하였다. 그 소리도 산천을 울렸다. 그 바람에 슬근슬근 가던 그림자는 휙 돌아서서 손에 들었던 보자기를 개 앞에 던졌다. 보자기는 터지면서 둥글둥글한 것이 우르르 쏟아졌다. 짖으면서 달려오던 개들은 짖음을 그치고 거기 모여들어서 서로 물고 뜯고 빼앗아 먹는다. 그러는 사이에 그림자는 인가의 울타리 뒤에 산같이 쌓아 놓은 보릿짚더미에 가서 성냥을 쭉 긋더니 뒷산으로 올리닫는다.

---

63 홍우재 : 말을 타고 무리를 지어 다니던 도적

처음에는 바람 속에서 판득판득하던64 불이 삽시간에 그 산 같은 보릿짚더미에 붙었다.

　"훠쓰(불이야)!"

하는 고함과 함께 사람의 소리는 요란하였다. 모진 바람에 하늘하늘 일어서는 불길은 어느새 보릿짚더미를 살라 버리고 울타리를 살라 버리고 울타리 안에 있는 집에 옮았다.

　"푸우 우르르르르 쏴아……."

　동풍이 몹시 이는 때면 불기둥은 서편으로, 서풍이 몹시 부는 때면 불기둥은 동으로 쓸려서 모진 소리를 치고 검은 연기를 뿜다가도 동서풍이 어울치면 축늉〔火神〕65의 붉은 혓발은 하늘하늘 염염이66 타올라서 차디찬 별— 억만 년 변함이 없을 듯하던 별까지 녹아내릴 것같이 검은 연기는 하늘을 덮고 붉은빛은 깜깜하던 골짜기에 차 흘러서 어둠을 기회로 모아들었던 온갖 요귀(妖鬼)67를 몰아내는 것 같다. 불을 질러 놓고 뒷숲 속에 앉아서 내려다보던 그 그림자— 딸과 아내를 잃은 문 서방은,

　"하하하……."

시원스럽게 웃고 가슴을 만지면서 한 손으로 꽁무니에 찼던 도끼를 만져 보았다.

---

64 판득판득하다 : 물체가 순간적으로 자꾸 작은 빛을 내비치거나 반사하다.

65 축늉(화신) : 불을 관장하는 신

66 염염하다 : 활활 타는 상태에 있다.

67 요귀 : 요사스러운 마귀

일 동리 사람들과 인가의 집 일꾼들은 불붙는 데 모여들었으나 모두 어쩔 줄을 모르고 떠들고 덤비면서 달려가고 달려올 뿐이었다.

그러는 사이에 울타리는 물론 울타리 속에 엉큼히 서 있던 큰 집 두 채도 반이나 타서 쓰러졌다.

이런 불 속으로부터 여러 사람이 오고 가는 밭 가운데로 튀어 나가는 두 그림자가 있었다. 하나는 커단 장정이요, 하나는 작은 여자이다. 뒷간 숲에서 이것을 본 문 서방은 그 두 그림자를 향하여 내리뛰었다. 그는 천방지방 내리뛰었다. 독살[68]이 잔뜩 올라서 불빛에 번쩍이는 그의 눈에는 이 두 그림자밖에는 아무것도 보이지 않았다.

"으윽 끅."

문 서방이 여러 사람을 헤치고 두 그림자 앞에 가 섰을 때 앞에 섰던 장정의 그림자는 땅에 거꾸러졌다. 그때는 벌써 문 서방의 손에 쥐었던 도끼가 장정 '인가'의 머리에 박혔다. 도끼를 놓은 문 서방의 품에는 어린 여자의 그림자가 안겼다. 룡례가…….

그 바람에 모여 섰던 사람들은 혹은 허둥지둥 뛰어 버리고 혹은 뒤로 자빠져서 부르르 떨었다. 룡례도 거꾸러지는 것을 안았다.

"룡례야! 놀라지 마라! 나다! 아버지다! 룡례야!"

문 서방은 딸을 품에 안으니 이때까지 악만 찼던 가슴이 스르르 풀리면서 독살이 올랐던 눈에서 뜨거운 눈물이 떨어졌다. 이렇게 슬픈 중에

---

68 독살 : 악에 받치어 생긴 모질고 사나운 기운

도 그의 마음은 기쁘고 시원하였다. 하늘과 땅을 주어도 그 기쁨을 바꿀 것 같지 않았다.

그 기쁨! 그 기쁨은 딸을 안은 기쁨만이 아니었다. 작다고 믿었던 자기의 힘이 철통 같은 성벽을 무너뜨리고 자기의 요구를 채울 때 사람은 무한한 기쁨과 충동을 받는다.

불길은—그 붉은 불길은 의연히 모든 것을 태워 버릴 것처럼 하늘하늘 올랐다.

선생님이 들려주는 그 시절 이야기

서연 : 안녕하세요, 선생님. 오늘은 최서해의 「홍염」에 관한 얘기를 들려주세요. 저희가 이번에 그 작품을 읽었어요.

선생님 : 알았다. 함께 이야기해 보자꾸나. 우선, 작품을 읽고 어떤 생각이 들었니?

태환 : 저는 예전에 읽었던 김동인의 「붉은 산」이란 작품이 떠올랐어요. 두 작품이 시대적 배경과 내용에서 유사한 점이 많아서요.

선생님 : 구체적으로 말해 볼래?

태환 : 두 작품은 공통적으로 만주로 이주해 간 조선인들이 겪는 비참한 생활상과 고난을 다루고 있어요. 세부적으로 중국인 지주의 횡포에 의해 이주민들이 목숨을 잃는 내용도 유사하고요.

「붉은 산」에서는 소작료를 적게 냈다는 이유로 '송 첨지'라는 노인이, 또 이를 항의하러 갔던 '삵'도 중국인 지주에게 맞아 죽잖아요? 그리고 「홍염」에서는 중국인 지주에게 딸을 빼앗기는 바람에 문 서방의 아내가 병을 앓다가 비참하게 죽고요.

선생님 : 그렇게 유사한 역사적 배경과 내용을 지닌 작품들을 연관 지어 보는 건 좋은 일이지. 그 시대의 현실을 더 깊이 이해할 수 있으니까.

그럼 지금부터는 차이점에 주목해 보는 건 어떨까? 그래야 이번 작품인 「홍염」의 특징과 문학사적 의미가 잘 드러날 테니 말이다. 이 두 작품이 크게 다른 점은 뭐라고 생각하니?

서연 : 두 작품 모두 만주 이주민들의 이야기를 담고 있긴 한데, 「홍염」이 그들의 참혹한 생활상이나 억울한 사연 등을 더 자세하고 구체적으로 묘사하고 있다고 느꼈어요.

선생님 : 어떤 차이로 그렇게 되었다고 생각하니?

서연 : 제 생각엔 주인공의 성격이 달라서 그런 거 같아요. 「붉은 산」의 주인공은 떠돌이 망나니인 '삵'이고, 「홍염」에서는 소작농인 문서방이잖아요.

그러다 보니, 농민을 주인공으로 삼은 「홍염」이 대다수 이주민들이 실제로 겪는 고통이나 상황을 더 잘 그려낼 수 있었던 걸로 보여요.

선생님 : 그래, 맞아. 주인공에 따라 이야기의 초점이 달라지지. 「홍염」에서 당시 만주 이주민들의 생활이 보다 구체적이고 전형적으로 드러난다고 할 수 있지.

그런데 여기서 한 가지 덧붙여 설명하자면, 「홍염」에서 그들의 삶이 생생하게 묘사될 수 있었던 데는 작가의 체험도 중요한 요인으로 작용했단다.

작가 최서해는 그 자신이 어린 시절부터 매우 궁핍했고, 청년기에는 4~5년 동안 온갖 장사와 막노동을 하면서 간도를 떠돌며 가난한 실향민들의 고통스런 삶을 직접 겪었어. 그래서 다른 어떤 작가들보다 이들 삶의 실상을 잘 알고 있었지.

그의 소설들은 대부분 이런 자기 체험을 작품화한 것이야. 이렇게 체험을 근거로 쓰인 문학을 '체험 문학'이라고 부르는데, 최서해는 한국문학사에서 가장 대표적인 체험 문학 작가로 볼 수 있어.

서연 : 네, 그렇군요. 알겠습니다.

태환 : 저는 두 작품이 주제 면에서도 차이가 있다고 느꼈어요. 「붉은 산」에서는 민족주의적 감정이 두드러진다면, 「홍염」에서는 소작 인의 분노나 울분 같은 게 강조되는 것 같아요.

선생님 : 자세히 말해 볼래?

태환 : 「붉은 산」에서 주인공 '삵'은 원래 파렴치한 불량배 같은 인물이고, 마을 노인인 '송 첨지'가 중국인 지주에게 맞아 죽자 이를 항의하러 갔다가 그 역시 죽임을 당한다는 게 주요 내용이잖아요? 이를 통해 '삵'의 숨겨진 동포애가 드러나면서 민족의식이 부각되고요.

그런데 「홍염」은 조금 다르게 보여요. 물론 이 작품에서도 중국인 지주에 대해 '인륜도 없는 되놈'이라고 하면서 이민족에 대한 적개심이 표출되기는 해요. 하지만 그보다는 가난하고 힘없는 소작인의 처지가 더 중요하게 여겨지는 것 같았어요.

가령 문 서방은 경기도에서 소작인 생활을 십 년 동안 하면서 가난에 시달리다가 서간도로 건너와서도 소작인 노릇을 하고 있는 걸로 나오잖아요? 그래서 "언제나 이놈의 소작인 노릇을 면하여 볼까?" 하는 것이 그의 한탄이고요.

또 결말에서 중국인 지주 인가 집에 불을 지르고 그를 죽이고 나서 '작다고 믿었던 자기의 힘이 철통같은 성벽을 무너뜨'려서 기쁘고 시원한 마음이 든다고 말하는데, 이건 오랫동안 억눌려 온 힘없는 하층민의 심정을 보여주는 것처럼 느껴졌어요.

선생님 : 잘 보았어. 날카로운 시각이야. 그 점이 최서해 소설의 중요한 특징 중의 하나라고 할 수 있지. 아까도 말했듯이, 이 작가는 자신의 체험에 근거해서 궁핍한 하층민들의 삶을 그리는 데 집중했어.

이렇게 가난에 관련된 내용이나 소재를 다룬 문학을 '빈궁문학'이라고 부른단다. 우리나라의 경우 일제강점기인 1920년대 중반, 극도의 가난으로 고통스럽게 살아가는 사람들의 이야기를 그린 신경향파 소설이 대표적인 사례로 일컬어지지.

그런데 이 신경향파의 빈궁문학이 단순히 가난한 사람들의 비참한 생활상을 그리기만 한 것은 아니야. 이 작품들은 기본적으로 가진 자와 못 가진 자, 즉 유산자와 무산자 계급의 대립 구조를 보여주지. 사회주의 사상을 바탕에 깔고 있는 거란다.

그리고 대부분 결말에서 억눌리고 착취당하던 주인공들이 살인과 방화를 통해 지주나 자본가에게 저항하는 사건 전개를 보인단다. 그래서 너무 도식적이란 비판을 받기도 해.

서연 : 선생님, 그 신경향파에 대해 좀 설명해 주세요. 사회주의 사상과 관련이 있다는 건 아는데, '신경향'이란 말뜻도 조금 어렵고 어떤 건지 자세히는 모르겠어요.

선생님 : 신경향파 문학은 1920년대 중반 우리 문단에서 지배적 흐름을

형성했던 문학사조야. 1917년 러시아 혁명이 일어난 후 1920년대에 접어들면서 사회주의 사상이 일본을 거쳐 우리나라에도 들어왔는데, 이를 바탕으로 전개된 문학 운동이라고 보면 돼.

'경향'이란 현상이나 사상, 행동 등이 어떤 방향으로 기울어진다는 의미인데, 여기서는 구체적으로 사회주의 사상으로 기울어져 그것을 지향하는 걸 가리켜.

문학사적으로 신경향파는 이전 시대, 즉 1920년대 초반에 유행했던 백조파의 감상적 낭만주의나 창조파의 자연주의 등을 배격하면서 등장했어. 그래서 구시대의 흐름을 거부하고 새롭게 대두했다는 의미에서 '신' 자를 앞에 붙여 '신경향파'라고 했던 거야.

서연 : 그러니까 신경향파란 1920년대 중반 사회주의를 지향하며 새롭게 등장한 문학사조를 말하고, 이번 작품인 「홍염」을 비롯해서 최서해의 소설들이 이 신경향파의 빈궁문학에 속한다는 말씀이죠?

선생님 : 그래, 맞아. 다른 어떤 신경향파 작가들보다 더 생생하고 강렬하게 하층민들의 궁핍과 고통을 그려내서, 그 시기 신경향파의 기수로 각광을 받았지.

서연 : 네, 잘 알겠습니다.

태환 : 오늘도 좋은 말씀 감사합니다!

운수 좋은 날

현진건 (1900~1943)

작가 소개

현진건은 대구에서 태어났다. 서당에서 한문을 공부하다가 일본으로 건너가 세이조중학에 입학하여 1917년에 졸업하였다. 이듬해 다시 중국 상하이로 가서 후장대학에 입학했으나, 학업을 마치지 못하고 1919년에 귀국하였다.

1921년 조선일보사에 입사하여 언론계에 발을 디딘 후, 동명사와 시대일보사를 거쳐 동아일보사에서 기자로 근무하였다. 『동아일보』 사회부장으로 재직하던 1936년에 손기정 선수의 베를린올림픽 마라톤 우승 보도와 관련해 일어난 일장기말소사건으로 구속되었다.

1년간 옥살이를 하고 출옥한 후에는 동아일보사를 사직하고 작가로서 소설 창작에만 전념했다. 이후 일제 말기까지 친일 문학을 거부하며 가난한 생활을 영위하다가 1943년 장결핵으로 세상을 떠났다.

현진건은 1920년 『개벽』에 단편 「희생화」를 발표하며 문필 활동을 시작했다. 그 다음 해에 발표한 「빈처」로 문단의 주목을 받았으며, 1922년에는 박종화, 박영희, 나도향 등과 함께 『백조』 동인으로 활동하며 근대문학 운동을 펼쳤다.

그의 작품들은 크게 세 가지 경향으로 나누어 볼 수 있다.

첫 번째는 1920년대 초에 발표된, 지식인이 주인공으로 등장하는 신변 소설들이다. 「빈처」, 「술 권하는 사회」, 「타락자」 등이 대표적인데, 이 작품들은 1인칭 시점으로 작가 자신의 자전적 체험을 많이 담아내며 사회에 조화되지 못하는 지식인의 좌절과 고뇌를 주로 형상화하였다.

두 번째는 현실 고발적인 경향의 작품들로서, 1920년대 중반에 발표된 「운수 좋은 날」, 「불」, 「고향」 등이 이에 해당한다. 이들 작품에서 작가는 식민지 사회의 모순과 민족적 현실에 주목하고, 도시 하층민과 농촌 여성, 떠돌이 노동자 등 민중들의 비참한 삶을 사실주의적 기법으로 그려냈다.

마지막 경향의 작품들로는 1930년대 이후에 발표된 『적도』, 『무영탑』, 『흑치상지』, 『선화공주』 등의 연재 장편소설을 들 수 있다. 이들은 삼각관계를 다룬 연애소설과 과거에서 소재를 취한 역사소설들로서, 연재소설의 특성상 통속성을 띤다. 그러면서도 민족 의식을 담아내는 특징을 보인다.

이처럼 그의 작품들은 시간의 흐름 속에서 여러 경향을 보였지만, 문학사적으로는 1920년대 초·중반에 발표된 사실주의 계열의 소설들이 주목된다. 작가는 이들 작품에서 섬세하고 치밀한 사실적 묘사와 반전을 내포한 탄탄한 구성 등 세련된 단편소설의 기법을 선보였다.

이런 점으로 인해 그는 김동인, 나도향 등과 함께 한국 근대 단편소설의 양식을 확립하는 데 기여한 선구자로 평가받고 있다.

작품 해설

이 소설은 1920년대 서울을 배경으로, 한 인력거꾼의 이야기를 통해 일제강점기 하층민의 비참한 생활상을 그려낸 작품이다.

비가 추적추적 내렸지만, 이날은 인력거꾼인 김 첨지에게 오래간만에 운수가 좋은 날이었다. 아침 일찍부터 앞집 마나님과 교원인 듯한 양복 쟁이를 연이어 태웠을 뿐 아니라, 학생 하나를 남대문 정거장까지 태워다 주면서 많은 돈을 벌었다.

그는 이렇게 계속되는 행운에 기뻐하면서도 다른 한편으론 조금 겁이 나기도 했다. 병든 아내가 오늘은 나가지 말라고 만류하는 걸 뿌리치고 나왔기 때문이다. 그는 일을 하면서 불길한 예감에 시달렸지만, 기차역 앞에서 손님 한 명을 더 태워 인사동까지 데려다 준 후에야 집으로 향한다.

하지만 집에 가까워지자 그는 발걸음을 늦추며 주변을 두리번거린다. 선술집 앞에서 친구 치삼을 만나자 함께 술을 마시고 취해 돈을 뿌리고 웃다가 울기도 하며 횡설수설한다.

이윽고 아내가 먹고 싶다던 설렁탕을 사서 집으로 돌아오지만, 아내는 죽고 어린 아들은 빈 젖을 빨고 있다. 그는 죽은 이에게 '일어나라고' 짐 짓 고함을 치다가 끝내는 목이 메어 "괴상하게도 오늘은! 운수가 좋더니 만……." 하고 중얼거린다.

이상의 줄거리에서 알 수 있듯, 이 작품은 비 오는 어느 겨울날 가난한 인력거꾼 김 첨지의 하루 일과를 시간적인 순서에 따라 서술하는 구성을 보인다.

　하지만 이런 단순한 구성 속에서도 사건들은 극적 긴장감을 조성하며 전개된다. 그것은 외형적으로 이어지는 행운의 흐름과 병든 아내에 대한 내면적 불안이 교묘히 교차되기 때문이다. 손님을 연거푸 태우게 된 순간에 주저하거나, 많은 돈을 벌게 돼 기뻐하며 인력거를 끌다가도 아내의 얼굴이 아른거려 자신도 모르게 길 복판에 멈춰 서는 모습들이 이를 잘 보여준다.

　그의 불안감은 작품 후반부로 갈수록 고조되는데, 일을 마치고도 얼른 귀가하지 않고 선술집에서 취해 횡설수설하는 장면이 대표적이다. 여기서 독자들은 그의 불길한 예감이 극에 달해 집에 들어가기를 두려워하며 미루고 있음을 느낄 수 있다.

　이렇게 조성된 극적 긴장은 그가 집에 들어서는 순간 절정에 달했다가, 결국 아내의 싸늘한 시신과 빈 젖을 빨고 있는 아이를 발견하는 비극적 결말로 마무리된다. 하루 동안 이어진 행운이 참혹한 불행으로 뒤바뀌는 반전을 맞이하는 것이다.

　이로써 작품의 전체 구조는 아이러니적 성격을 띠게 되며, '운수 좋은 날'이란 제목 역시 통렬한 반어적 표현이 된다. 이러한 극적 구성과 아이러니는 당대 민중들의 처참한 생활상을 생생하게 부각시키는 효과를 거두며, 이 작품을 1920년대 사실주의 소설의 대표작으로 평가받게 하는 요인이 되고 있다.

운수 좋은 날

새침하게 흐린 품¹이 눈이 올 듯하더니, 눈은 아니 오고 얼다가 만 비가 추적추적 내리었다.

이날이야말로 동소문² 안에서 인력거꾼³ 노릇을 하는 김 첨지⁴에게는 오래간만에도 닥친 운수 좋은 날이었다. 문안⁵에(거기도 문밖은 아니지만) 들어간답시는 앞집 마나님⁶을 전찻길까지 모셔다 드린 것을 비롯으로 행여나 손님이 있을까 하고 정류장에서 어정어정하며 내리는 사람 하나하나에게 거의 비는 듯한 눈길을 보내고 있다가, 마침내 교원⁷인 듯한 양복쟁이를 동광학교(東光學校)까지 태워다 주기로 되었다.

....

1 품 : 앞말의 동작이나 됨됨이 따위의 뜻을 나타내는 말
2 동소문 : '혜화문'을 달리 이르는 말. 혜화문은 조선 시대, 1397년에 도성을 에워싸는 성곽을 쌓을 때 도성의 북동쪽에 세운 문이다.
3 인력거꾼 : 인력거를 끄는 일을 직업으로 하는 사람. '인력거'는 사람이 직접 손으로 끄는 수레로서, 주로 사람을 태운다.
4 첨지 : 나이 많은 남자를 낮잡아 이르는 말
5 문안 : 드나드는 성문을 기준으로 안이 되는 곳. 여기서는 서울의 사대문, 곧 흥인지문, 돈의문, 숭례문, 숙정문의 안쪽 지역을 가리킨다.
6 마나님 : 나이가 많은 부인을 높여 이르는 말
7 교원 : 학교에서 학생을 가르치는 사람을 통틀어 이르는 말

첫 번에 삼십 전[8], 둘째 번에 오십 전, 아침 댓바람[9]에 그리 흉치[10] 않은 일이었다. 그야말로 재수가 옴 붙어서 근 열흘 동안 돈 구경도 못 한 김 첨지는 십 전짜리 백동화[11] 서 푼 또는 다섯 푼이 찰깍 하고 손바닥에 떨어질 제 거의 눈물을 흘릴 만큼 기뻤었다. 더구나 이날 이때에 이 팔십 전이라는 돈이 그에게 얼마나 유용한지 몰랐다. 컬컬한 목에 모주[12] 한 잔도 적실 수 있거니와, 그보다도 앓는 아내에게 설렁탕 한 그릇도 사다 줄 수 있음이다.

그의 아내가 기침으로 쿨룩거리기는 벌써 달포[13]가 넘었다. 조밥[14]도 굶기를 먹다시피 하는 형편이니 물론 약 한 첩 써 본 일이 없다. 구태여 쓰려면 못 쓸 바도 아니로되 그는 병이란 놈에게 약을 주어 보내면 재미를 붙여서 자꾸 온다는 자기의 신조(信條)에 어디까지 충실하였다. 따라서 의사에게 보인 적이 없으니 무슨 병인지는 알 수 없으되, 반듯이 누워 가지고 일어나기는커녕 새로, 모로[15]도 못 눕는 걸 보면 중증은 중증인 듯.

---

8 전 : 우리나라의 옛 화폐 단위
9 댓바람 : 아주 이른 시간
10 흉치 : '흔치'의 잘못된 표기로 보임.
11 백동화 : 고종 29년에 만들어진 2전 5푼짜리 화폐
12 모주 : 술을 거르고 남은 찌꺼기에 물을 타서 뿌옇게 걸러낸 막걸리
13 달포 : 한 달이 조금 넘는 기간
14 조밥 : 좁쌀로 지은 밥
15 모로 : 옆쪽으로

병이 이대도록[16] 심해지기는 열흘 전에 조밥을 먹고 체한 때문이다. 그때도 김 첨지가 오래간만에 돈을 얻어서 좁쌀 한 되와 십 전짜리 나무 한 단을 사다 주었더니 김 첨지의 말에 의하면, 그 오라질[17] 년이 천방지축[18]으로 냄비에 대고 끓였다. 마음은 급하고 불길은 닿지 않아 채 익지도 않은 것을 그 오라질 년이 숟가락은 고만두고 손으로 움켜서 두 뺨에 주먹덩이 같은 혹이 불거지도록 누가 빼앗을 듯이 처박질하더니만 그날 저녁부터 가슴이 당긴다, 배가 켕긴다 하고 눈을 홉뜨고[19] 지랄을 하였다. 그때 김 첨지는 열화와 같이 성을 내며,

"에이 오라질 년, 조롱복[20]은 할 수가 없어. 못 먹어 병, 먹어서 병, 어쩌란 말이야! 왜 눈을 바루 뜨지 못해!"

하고 앓는 이의 뺨을 한 번 후려갈겼다. 홉뜬 눈은 조금 바루어졌건만 이슬이 맺히었다.

김 첨지의 눈시울도 뜨끈뜨끈하였다.

이 환자가 그러고도 먹는 데는 물리지 않았다. 사흘 전부터 설렁탕 국물이 마시고 싶다고 남편을 졸랐다.

---

16 이대도록 : 이러한 정도로.

17 오라질 : 오라에 묶여 갈 만하다는 뜻으로, 미워하는 대상이나 못마땅한 일에 대하여 비난하거나 불평할 때 욕으로 하는 말. '오라'는 예전에 도둑이나 죄인을 묶을 때에 쓰던, 붉고 굵은 줄이다.

18 천방지축 : 몹시 급하게 허둥지둥 함부로 날뜀.

19 홉뜨다 : 눈알을 위로 굴리고 눈시울을 위로 치뜨다.

20 조롱복 : 복을 누리는 힘이나 행복한 운수가 아주 짧은 경우를 이르는 말

"이런 오라질 년! 조밥도 못 먹는 년이 설렁탕은. 또 처먹고 지랄병을 하게."

라고 야단을 쳐보았건만, 못 사 주는 마음이 시원치는 않았다.

인제 설렁탕을 사 줄 수도 있다. 앓는 어미 곁에서 배고파 보채는 개똥이(세 살먹이)에게 죽을 사 줄 수도 있다. 팔십 전을 손에 쥔 김 첨지의 마음은 푼푼하였다[21].

그러나 그의 행운은 그걸로 그치지 않았다. 땀과 빗물이 섞여 흐르는 목덜미를 기름주머니가 다 된 왜목[22] 수건으로 닦으며, 그 학교 문을 돌아 나올 때이었다. 뒤에서,

"인력거!"

하고 부르는 소리가 난다. 자기를 불러 멈춘 사람이 그 학교 학생인 줄 김 첨지는 한 번 보고 짐작할 수 있었다. 그 학생은 다짜고짜로,

"남대문 정거장까지 얼마요?"

라고 물었다. 아마도 그 학교 기숙사에 있는 이로 동기방학[23]을 이용하여 귀향하려 함이리라. 오늘 가기로 작정은 하였건만, 비는 오고 짐은 있고 해서 어찌할 줄 모르다가 마침 김 첨지를 보고 뛰어나왔음이리라. 그렇지 않으면 왜 구두를 채 신지 못해서 질질 끌고, 비록 고쿠

----

21 푼푼하다 : 모자람이 없이 넉넉하다.
22 왜목 : 무명실로 넓게 짠 베
23 동기방학 : 겨울방학

라24 양복일망정 노박이로25 비를 맞으며 김 첨지를 뒤쫓아 나왔으랴.

"남대문 정거장까지 말씀입니까?"

하고, 김 첨지는 잠깐 주저하였다. 그는 이 우중에 우장26도 없이 그 먼 곳을 철벅거리고 가기가 싫었음일까? 처음 것, 둘째 것으로 그만 만족하였음일까? 아니다, 결코 아니다. 이상하게도 꼬리를 맞물고 덤비는 이 행운 앞에 조금 겁이 났음이다. 그리고 집을 나올 제 아내의 부탁이 마음에 켕기었다.—앞집 마나님한테서 부르러 왔을 제 병인27은 그 뼈만 남은 얼굴에 유일의 샘물 같은 유달리 크고 움푹한 눈에 애걸하는 빛을 띠며,

"오늘은 나가지 말아요. 제발 덕분에 집에 붙어 있어요. 내가 이렇게 아픈데……."

라고 모기 소리같이 중얼거리고 숨을 걸그렁걸그렁하였다. 그때에 김 첨지는 대수롭지 않은 듯이,

"아따, 젠장맞을 년, 별 빌어먹을 소리를 다 하네. 맞붙들고 앉았으면 누가 먹여 살릴 줄 알아."

하고 훌쩍 뛰어나오려니까 환자는 붙잡을 듯이 팔을 내저으며,

---

24 고쿠라 : 일본 규슈 섬 북부에 있는 지명. 여기서 '고쿠라 양복'은 고쿠라 지방에서 생산된 면직물로 만든 학생복을 가리킨다.

25 노박이로 : 줄곧 계속하여서.

26 우장 : 비를 맞지 않기 위해 차려입는 복장

27 병인 : 병자. 병을 앓고 있는 사람

"나가지 말라도 그래, 그러면 일찍이 들어와요."

하고 목멘 소리가 뒤를 따랐다.

정거장까지 가잔 말을 들은 순간에 경련적으로 떠는 손, 유달리 큼직한 눈, 울 듯한 아내의 얼굴이 김 첨지의 눈앞에 어른어른하였다.

"그래 남대문 정거장까지 얼마란 말이요?"

하고 학생은 초조한 듯이 인력거꾼의 얼굴을 바라보며 혼잣말같이,

"인천 차가 열한 점28에 있고 그다음에는 새로 두 점이든가."

라고 중얼거린다.

"일 원 오십 전만 줍시오."

이 말이 저도 모를 사이에 불쑥 김 첨지의 입에서 떨어졌다. 제 입으로 부르고도 스스로 그 엄청난 돈 액수에 놀래었다. 한꺼번에 이런 금액을 불러라도 본 지가 그 얼마 만인가? 그러자 그 돈 벌 욕기29가 병자에 대한 염려를 사르고30 말았다. 설마 오늘 내로 어떠랴 싶었다. 무슨 일이 있더라도 제일, 제이의 행운을 곱친 것보다도 오히려 갑절이 많은 이 행운을 놓칠 수 없다 하였다.

"일 원 오십 전은 너무 과한데."

이런 말을 하며 학생은 고개를 기웃하였다.

---

28 점 : 과거 시각을 세던 단위. 괘종시계의 종 치는 횟수로 세었다.

29 욕기 : 욕심

30 사르다 : 불사르다. 어떤 것을 남김없이 없애 버리다.

"아니올시다. 잇수로 치면 여기서 거기가 시오 리가 넘는답니다. 또 이런 진날31에는 좀 더 주셔야지요."

하고 빙글빙글 웃는 차부32의 얼굴에는 숨길 수 없는 기쁨이 넘쳐흘렀다.

"그러면 달라는 대로 줄 터이니 빨리 가요."

관대한 어린 손님은 그런 말을 남기고 총총히 옷도 입고 짐도 챙기러 제 갈 데로 갔다.

그 학생을 태우고 나선 김 첨지의 다리는 이상하게 거뿐하였다. 달음질33을 한다느니보다 거의 나는 듯하였다. 바퀴도 어떻게 속히 도는지 구른다느니보다 마치 얼음을 지쳐 나가는 스케이트 모양으로 미끄러져 가는 듯하였다. 언 땅에 비가 내려 미끄럽기도 하였지만.

이윽고 끄는 이의 다리는 무거워졌다. 자기 집 가까이 다다른 까닭이다. 새삼스러운 염려가 그의 가슴을 눌렀다.

'오늘은 나가지 말아요. 내가 이렇게 아픈데.'

이런 말이 잉잉 그의 귀에 울렸다. 그리고 병자의 움쑥 들어간 눈이 원망하는 듯이 자기를 노리는 듯하였다. 그러자 엉엉 하고 우는 개똥이의 곡성을 들은 듯싶다. 딸국딸국 하고 숨 모은 소리도 나는 듯싶다.

---

31 진날 : 땅이 질척거릴 정도로 비나 눈이 오는 날
32 차부 : 마차 따위를 부리던 사람
33 달음질 : 급하게 뛰어서 달려가는 일

"왜 이러우, 기차 놓치겠구먼."

하고, 탄 이의 초조한 부르짖음이 간신히 그의 귀에 들어왔다. 언뜻 깨
달으니 김 첨지는 인력거 채를 쥔 채 길 한복판에 엉거주춤 멈춰 있지
않은가.

"예, 예."

하고 김 첨지는 또다시 달음질하였다. 집이 차차 멀어 갈수록 김 첨지의
걸음에는 다시금 신이 나기 시작하였다. 다리를 재게34 놀려야만 쉴 새
없이 자기의 머리에 떠오르는 모든 근심과 걱정을 잊을 듯이.

정거장까지 끌어다 주고 그 깜짝 놀란 일 원 오십 전을 정말 제 손에
쥠에, 제 말마따나 십 리나 되는 길을 비를 맞아 가며 질퍽거리고 온 생
각은 아니하고, 거저나 얻은 듯이 고마웠다. 졸부나 된 듯이 기뻤다. 제
자식뻘밖에 안 되는 어린 손님에게 몇 번이나 허리를 굽히며,

"안녕히 다녀옵시요."

라고, 깍듯이 재우쳤다35.

그러나 빈 인력거를 털털거리며 이 우중에 돌아갈 일이 꿈밖이었다.
노동으로 하여 흐른 땀이 식어지자 굶주린 창자에서, 물 흐르는 옷에서
어슬어슬 한기가 솟아나기 비롯하매 일 원 오십 전이란 돈이 얼마나 괜
찮고 괴로운 것인 줄 절실히 느끼었다. 정거장을 떠나는 그의 발길은 힘

---

34 재게 : '빨리'의 방언
35 재우쳤다 : 어떤 행동이 잇따라 진행되다.

하나 없었다. 온몸이 옹송그려지며36 당장 그 자리에 엎어져 못 일어날 것 같았다.

"젠장맞을 것! 이 비를 맞으며 빈 인력거를 털털거리고 돌아를 간담. 이런 빌어먹을, 제 할미를 붙을 비가 왜 남의 상판37을 딱딱 때려!"

그는 몹시 화증38을 내며 누구에게 반항이나 하는 듯이 게걸거렸다39. 그럴 즈음에 그의 머리엔 또 새로운 광명이 비쳤나니, 그것은 '이러고 갈 게 아니라 이 근처를 빙빙 돌며 차 오기를 기다리면 또 손님을 태우게 되는지도 몰라'란 생각이었다. 오늘 운수가 괴상하게도 좋으니까 그런 요행이 또 한 번 없으리라고 누가 보증하랴. 꼬리를 굴리는 행운이 꼭 자기를 기다리고 있다고 내기를 해도 좋을 만한 믿음을 얻게 되었다.

그렇다고 정거장 인력거꾼의 등쌀40이 무서우니 정거장 앞에 섰을 수는 없었다. 그래 그는 이전에도 여러 번 해 본 일이라 바로 정거장 앞 전차 정류장에서 조금 떨어지게 사람 다니는 길과 전찻길 틈에 인력거를 세워 놓고, 자기는 그 근처를 빙빙 돌며 형세를 관망하기로41 하였다. 얼마 만에 기차는 왔고, 수십 명이나 되는 손이 정류장으로 쏟아져

---

36 옹송그려지다 : 춥거나 두려워 몸이 궁상맞게 몹시 옹그려지다.

37 상판 : 얼굴을 속되게 이르는 말

38 화증 : 걸핏하면 화를 왈칵 내는 증세

39 게걸거렸다 : 상스러운 말로 소리를 지르며 불평스럽게 자꾸 떠들다.

40 등쌀 : 몹시 귀찮게 구는 짓

41 관망하다 : 한발 물러나서 어떤 일이 되어 가는 상태를 바라보다.

나왔다. 그중에서 손님을 물색하는 김 첨지의 눈엔 양머리42에 뒤축 높은 구두를 신고 망토까지 두른 기생퇴물43인 듯, 난봉44 여학생인 듯한 여편네의 모양이 띄었다.

그는 슬근슬근 그 여자의 곁으로 다가들었다.

"아씨, 인력거 아니 타시랍시오?"

그 여학생인지 뭣지가 한참을 매우 태깔45을 빼며 입술을 꼭 다문 채 김 첨지를 거들떠보지도 않았다. 김 첨지는 구걸하는 거지나 무엇같이 연해연방46 그의 기색을 살피며,

"아씨, 정거장 애들보담 아주 싸게 모셔다 드리겠습니다. 댁이 어디신가요?"

하고 추근추근하게도 그 여자의 들고 있는 일본식 버들고리짝47에 제 손을 대었다.

"왜 이래? 남 귀치 않게."

소리를 벽력같이 지르고는 돌아선다. 김 첨지는 어렵시오 하고 물러섰다.

---

42 양머리 : 서양식으로 꾸민 여자의 머리
43 기생퇴물 : 이전에 기생 노릇을 하던 여자
44 난봉 : 말과 행동이 착실하지 못하고 몸가짐이 지저분한 짓
45 태깔 : 건방진 태도
46 연해연방 : 끊임없이 잇따라 자꾸
47 버들고리짝 : 키버들의 가지로 짜서 만든 상자

전차는 왔다. 김 첨지는 원망스럽게 전차 타는 이를 노리고 있었다. 그러나 그의 예감은 틀리지 않았다. 전차가 빡빡하게 사람을 싣고 움직이기 시작하였을 제 타고 남은 손 하나가 있었다. 굉장하게 큰 가방을 들고 있는 걸 보면 아마 붐비는 차 안에 짐이 크다 하여 차장[48]에게 밀려 내려온 눈치였다. 김 첨지는 대어 섰다.

"인력거를 타시랍시오."

한동안 값으로 승강이를 하다가 육십 전에 인사동까지 태워다 주기로 하였다. 인력거가 무거워지매 그의 몸은 이상하게도 가벼워졌고, 그리고 또 인력거가 가벼워지니 몸은 다시금 무거워졌건만 이번에는 마음조차 초조해 온다. 집의 광경이 자꾸 눈앞에 어른거리어 인제 요행[49]을 바랄 여유도 없었다. 나무등걸[50]이나 무엇 같고 제 것 같지도 않은 다리를 연해 꾸짖으며 갈팡질팡 뛰는 수밖에 없었다. 저놈의 인력거꾼이 저렇게 술이 취해 가지고 이 진 땅에 어찌 가노, 라고 길 가는 사람이 걱정을 하리만큼 그의 걸음은 황급하였다. 흐리고 비 오는 하늘은 어둠침침하게 벌써 황혼에 가까운 듯하다.

창경원[51] 앞까지 다다라서야 그는 턱에 닿은 숨을 돌리고 걸음도 늦추

---

48 차장 : 기차나 버스, 전차 등에 타서 차의 운행 관리나 승객의 편의 도모 등의 직무를 수행하는 사람
49 요행 : 뜻밖에 얻는 행운
50 나무등걸 : 나뭇등걸. 나무를 베어내고 남은 밑동
51 창경원 : 일제강점기에 창경궁 안에 동·식물원을 만들면서 불렀던 이름

잡았다.52 한 걸음 두 걸음 집이 가까워올수록 그의 마음조차 괴상하게 누그러졌다. 그런데 이 누그러짐은 안심에서 오는 게 아니요, 자기를 덮친 무서운 불행을 빈틈없이 알게 될 때가 박두한53 것을 두려워하는 마음에서 오는 것이다. 그는 불행에 닥치기 전 시간을 얼마쯤이라도 늘이려고 버르적거렸다54. 기적에 가까운 벌이를 하였다는 기쁨을 할 수 있으면 오래 지니고 싶었다. 그는 두리번두리번 사면을 살피었다. 그 모양은 마치 자기 집—곧 불행을 향하고 달려가는 제 다리를 제 힘으로는 도저히 어찌할 수 없으니 누구든지 나를 좀 잡아 다고, 구해 다고 하는 듯하였다.

그럴 즈음에 마침 길가 선술집55에서 그의 친구 치삼이가 나온다. 그의 우글우글 살찐 얼굴에 주흥56이 오른 듯, 온 턱과 뺨을 시커멓게 구레나룻이 덮었거늘, 노르탱탱한 얼굴이 바짝 말라서 여기저기 고랑이 패고 수염도 있대야 턱밑에만 마치 솔잎 송이를 거꾸로 붙여 놓은 듯한 김 첨지의 풍채하고는 기이한 대상57을 짓고 있었다.

"여보게 김 첨지, 자네 문안 들어갔다 오는 모양일세그려. 돈 많이 벌

---

52 늦추잡다 : 늦추어 잡다.
53 박두하다 : 기일이나 시기가 가까이 닥쳐오다.
54 버르적거리다 : 어렵거나 힘든 일에서 벗어나려고 팔다리를 내저으며 몸을 자꾸 크게 움직이다.
55 선술집 : 탁자 앞에 선 채로 간단하게 술을 마실 수 있는 술집
56 주흥 : 술을 마신 뒤에 취하여 일어나는 흥
57 대상 : 어떤 일의 상대가 되는 것

었을 테니 한잔 빨리게."

뚱뚱보는 말라깽이를 보던 맡58에 부르짖었다. 그 목소리는 몸짓과 딴판으로 연하고 싹싹하였다. 김 첨지는 이 친구를 만난 게 어떻게 반가운지 몰랐다. 자기를 살려준 은인이나 무엇같이 고맙기도 하였다.

"자네는 벌써 한잔한 모양일세그려. 자네도 오늘 재미가 좋아 보이."
하고 김 첨지는 얼굴을 펴서 웃었다.

"아따, 재미 안 좋다고 술 못 먹을 낸가. 그런데 여보게, 자네 왼몸59이 어째 물독에 빠진 새앙쥐 같은가? 어서 이리 들어와 말리게."

선술집은 훈훈하고 뜨뜻하였다. 추어탕을 끓이는 솥뚜껑을 열 적마다 뭉게뭉게 떠오르는 흰 김, 석쇠에서 뻐지짓 뻐지짓 구워지는 너비아니60구이며, 제육이며, 간이며, 콩팥이며, 북어며, 빈대떡……. 이 너저분하게 늘어놓은 안주 탁자에 김 첨지는 갑자기 속이 쓰려서 견딜 수 없었다. 마음대로 할 양이면 거기 있는 모든 먹음먹이61를 모조리 깡그리 집어삼켜도 시원치 않았다. 하되 배고픈 이는 우선 분량 많은 빈대떡 두 개를 쪼기로 하고 추어탕을 한 그릇 청하였다. 주린 창자는 음식 맛을 보더니 더욱더욱 비어지며 자꾸자꾸 들이라, 들이라 하였다. 순식간에 두부와 미꾸리 든 국 한 그릇을 그냥 물같이 들이켜고 말았다. 셋째 그릇을 받

---

58 맡 : 어떤 일을 하는 바로 그 순간
59 왼몸 : 온몸
60 너비아니 : 얇팍하게 저며 갖은 양념을 하여 구운 소고기
61 먹음먹이 : 먹음직한 음식들

아 들었을 제 데우던 막걸리 곱빼기 두 잔이 더웠다.

치삼이와 같이 마시자 원원이[62] 비었던 속이라 찌르르 하고 창자에 퍼지며 얼굴이 화끈하였다. 눌러 곱빼기 한 잔을 또 마셨다. 김 첨지의 눈은 벌써 개개풀리기[63] 시작하였다. 석쇠에 얹힌 떡 두 개를 숭덩숭덩 썰어서 볼을 볼록거리며 또 곱빼기 두 잔을 부어라 하였다.

치삼은 의아한 듯이 김 첨지를 보며,

"여보게 또 붓다니, 벌써 우리가 넉 잔씩 먹었네. 돈이 사십 전일세."

라고 주의시켰다.

"아따 이놈아, 사십 전이 그리 끔찍하냐. 오늘 내가 돈을 막 벌었어. 참 오늘 운수가 좋았느니."

"그래 얼마를 벌었단 말인가?"

"삼십 원을 벌었어. 삼십 원을! 이런 젠장맞을 술을 왜 안 부어…….
괜찮다 괜찮아, 막 먹어도 상관이 없어. 오늘 돈 산더미같이 벌었는데."

"어, 이 사람 취했군. 그만두세."

"이놈아, 이걸 먹고 취할 내냐, 어서 더 먹어."

하고는 치삼의 귀를 잡아 치며 취한 이는 부르짖었다. 그리고 술을 붓는 열다섯 살 됨직한 중대가리[64]에게로 달려들며,

---

62 원원이 : 본디 처음부터
63 개개풀리다 : 졸리거나 술에 취해서 눈에 기운이 흐려지다.
64 중대가리 : 중처럼 빡빡 깎은 머리 또는 그렇게 머리를 깎은 사람을 놀림조로 이르는 말

"이놈, 오라질 놈, 왜 술을 붓지 않어."

라고 야단을 쳤다. 중대가리는 희희 웃고 치삼을 보며 문의하는 듯이 눈
짓을 하였다. 주정꾼이 이 눈치를 알아보고 화를 버럭 내며,

"에미를 붙을 이 오라질 놈들 같으니, 이놈, 내가 돈이 없을 줄 알고."

하자마자 허리춤을 훔칫훔칫하더니 일 원짜리 한 장을 꺼내어 중대가리
앞에 펄쩍 집어던졌다. 그 사품65에 몇 푼 은전이 잘그랑 하며 떨어진다.

"여보게 돈 떨어졌네. 왜 돈을 막 끼얹나."

이런 말을 하며 일변66 돈을 줍는다. 김 첨지는 취한 중에도 돈의 거
처를 살피는 듯이 눈을 크게 떠서 땅을 내려다보다가 불시67에 제 하는
짓이 너무 더럽다는 듯이 고개를 소스라치자 더욱 성을 내며,

"봐라, 봐! 이 더러운 놈들아! 내가 돈이 없나. 다리 뼉다구를 꺾어 놓
을 놈들 같으니."

하고 치삼이 주워주는 돈을 받아,

"이 원수엣 돈! 이 육시68를 할 돈!"

하면서 팔매질69을 친다. 벽에 맞아 떨어진 돈은 다시 술 끓이는 양푼에
떨어지며 정당한 매를 맞는다는 듯이 쨍 하고 울었다.

---

65 사품 : 어떤 동작이나 일이 진행되는 바람이나 겨를
66 일변 : 한편
67 불시 : 뜻하지 아니한 때
68 육시 : 이미 죽은 사람의 시체에 다시 목을 베는 벌을 가함.
69 팔매질 : 작고 단단한 돌 등을 손에 쥐고, 팔을 힘껏 흔들어서 멀리 내던지는 짓

곱빼기 두 잔은 또 부어질 겨를도 없이 말려 가고 말았다. 김 첨지는 입술과 수염에 붙은 술을 빨아들이고 나서 매우 만족한 듯이 그 솔잎 송이 수염을 쓰다듬으며,

"또 부어, 또 부어."

라고 외쳤다.

또 한 잔 먹고 나서 김 첨지는 치삼의 어깨를 치며 문득 껄껄 웃는다. 그 웃음소리가 어떻게 컸던지 술집에 있는 이의 눈이 모두 김 첨지에게로 몰리었다. 웃는 이는 더욱 웃으며,

"여보게 치삼이, 내 우스운 이야기 하나 할까. 오늘 손을 태우고 정거장에까지 가지 않았겠나."

"그래서?"

"갔다가 그저 오기가 안됐데그려. 그래 전차 정류장에서 어름어름하며70 손님 하나를 태울 궁리를 하지 않았나. 거기 마침 마나님이신지 여학생이신지─요새야 어디 논다니71와 아가씨를 구별할 수가 있던가─망토를 두르고 비를 맞고 서 있겠지. 슬근슬근 가까이 가서 '인력거 타시랍시오' 하고 손가방을 받으려니까 내 손을 탁 뿌리치고 확 돌아서더니만 '왜 남을 이렇게 귀찮게 굴어!' 그 소리야말로 꾀꼬리 소리지, 허허!"

---

70 어름어름하다 : 말이나 행동을 똑똑하게 분명히 하지 못하고 자꾸 우물쭈물하다.
71 논다니 : 웃음과 몸을 파는 여자를 속되게 이르는 말

김 첨지는 교묘하게도 정말 꾀꼬리 같은 소리를 내었다. 모든 사람은 일시에 웃었다.

　"빌어먹을 깍쟁이 같은 년, 누가 저를 어쩌나, '왜 남을 귀찮게 굴어!' 어이구 소리가 채신⁷²도 없지, 허허."

　웃음소리들은 높아졌다. 그러나 그 웃음소리들이 사라지기 전에 김 첨지는 훌쩍훌쩍 울기 시작하였다.

　치삼은 어이없이 주정뱅이를 바라보며,

　"금방 웃고 지랄을 하더니 우는 건 또 무슨 일인가?"

김 첨지는 연해 코를 들이마시며,

　"우리 마누라가 죽었다네."

　"뭐, 마누라가 죽다니, 언제?"

　"이놈아 언제는. 오늘이지."

　"예끼 미친놈, 거짓말 말아."

　"거짓말은 왜, 참말로 죽었어, 참말로……. 마누라 시체를 집에 뻐들쳐 놓고 내가 술을 먹다니, 내가 죽일 놈이야, 죽일 놈이야."

하고 김 첨지는 엉엉 소리 내어 운다.

　치삼은 흥이 조금 깨어지는 얼굴로,

　"원 이 사람이, 참말을 하나 거짓말을 하나. 그러면 집으로 가세, 가."

하고 우는 이의 팔을 잡아당기었다.

---

72 채신 : 세상을 살아가는 데 가져야 할 몸가짐이나 행동을 낮잡아 이르는 말

치삼의 끄는 손을 뿌리치더니 김 첨지는 눈물이 글썽글썽한 눈으로 싱그레 웃는다.

"죽기는 누가 죽어."

하고 득의가 양양73.

"죽기는 왜 죽어, 생때같이74 살아만 있단다. 그 오라질 년이 밥을 죽이지. 인제 나한테 속았다."

하고 어린애 모양으로 손뼉을 치며 웃는다.

"이 사람이 정말 미쳤단 말인가. 나도 아주먼네가 앓는단 말은 들었는데."

하고 치삼이도 어느덧 불안을 느끼는 듯이 김 첨지에게 또 돌아가라고 권하였다.

"안 죽었어, 안 죽었대도 그래."

김 첨지는 화증을 내며 확신 있게 소리를 질렀으되 그 소리엔 안 죽은 것을 믿으려고 애쓰는 가락이 있었다. 기어이 일 원어치를 채워서 곱빼기를 한 잔씩 더 먹고 나왔다. 궂은비는 의연히 추적추적 내린다.

김 첨지는 취중에도 설렁탕을 사 가지고 집에 다다랐다. 집이라 해도 물론 셋집이요, 또 집 전체를 세든 게 아니라 안과 뚝 떨어진 행랑방75

---

73 득의양양 : 뜻한 바를 이루어 우쭐거리며 뽐냄.
74 생때같다 : 아무 탈 없이 멀쩡하다.
75 행랑방 : 대문 안쪽에 붙어 있는 방

한 칸을 빌려 든 것인데, 물을 길어 대고 한 달에 일 원씩 내는 터이다. 만일 김 첨지가 주기76를 띠지 않았던들 한 발을 대문에 들여놓았을 제 그곳을 지배하는 무시무시한 정적(靜寂)—폭풍우가 지나간 뒤의 바다 같은 정적에 다리가 떨렸으리라. 쿨룩거리는 기침 소리도 들을 수 없다. 그르렁거리는 숨소리조차 들을 수 없다. 다만 이 무덤 같은 침묵을 깨뜨리는—깨뜨린다느니 보다 한층 더 침묵을 깊게 하고 불길하게 하는 빡빡 하는 그윽한 소리, 어린애의 젖 빠는 소리가 날 뿐이다. 만일 청각이 예민한 이 같으면, 그 빡빡 소리는 빨 따름이요, 꿀떡꿀떡 하고 젖 넘어가는 소리가 없으니 빈 젖을 빤다는 것도 짐작할는지 모르리라.

혹은 김 첨지도 이 불길한 침묵을 짐작했는지도 모른다. 그렇지 않으면 대문에 들어서자마자 전에 없이,

"이 난장77 맞을 년, 남편이 들어오는데 나와 보지도 않아, 이 오라질 년."

이라고 고함을 친 게 수상하다. 이 고함이야말로 제 몸을 엄습해 오는 무시무시한 증을 쫓아 버리려는 허장성세(虛張聲勢)78인 까닭이다.

하여간 김 첨지는 방문을 왈칵 열었다. 구역을 나게 하는 추기79, 떨어

---

76 주기 : 술기운
77 난장 : 여러 사람이 한꺼번에 덤비어 때리는 매
78 허장성세 : 실속은 없으면서 큰소리치거나 허세를 부림.
79 추기 : 추깃물. 송장이 썩어서 흐르는 물

진 삿자리[80] 밑에서 나온 먼지내, 빨지 않은 기저귀에서 나는 똥내와 오줌내, 가지각색 때가 켜켜이 앉은 옷내, 병인의 땀 썩인 내가 섞인 추기가 무던 김 첨지의 코를 찔렀다.

방 안에 들어서며 설렁탕을 한구석에 놓을 사이도 없이 주정꾼은 목청을 있는 대로 다 내어 호통을 쳤다.

"이런 오라질 년, 주야장천(晝夜長川)[81] 누어만 있으면 제일이야! 남편이 와도 일어나지를 못해."

라는 소리와 함께 발길로 누운 이의 다리를 몹시 찼다. 그러나 발길에 차이는 건 사람의 살이 아니고 나뭇등걸과 같은 느낌이 있었다. 이때에 빽빽 소리가 응아 소리로 변하였다. 개똥이가 물었던 젖을 빼어 놓고 운다. 운대도 온 얼굴을 찡그려 붙여서 운다는 표정을 할 뿐이다. 응아 소리도 입에서 나는 게 아니고, 마치 배 속에서 나는 듯하였다. 울다가 울다가 목도 잠겼고, 또 울 기운조차 시진(澌盡)한[82] 것 같다.

발로 차도 그 보람이 없는 걸 보자 남편은 아내의 머리맡으로 달려들어 그야말로 까치집 같은 환자의 머리를 꺼들어[83] 흔들며,

"이년아, 말을 해, 말을! 입이 붙었어, 이 오라질 년!"

"……."

---

80 삿자리 : 갈대를 엮어서 만든 자리
81 주야장천 : 밤낮으로 쉬지 아니하고 연달아
82 시진하다 : 기운이 빠져 없어지다.
83 꺼들다 : 잡아 쥐고 당겨서 추켜들다.

"으응, 이것 봐, 아무 말이 없네."

"……."

"이년아, 죽었단 말이냐. 왜 말이 없어?"

"……."

"으응, 또 대답이 없네. 정말 죽었나버이."

이러다가 누운 이의 흰창84이 검은창85을 덮은, 위로 치뜬 눈을 알아보자마자,

"이 눈깔! 이 눈깔! 왜 나를 바라보지 못하고 천장만 바라보느냐, 응?" 하는 말끝엔 목이 멨다. 그러자 산 사람의 눈에서 떨어진 닭똥 같은 눈물이 죽은 이의 뻣뻣한 얼굴을 어룽어룽86 적시었다. 문득 김 첨지는 미칠 듯이 제 얼굴을 죽은 이의 얼굴에 한데 비비며 중얼거렸다.

"설렁탕을 사다 놓았는데 왜 먹지를 못하니, 왜 먹지를 못하니……. 괴상하게도 오늘은! 운수가 좋더니만……."

---

84 흰창 : '흰자위'의 방언
85 검은창 : '검은자위'의 방언
86 어룽어룽 : 뚜렷하지 아니하고 흐리게 어른거리는 모양

선생님이 들려주는 그 시절 이야기

태환 : 안녕하세요, 선생님. 오늘은 저희가 현진건의 「운수 좋은 날」을 읽었어요. 이 작품에 관한 얘기를 해 주세요.

선생님 : 그래, 무슨 이야기부터 시작할까?

서연 : 주인공 김 첨지가 인력거꾼으로 나오는데, 그 이야기를 먼저 듣고 싶어요. 인력거는 사람을 태우고 가는 수레인데, 사람이 앞에서 끌고 가는 거죠?

선생님 : 그래, 맞아. 한두 명의 사람을 태우고 사람이 직접 끌고 가는 수레지. 일부 부유층들이 타던 자가용 인력거도 있었지만, 대부분은 승객을 원하는 곳까지 태워다 주고 돈을 받는 상업적 운송 수단으로 쓰였어.

태환 : 언제 생겨났나요? 그리고 저는 영화에서 본 게 전부인데, 주로 동양 영화에서만 봤어요. 서양에서는 쓰이지 않았나요?

선생님 : 유럽에서도 17~18세기에 비슷한 게 있었는데 보편화되지는 못했다고 하더구나. 즉, 발명되기는 했는데, 널리 쓰이지 못하고 사라져버린 셈이지.

우리가 익히 아는 형태의 인력거는 1869년 일본에서 처음 발명됐다고 해. 그것이 우리나라와 중국으로도 전해졌는데, 우리나라에 처음 들어온 것은 1894년이었고.

서연 : 우리나라에서는 개화기 무렵부터 사용된 거군요. 그러면 언제쯤 사라졌죠?

선생님 : 인력거는 혼자서도 충분히 끌 수 있어 운행하기 쉽고 승차감도 좋았단다. 그래서 처음 등장한 후 이전 시대의 가마를 대체하는 교통수단으로 빠르게 자리 잡았어. 서울뿐 아니라 지방의 주요 도시에까지 보급되면서, 일제강점기로 이어지는 시기까지 널리 쓰였지. 그런데 1912년부터는 조금씩 쇠퇴하기 시작했어. 요즘의 택시에 해당하는 임대승용차가 등장했기 때문이야. 아무래도 사람이 끄는 수레가 자동차와는 경쟁이 안 되었던 거지. 그렇게 점차 줄어들다가 광복 무렵부터는 찾아보기 힘들어졌다고 해.

서연 : 그렇군요.

태환 : 그럼 당시 인력거꾼의 사회적 지위나 벌이는 어땠나요? 작품 속 김 첨지를 보면, 그리 좋아 보이지는 않던데…….

선생님 : 그래, 그런 점이 이 작품을 이해하는 데 더 중요하지. 그와 관련해서 떠오르는 내용을 말해 볼래?

태환 : 음……, 우선 김 첨지가 자식뻘인 어린 학생에게 굽신거리는 장면을 보면, 사회적으로 천대받았던 거 같아요. 전차 정류장에서 어떤 여자 손님이 '귀찮다'고 김 첨지를 뿌리치는 태도를 봐도 그렇고요.
또 조밥도 굶기를 먹다시피 하고, 앓는 아내에게 설렁탕 한 그릇 사 주지 못할 형편이었으니까 아주 가난했고, 그건 인력거꾼의 수입이 형편없었던 탓이겠죠?

선생님 : 그래 잘 보았다. 작품을 꼼꼼하게 잘 읽었구나.

서연 : 저는 이 작품에서 결말 장면이 충격적이었어요. 아내는 눈을 치뜬 채 죽어 있고, 어린아이는 죽은 엄마의 빈 젖을 빨고 있는 장면이 너무 안타깝고 참혹해서요.

그래서 사태를 그렇게 만든 김 첨지가 나쁘다고 생각했어요. 아내가 오늘은 나가지 말라고 애원하는데도 욕설을 섞어 퉁명스럽게 대꾸하고는 나가버렸잖아요?

그런데 한편으론 주인공이 그렇게 한 건 너무 가난했던 탓이라고 생각되기도 했어요. 끼니도 잇지 못하는 형편이니까 돈 버는 일이 무엇보다 중요했겠지요. 사실 저는 그렇게까지 가난하다는 것이 실감이 잘 안 나지만요.

선생님 : 그래, 네 말대로 김 첨지의 말투가 거칠고 비속하지만, 그건 밑바닥 인생을 살아가는 하층민들의 삶을 사실적으로 보여주는 거라고 이해할 수 있을 듯하다.

그리고 주인공이 아내를 함부로 대하는 듯도 싶지만, 사실은 아내에 대한 애정이 깊은 인물이라고 봐야 하지. 돈을 벌게 되자 아내에게 설렁탕을 사 줄 수 있다고 기뻐하고, 인력거를 끌고 가다가도 아내의 모습이 아른거려 괴로워하지 않니? 그러면서도 일을 계속했던 건 평소 어떻게든 돈을 벌어야 살 수 있다는 생각이 절실했기 때문이겠지.

그런 가난이 실감 나지 않는다는 네 말도 충분히 이해가 된다. 너희들의 경험으로는 선뜻 연상되지 않는 게 당연하지. 하지만 당시는 수많은 사람들이 굶주림에 시달리고, 먹고살 길을 찾아 고향을 버리고 만주로 떠나가던 시대였다는 사실을 떠올려 보렴. 이 작품의 상황은 그런 시대 현실의 한 단면이라 할 수 있어. 즉, 극도로 궁핍한 시대였던 1920년대 서울에서 살아가던 하층 노동자의 생활상을 보여주고 있는 거지.

그런 점에서 이 작품은 1920년대 사실주의 소설의 대표작으로 꼽힌단다. 인력거꾼이라는 전형적인 도시 하층민을 통해 암울한 현실을 생생하게 묘사했기 때문이야.

서연 : 네, 알겠습니다.

선생님 : 서연이는 비극적인 결말 장면이 충격적이어서 기억에 강하게 남 았구나. 그 밖에 인상적인 부분은 없었니?

태환 : 저도 결말이 너무 비참해서 기억에 남아요. 그런데 또 그걸 계 기로 어떤 반전이 일어나며 작품 속 상황이 완전히 뒤바뀌는 점 도 매우 인상적이었어요.

선생님 : 조금 자세히 이야기해 볼래?

태환 : 주인공이 집으로 돌아와 아내의 죽음을 확인한 순간, 앞부분에 서 이어지던 행운의 상황이 최악의 상황으로 돌변하잖아요? 그러니까 돈을 많이 벌게 되어 "오래간만에도 닥친 운수 좋은 날"이 가장 불행한 날로 바뀌게 되었다는 거죠. 그렇게 전반부 의 흐름이나 기대와 어긋나는 결말이 나오면서 어떤 충격을 주 는 거 같아요.

선생님 : 이 작품의 아이러니를 말하는 거구나.

서연 : 아, 맞아요! 이런 걸 아이러니라고 하죠? 예전에 선생님이 김유
정의 「만무방」 이야기를 하면서 설명해 주신 게 기억나요.

선생님 : 그럼 네가 아이러니에 대해 간단하게 정리해 볼래?

서연 : 아이러니는 우리말로 '반어'라고도 해요. 겉뜻과 속뜻, 예상과 실
제가 다를 때를 가리키는데, '말의 아이러니'와 '상황의 아이러
니'가 있어요.

우선 말의 아이러니는 수사적인 표현법의 하나로 실제와 반대되
는 뜻의 말을 하는 걸 가리켜요. 어떤 실수를 한 사람한테 "자~
알 한다!"라고 말하는 게 그거죠. 즉, 일부러 정반대로 표현해서
그 효과를 높이려는 거예요.

상황의 아이러니는 짧은 한두 마디의 말이 아니라 어떤 상황이
어긋나거나 모순된 느낌을 주는 경우를 가리켜요. 주인공이 앞
으로 다가올 운명이나 상황을 모르고 그에 반대되는 행동을 하
거나, 어떤 사건이 일반적으로 예상되는 것과 다르게 전개되는
거 같은 거요.

선생님 : 아주 정확하게 잘 알고 있구나. 그러면, 이 작품의 아이러니는
어떤 거라고 할 수 있을까?

서연 : 행운이 이어지던 상황이 아내의 죽음이라는 끔찍한 불행으로 바
뀌었으니까 '상황의 아이러니' 아닌가요?

선생님 : 맞아. 결말의 반전을 통해 작품 전체의 구조가 아이러니하게
되었으니까 그렇게 볼 수 있지. 그런데 제목만 놓고 본다면 어
떨까?

태환 : 그건 '말의 아이러니'가 되는 거 같아요.

선생님 : 맞아. 결국 이 작품에서는 두 가지 아이러니가 모두 구사되고 있다고 볼 수 있지.

서연 : 네, 어쨌든 이런 아이러니로 인해 작품의 주제가 아주 인상 깊고 강렬하게 전달되는 거 같아요.

선생님 : 맞아, 그게 가장 중요한 점이지. 아내가 비참하게 죽는 날을 '운수 좋은 날'이라고 표현함으로써, 이 작품의 비극적인 주제가 더 통렬하게 다가오지 않니?

이처럼 아이러니는 속뜻을 숨기고 반대로 표현함로써 자신의 의도를 더 효과적으로 표현하는 기법이란다. 이 작품은 그걸 잘 활용한 대표적 소설의 하나이고.

서연 : 네, 잘 알겠습니다.

태환 : 오늘도 좋은 말씀 감사합니다!

식민지 조선의
피폐해진 농촌

현진건 「고향」 / 박영준 「모범 경작생」

일제의 식민지 수탈 정책으로 황폐해져 가는 농촌의 모습을
그린 작품들이다. 순박한 농사꾼과 기회주의적인 인물 등을 내세워
일제의 수탈과 기만적인 농촌 정책을 폭로하고 비판했다.

고향

현진건 (1900~1943)

작가 소개

현진건은 대구에서 태어났다. 서당에서 한문을 공부하다가 일본으로 건너가 세이조중학에 입학하여 1917년에 졸업하였다. 이듬해 다시 중국 상하이로 가서 후장대학에 입학했으나, 학업을 마치지 못하고 1919년에 귀국하였다.

1921년 조선일보사에 입사하여 언론계에 발을 디딘 후, 동명사와 시대일보사를 거쳐 동아일보사에서 기자로 근무하였다. 『동아일보』 사회부장으로 재직하던 1936년에 손기정 선수의 베를린올림픽 마라톤 우승 보도와 관련해 일어난 일장기말소사건으로 구속되었다.

1년간 옥살이를 하고 출옥한 후에는 동아일보사를 사직하고 작가로서 소설 창작에만 전념했다. 이후 일제 말기까지 친일 문학을 거부하며 가난한 생활을 영위하다가 1943년 장결핵으로 세상을 떠났다.

현진건은 1920년 『개벽』에 단편 「희생화」를 발표하며 문필 활동을 시작했다. 그 다음 해에 발표한 「빈처」로 문단의 주목을 받았으며, 1922년에는 박종화, 박영희, 나도향 등과 함께 『백조』 동인으로 활동하며 근대 문학 운동을 펼쳤다.

그의 작품들은 크게 세 가지 경향으로 나누어 볼 수 있다.

첫 번째는 1920년대 초에 발표된, 지식인이 주인공으로 등장하는 신변소설들이다. 「빈처」, 「술 권하는 사회」, 「타락자」 등이 대표적인데, 이 작품들은 1인칭 시점으로 작가 자신의 자전적 체험을 많이 담아내며 사회에 조화되지 못하는 지식인의 좌절과 고뇌를 주로 형상화하였다.

두 번째는 현실 고발적인 경향의 작품들로서, 1920년대 중반에 발표된 「운수 좋은 날」, 「불」, 「고향」 등이 이에 해당한다. 이들 작품에서 작가는 식민지 사회의 모순과 민족적 현실에 주목하고, 도시 하층민과 농촌 여성, 떠돌이 노동자 등 민중들의 비참한 삶을 사실주의적 기법으로 그려냈다.

마지막 경향의 작품들로는 1930년대 이후에 발표된 『적도』, 『무영탑』, 『흑치상지』, 『선화공주』 등의 연재 장편소설을 들 수 있다. 이들은 삼각관계를 다룬 연애소설과 과거에서 소재를 취한 역사소설들로서, 연재소설의 특성상 통속성을 띠면서도 민족 의식을 담아내고 있는 특징을 보인다.

이처럼 그의 작품들은 시간의 흐름 속에서 여러 경향을 보였지만, 문학사적으로는 1920년대 초·중반에 발표된 사실주의 계열의 소설들이 주목된다. 작가는 이들 작품에서 섬세하고 치밀한 사실적 묘사와 반전을 내포한 탄탄한 구성 등 세련된 단편소설의 기법을 선보였다.

이런 점으로 인해 그는 김동인, 나도향 등과 함께 한국 근대 단편소설의 양식을 확립하는 데 기여한 선구자로 평가되고 있다.

작품 해설

이 소설은 기차간에서 우연히 만난 한 실향민의 사연을 통해, 1920년 대 고향을 잃고 떠도는 사람들의 비참한 삶을 그려내고 일제의 식민지 수탈 정책을 비판하고 있는 작품이다.

'나'는 서울로 가는 기차간에서 한·중·일 삼국의 옷을 기묘하게 섞어 입은 '그'를 만난다. 그의 어쭙잖은 행동에 외면하려 했지만 마주 앉아 말을 걸어오는 바람에 대화를 나누게 된다.

그는 대구 근교의 농촌에서 평화롭게 살았다. 그러다가 세상이 뒤바뀌어 농토가 동양척식주식회사 소유로 넘어가면서 먹고살기 힘들어지자 서간도로 이주해 간다. 하지만 그곳에서도 모진 고생만 하다가 부모가 병과 굶주림으로 죽고 만다.

이후 그는 일본 규슈의 탄광과 오사카 철공장 등을 떠돌다가 9년 만에 고향을 찾아갔으나 폐허로 변해 있었다. 그곳에서 예전에 혼담이 있던 '궐녀'를 만나기도 했으나, 그녀 역시 유곽에 팔려 가는 기구한 생활 끝에 피폐해져 있었다. 그렇게 고향을 둘러본 후 지금은 돈벌이를 위해 서울로 올라가는 길이었다.

그의 사연을 들으면서 나는 그에게 깊은 동정을 느끼게 되고 함께 술을 나눈다. 이야기를 마친 그는 이제 취흥에 겨워 어릴 때 멋모르고 부르던 노래를 읊조린다.

위의 줄거리가 보여주듯, 이 작품은 지식인 화자인 '나'가 열차에서 한 떠돌이 사내를 만나 대화를 나눈다는 것이 전체적인 얼개를 이룬다. 그리고 이러한 틀 속에 '그'의 과거 체험담이 내부 이야기로 담겨 있는 액자식 구성을 취한다.

여기서 작품의 주된 내용을 이루는 것은 내부 이야기이다. 이 내부 이야기에서 평범하고 순박한 농사꾼이 고향을 잃고 서간도와 일본으로 유랑하게 된 이유와 내력이 그려지고, 그와 혼담이 오갔던 여인의 비극적 사연도 제시된다.

처음 나는 찻간에서 주제넘고 부산하게 구는 그가 탐탁치 않았으나, 대화를 나누며 점차 그의 신산한 얼굴 모습과 인생 역정에 동정과 연민을 느끼게 된다. 그것은 무엇보다 이민족의 지배에 신음하는 한 민족으로서의 동질감을 확인했기 때문이다.

이는 황폐해진 고향 이야기 끝에 눈물을 흘리는 그에게서 "음산하고 비참한 조선의 얼굴을 똑똑히 본 듯싶었다."라고 서술한 구절에 잘 나타난다. 즉 '그'의 고통스러운 삶은 개인의 일에 그치지 않고 우리 민족의 현실을 대변하는 것이다. 유곽에 팔려간 '궐녀'의 기구한 삶 또한 마찬가지이다.

이처럼 작가는 전형적인 인물의 사연을 액자식 구성에 담아 표현함으로써 당대 조선의 비참한 현실을 집약적으로 드러내고, 농촌의 황폐화를 야기한 일제의 식민 정책을 비판하는 주제 의식을 효과적으로 형상화하고 있다.

고향

대구에서 서울로 올라오는 차중에서 생긴 일이다. 나는 나와 마주 앉은 그를 매우 흥미 있게 바라보고 또 바라보았다. 두루마기 격으로 기모노¹를 둘렀고, 그 안에서 옥양목² 저고리가 내어 보이며 아랫도리엔 중국식 바지를 입었다. 그것은 그네들이 흔히 입는 유지³ 모양으로 번질번질한 암갈색 피륙⁴으로 지은 것이었다. 그리고 발은 감발⁵을 하였는데 짚신을 신었고, 고부가리⁶로 깎은 머리엔 모자도 쓰지 않았다. 우연히 이따금 기묘한 모임을 꾸민 것이다.

우리가 자리를 잡은 찻간에는 공교롭게 세 나라 사람이 다 모였으니, 내 옆에는 중국 사람이 기대었다. 그의 옆에는 일본 사람이 앉아 있었다. 그는 동양 삼국 옷을 한 몸에 감은 보람이 있어 일본말도 곧잘 철철

---

1 기모노 : 일본 전통 의상의 하나
2 옥양목 : 생목보다 발이 고운 무명. 빛이 희고 얇다. 여기서 생목이란 천을 짠 후에 잿물에 삶아서 뽀얗게 처리하지 아니한, 원래 그대로의 무명을 말한다.
3 유지 : 기름칠한 종이
4 피륙 : 아직 끊지 아니한 베나 무명, 비단 따위의 천을 통틀어 이르는 말
5 감발 : 천으로 발을 감은 차림새
6 고부가리 : 5푼 길이로 깎은 머리. '고부'는 '5푼', '가리'는 '베기, 깎기'라는 뜻의 일본어이다. '5푼'의 길이는 1.5cm에 해당한다.

대이거니와 중국말에도 그리 서툴지 않은 모양이었다.

'고꼬마데 오이데 데스까?(어디까지 가십니까?)' 하고 첫마디를 걸더니만, 도쿄가 어떠니, 오사카가 어떠니, 조선 사람은 고추를 끔찍이 많이 먹는다는 둥, 일본 음식은 너무 싱거워서 처음에는 속이 뉘엿걸다[7]는 둥, 횡설수설 지껄이다가 일본 사람이 엄지와 검지 손가락으로 짧게 끊은 꼿꼿한 윗수염을 비비면서 마지못해 까땍까땍하는 고개와 함께 '소데스까(그렇습니까)'란 한마디로 코대답[8]을 할 따름이요, 잘 받아 주지 않으매, 그는 또 중국인을 붙들고서 실랑이를 하였다. '니상나얼취[9]……', '니싱섬마[10]' 하고 덤벼 보았으나 중국인 또한 그 기름 낀 뚜우한[11] 얼굴에 수수께끼 같은 웃음을 띨 뿐이요, 별로 대꾸를 하지 않았건만, 그래도 무어라고 연해 웅얼거리면서 나를 보고 웃어 보였다.

그것은 마치 짐승을 놀리는 요술쟁이가 구경꾼을 바라볼 때처럼 훌륭한 재주를 갈채해[12] 달라는 웃음이었다. 나는 쌀쌀하게 그의 시선을 피해 버렸다. 그 주적대는[13] 꼴이 어줍지 않고 밉살스러웠다.

그는 잠깐 입을 닫치고 무료한 듯이 머리를 덕억덕억 긁기도 하며, 손

---

7 뉘엿걸다 : 뉘엿거리다. 속이 메스꺼워 자꾸 토할 듯하다.
8 코대답 : 별로 마음에 내켜 하지 않는 일에 대해 콧소리를 내며 성의 없이 하는 대답
9 니상나얼취 : '어디 가십니까?'라는 뜻의 중국어
10 니싱섬마 : '이름이 무엇입니까?'라는 뜻의 중국어
11 뚜우하다 : 뚜하다. 말이 없고 언짢아하는 기색이 있다.
12 갈채하다 : 기쁜 소리로 크게 외치며 칭찬하거나 환영하다.
13 주적대다 : 주책없이 자꾸 잘난 체하며 크게 떠들다.

톱을 이로 물어뜯기도 하고, 멀거니 창밖을 내다보기도 하다가, 암만해도 중절대지14 않고는 못 참겠던지 문득 나에게로 향하며, '어디꺼정 가는 기오?'라고 경상도 사투리로 말을 붙인다.

"서울까지 가요."

"그런기오. 참 반갑구마. 나도 서울꺼정 가는데. 그러면 우리 동행이 되겠구마."

나는 이 지나치게 반가워하는 말씨에 대하여 무어라고 대답할 말도 없고, 또 굳이 대답하기도 싫기에 덤덤히 입을 닫쳐 버렸다.

"서울에 오래 살았는기요?"

그는 또 물었다.

"육칠 년이나 됩니다."

조금 성가시다 싶었으되, 대꾸 않을 수도 없었다.

"에이구, 오래 살았구마. 나는 처음길인데 우리 같은 막벌이군15이 차를 내려서 어디로 찾아가야 되겠는기요? 일본으로 말하면 기진야도16 같은 것이 있는기오?"

하고 그는 답답한 제 신세를 생각했던지 찡그려 보았다.

그때 나는 그의 얼굴이 웃기보다 찡그리기에 가장 적당한 얼굴임을

---

14 중절대다 : 수다스럽게 중얼거리다.

15 막벌이군 : 막벌이꾼. 아무 일이나 닥치는 대로 하여 돈을 버는 사람

16 기진야도 : '싸구려 여인숙'을 가리키는 일본어. 원래는 숙박객이 자취를 하면서 땔나무 값만 내면 되는 형태의 여인숙을 가리켰다.

발견하였다. 군데군데 찢어진 건성드뭇한17 눈썹이 올올이 일어서며, 아래로 축 처지는 서슬에 양미간에는 여러 가닥 주름이 잡히고, 광대 뼈 위로 뺨살이 실룩실룩 보이자 두 볼은 쪽 빨아든다. 입은 소태18나 먹은 것처럼 왼편으로 삐뚤어지게 찢어 올라가고, 쾨던 눈엔 눈물이 괸 듯 삼십 세밖에 안 되어 보이는 그 얼굴이 10년가량은 늙어진 듯하였다.

나는 그 신산스러운19 표정에 얼마쯤 감동이 되어 그에게 대한 반감이 풀려지는 듯하였다.

"글쎄요, 아마 노동 숙박소란 것이 있지요."

노동 숙박소에 대해서 미주알고주알 묻고 나서,

"시방 가면 무슨 일자리를 구하겠는기오?"

라고 그는 매달리는 듯이 또 쾌쳤다.

"글쎄요, 무슨 일자리를 구할 수 있을는지요."

나는 내 대답이 너무 냉랭하고 불친절한 것이 죄송스러웠다. 그러나 일자리에 대하여 아무 지식이 없는 나로서는 이외에 더 좋은 대답을 해 줄 수가 없었던 것이다. 그 대신 나는 은근하게 물었다.

"어디서 오시는 길입니까?"

---

17 건성드뭇하다 : 비교적 많은 수효의 것이 듬성듬성 흩어져 있다.

18 소태 : 소태나무의 껍질. 약재로 쓰이는데 맛이 아주 쓰다.

19 신산스럽다 : 보기에 사는 것이 힘들고 고생스러운 데가 있다.

"흠, 고향에서 오누마." 하고 그는 휘 한숨을 쉬었다. 그러자 그의 신세타령의 실마리는 풀려 나왔다.

그의 고향은 대구에서 멀지 않은 K군 H란 외따른[20] 동리였다. 한 백호 남짓한 그곳 주민은 전부가 역둔토[21]를 파먹고 살았는데, 역둔토로 말하면 사삿집[22] 땅을 부치는 것보다 떨어지는 것이 후하였다. 그러므로 넉넉지는 못할망정 평화로운 농촌으로 남부럽지 않게 지낼 수 있었다. 그러나 세상이 뒤바뀌자 그 땅은 전부가 동양척식회사[23]의 소유에 들어가고 말았다. 직접으로 회사에 소작료를 바치게 되었으면 그래도 나으련만, 소위 중간 소작인이란 것이 생겨나서 저는 손에 흙 한 번 만져 보지도 않고 동척[24]엔 소작인 노릇을 하며, 실작인[25]에게는 지주 행세를 하게 되었다. 동척에 소작료를 물고 나서 또 중간 소작인에게 긁히고 보니, 실작인의 손에는 소출이 3할도 떨어지지 않았다. 그후로 '죽겠다, 못 살겠다' 하는 소리는 중이 염불하듯 그들의 입길에서 오르내리게 되었

---

20 외따르다 : 외딸다. 다른 곳과 동떨어져 홀로 있다.

21 역둔토 : 예전에, 나라에서 역에 내려 준 둔토를 이르던 말. 둔토란 관청의 비용을 충당하던 논과 밭을 가리키는데, 관노비나 일반 농민이 경작하였으며 소출의 일부를 거두어 경비를 충당하였다.

22 사삿집 : 공공 기관이 아니라 개인이 살림하는 집

23 동양척식회사 : 동양척식주식회사. 1908년 일본이 한국의 토지와 자원을 독점하고 수탈할 목적으로 설립한 국책 회사

24 동척 : '동양척식주식회사'를 줄여 이르는 말

25 실작인 : 실제의 경작자

다. 남부여대26하고 타처27로 유리하는28 사람만 늘고 동리는 점점 쇠진해29 갔다.

지금으로부터 9년 전, 그가 열일곱 살 되던 해 봄에(그의 나이는 실상 스물여섯이었다. 가난과 고생이 얼마나 사람을 늙히는가?) 그의 집안은 살기 좋다는 바람에 서간도로 이사를 갔었다. 쫓겨 가는 운명이거든 어디를 간들 신신하랴30. 그곳의 비옥한 전야31도 그들을 위하여 열려질 리 없었다. 조금 좋은 땅은 먼저 간 이가 모조리 차지하였고, 황무지는 비록 많다 하나 그곳 당도하던 날부터 아침거리 저녁거리 걱정이랴. 무슨 행세로 적어도 1년이란 장구한32 세월을 먹고 입어 가며 거친 땅을 풀 수가 있으랴. 남의 밑천을 얻어서 농사를 짓고 보니, 가을이 되어 얻는 것은 빈주먹뿐이었다.

이태33 동안을 사는 것이 아니라 억지로 버티어 갈 제, 그의 아버지는 망연히 병을 얻어 타국의 외로운 혼이 되고 말았다. 열아홉 살밖에

---

26 남부여대 : 남자는 짐을 지고 여자는 짐을 인다는 뜻으로, 가난한 사람들이나 재난을 당한 사람들이 살 곳을 찾지 못하고 온갖 고생을 하며 이리저리 떠돌아다님을 비유적으로 이르는 말
27 타처 : 다른 곳
28 유리하다 : 일정한 집과 직업이 없이 이곳저곳으로 떠돌아다니다.
29 쇠진하다 : 점점 쇠퇴하여 바닥이 나다.
30 신신하다 : 마음에 들게 시원스럽다.
31 전야 : 논밭으로 이루어진 들
32 장구하다 : 매우 길고 오래다.
33 이태 : 두 해

안 된 그가 홀어머니를 모시고 악으로, 악으로 모진 목숨을 이어 가는 중 4년이 못 되어 영양 부족한 몸이 심한 노동에 지친 탓으로 그의 어머니 또한 죽고 말았다.

"모친까장 돌아갔구마."

"돌아가실 때 흰죽 한 모금도 못 자셨구마."

하고 이야기하던 이는 문득 말을 뚝 끊는다.

나는 무엇이라고 위로할 말을 몰랐다. 한동안 머뭇머뭇이 있다가 나는 차를 탈 때에 친구들이 사준 정종34병 마개를 뺐다. 찻잔에 부어서 그도 마시고 나도 마셨다. 악착한35 운명이 던져 준 깊은 슬픔을 술로 녹이려는 듯이 연거푸 다섯 잔을 마시는 그는 다시 말을 계속하였다.

그 후 그는 부모 잃은 땅에 오래 머물기 싫었다. 신의주로, 안동현으로 품을 팔다가 일본으로 또 벌이를 찾아가게 되었다. 규슈 탄광에 있어도 보고, 오사카 철공장에도 몸을 담아 보았다. 벌이는 조금 나았으나 외롭고 젊은 몸은 자연히 방탕해졌다. 돈을 모으려야 모을 수 없고 이따금 울화만 치받치기36 때문에 한곳에 주접37을 하고 있을 수 없었다.

----

34 정종 : 찐 쌀을 일본식으로 빚어 만든 맑은 술
35 악착하다 : 잔인하고 끔찍스럽다.
36 치받치다 : 세차게 북받쳐 오르다.
37 주접 : 어느 곳에 잠시 머물러 삶.

화도 나고 고국산천38이 그립기도 하여서 훌쩍 뛰어나왔다가 오래간만에 고향을 둘러보고 벌이를 구할 겸 서울로 올라가는 길이라 했다.

"고향에 가시니 반가워하는 사람이 있습디까?"

나는 탄식하였다.

"반가워하는 사람이 다 뭔기오, 고향이 통 없어졌더마."

"그렇겠지요. 9년 동안이나 퍽 변했겠지요."

"변하고 뭐고 간에 아무것도 없더마. 집도 없고, 사람도 없고, 개 한 마리도 얼씬을 않더마."

"그러면, 아주 폐농39이 되었단 말씀이오?"

"흥, 그렇구마. 무너지다 만 담만 즐비하게 남았드마. 우리 살던 집도 터야 안 남았는기오. 암만 찾아도 못 찾겠더마. 사람 살던 동리가 그렇게 된 것을 혹 구경했는기오?"

하고 그의 짜는 듯한 목은 높아졌다.

"썩어 넘어진 서까래, 뚤뚤 구르는 주추40는! 꼭 무덤을 파서 해골을 헐어 젖혀 놓은 것 같더마. 세상에 이런 일도 있는기오? 백여 호 살던 동리가 10년이 못 되어 통 없어지는 수도 있는기오, 후!"

하고 그는 한숨을 쉬며, 그때의 광경을 눈앞에 그리는 듯이 멀거니 먼

---

38 고국산천 : 조상 적부터 살아온 자기 나라의 산과 물이라는 뜻으로, 자기 나라를 정겹게 이르는 말

39 폐농 : 농사를 그만둠.

40 주추 : 기둥 밑에 괴는 돌 따위의 물건

산을 보다가 내가 따라 준 술을 꿀꺽 들이켜고,

"참! 가슴이 터지더마, 가슴이 터져."

하자마자 굵직한 눈물 둬 방울이 뚝뚝 떨어진다.

나는 그 눈물 가운데 음산하고 비참한 조선의 얼굴을 똑똑히 본 듯싶었다.

이윽고 나는 이런 말을 물었다.

"그래, 이번 길에 고향 사람은 하나도 못 만났습니까?"

"하나 만났구마, 단지 하나."

"친척 되는 분이던가요?"

"아니구마, 한 이웃에 살던 사람이구마." 하고 그의 얼굴은 더욱 침울했다.

"여간 반갑지 않으셨지어요."

"반갑다마다. 죽은 사람을 만난 것 같더마. 더구나 그 사람은 나와 까닭도 좀 있던 사람인데……."

"까닭이라니?"

"나와 혼인 말이 있던 여자구마."

"하아!"

나는 놀란 듯이 벌린 입이 닫히지 않았다.

"그 신세도 내 신세만 하구마."

하고 그는 또 이야기를 계속하였다.

그 여자는 자기보다 나이 두 살 위였는데, 한 이웃에 사는 탓으로 같이 놀기도 하고 싸우기도 하며 자랐다. 그가 열네 살 적부터 그들 부모들 사이에 혼인 말이 있었고 그도 어린 마음에 매우 탐탁하게41 생각하였었다. 그런데 그 처녀가 열일곱 살 된 겨울에 별안간 간 곳을 모르게 되었다.

알고 보니, 그 아버지 되는 자가 20원을 받고 대구 유곽42에 팔아먹은 것이었다. 그 소문이 퍼지자 그 처녀 가족은 그 동리에서 못 살고 멀리 이사를 갔는데, 그 후로는 물론 피차43에 한 번 만나 보지도 못하였다. 이번에야 빈터만 남은 고향을 구경하고 돌아오는 길에 읍내에서 그 아내 될 뻔한 댁과 마주치게 되었다.

처녀는 어떤 일본 사람 집에서 아이를 보고 있었다. 궐녀44는 20원 몸값을 10년을 두고 갚았건만 그래도 주인에게 빚이 60원이나 남았었는데, 몸에 몹쓸 병이 들어 나이 늙어져서 산송장이 되니까, 주인 되는 자가 특별히 빚을 탕감해 주고, 작년 가을에야 놓아준 것이었다.

궐녀도 자기와 같이 10년 동안이나 그리던 고향에 찾아오니까 거기에는 집도 없고, 부모도 없고 쓸쓸한 돌무더기만 눈물을 자아낼 뿐이었다. 하루해를 울어 보내고 읍내로 들어와서 돌아다니다가, 10년 동안에 한 마디, 두 마디 배워 두었던 일본말 덕택으로 그 일본 집에 있게 되었던 것이다.

---

41 탐탁하다 : 족히 마음에 들어 만족스럽다.
42 유곽 : 많은 창녀를 두고 매음 영업을 하는 집. 또는 그런 집이 모여 있는 곳
43 피차 : 이쪽과 저쪽의 양쪽
44 궐녀 : 이전에, '그 여자'를 낮추어 이르던 말

"암만 사람이 변하기로 어째 그렇게도 변하는기오? 그 숱 많던 머리가 홀렁 다 벗어졌두마. 눈은 푹 들어가고 그 이들이들하던 얼굴빛도 마치 유산45을 끼얹은 듯하더마."

"서로 붙잡고 많이 우셨겠지요."

"눈물도 안 나오더마. 일본 우동집에 들어가서 둘이서 정종만 열 병 때려뉘고 헤어졌구마."

하고 가슴을 짜는 듯한 괴로운 한숨을 쉬더니만, 그는 지난 슬픔을 새록새록 자아내어 마음을 새기기에 지쳤음이더라.

"이야기를 다하면 뭐하는기오."

하고 쓸쓸하게 입을 다문다.

나 또한 너무도 참혹한 사람살이를 듣기에 쓴물이 났다.

"자, 우리 술이나 마자 먹읍시다."

하고 우리는 주거니 받거니 한 되 병을 다 말리고 말았다. 그는 취흥에 겨워서 우리가 어릴 때 멋모르고 부르던 노래를 읊조렸다.

　　볏섬46이나 나는 전토47는

　　신작로가 되고요……

---

45 유산 : 황산. 색깔이 없고 냄새가 없으며 끈기가 있는 불휘발성의 액체로 강한 탈수 작용
　이 있으며, 유기물을 분해하고 피부를 상하게 한다.
46 볏섬 : 짚으로 만든 곡물을 담는 그릇에 채운 벼
47 전토 : 논과 밭 따위의 경작지를 통틀어 이르는 말

말마디나 하는 친구는

감옥소로 가고요⋯⋯

담뱃대나 떠는 노인은

공동묘지 가고요⋯⋯

인물이나 좋은 계집은

유곽으로 가고요⋯⋯

선생님이 들려주는 그 시절 이야기

태환 : 안녕하세요, 선생님. 오늘도 우리 단편소설에 대한 이야기 들려주세요.

선생님 : 알았어. 이번에 읽은 작품은 무엇이니?

서연 : 현진건의 「고향」을 읽고 왔어요.

선생님 : 그랬구나. 그럼 먼저 너희들이 작품을 읽고 느낀 점부터 들어보고, 궁금한 것에 대해 이야기해 보자. 작품을 읽고 어떤 생각이 들었니?

서연 : 저는 이 작품에 일제강점기 간도 이주민 이야기가 나오는 점이 우선 눈에 띄었어요. 얼마 전에 읽었던 최서해의 「홍염」도 그랬잖아요? 그때 같은 소재를 다룬 김동인의 「붉은 산」과 비교해 보기도 했고요.

선생님 : 그동안 너희들이 우리 소설을 열심히 읽더니 이제 상당한 작품을 알게 됐구나! 그럼 그 작품들을 함께 떠올려 보면서 무슨 생각을 했니?

서연 : 여러 작가들이 이렇게 동일한 소재를 다루는 걸 보고, 그때 만주 이주가 대규모로 이루어졌고 정말 심각한 사회문제였구나 하는 생각이 들었어요.

그러면서 선생님이 「붉은 산」 얘기하실 때, 1920년대에 만주 이

주민 수가 100만 명에 이르렀고, 일제 말기에 가면 200만 명을 넘었다고 말씀하신 게 기억났어요.

또 그들이 춥고 척박한 땅에서 갖은 고생을 하며 농사를 지었지만 기근과 질병에 시달리다 죽어간 사람도 많았다고 하셨는데, 이 작품에도 그런 사연이 나와서 다시 실감하게 되었어요.

선생님 : 그래, 네 말대로 당시 수많은 사람들이 만주로 건너가 비참한 생활을 했던 일은 식민지 조선이 당면했던 중대한 문제였지. 그때 인구수가 2천 5백만 명이 조금 넘었다는 걸 감안해 보면, 얼마나 많은 사람들이 만주로 이주해 간 건지 알 수 있겠지?

조금 더 이야기하자면, 만주 외에 해외의 다른 지역으로 건너간 사람들도 엄청났단다. 일본이나 소련 연해주 지방, 중국과 미국 등이 대표적인데, 이들 지역의 해외 동포 수를 합치면 만주 이주민 수보다 더 많았다고 추정되고 있어.

태환 : 그렇군요. 이 작품에서도 주인공 '그'가 간도를 떠난 후에는 일본의 여러 곳을 떠돌다 온 게 생각나요.

그런데 선생님, 이 시기 왜 이렇게 많은 사람들이 고향을 버리고 낯선 이국땅으로 떠났나요? 물론 일제의 수탈 때문이었겠지만, 조금 더 구체적으로 알고 싶어요.

선생님 : 그래 네 말대로 일제의 수탈이 근본 원인이었지. 일제의 식민지 수탈은 다양한 방식으로 이루어졌지만, 이 작품에 나오는 내용을 중심으로 이야기해 보자꾸나.

그와 관련해 뭐 떠오르는 게 없니? 주인공 '그'가 왜 고향을 떠난 걸로 나오지?

태환 : 아, '동양척식회사' 때문에 그렇게 된 걸로 나와요. '넉넉지는 못
할망정 평화로운 농촌으로 남부럽지 않게' 지냈는데, 동양척식회
사가 그들이 경작하던 역둔토를 소유하게 되면서 착취가 심해졌
다고요.

그런데 여기서 '역둔토'가 뭔지 잘 모르겠어요. 그리고 '동양척
식회사'는 일제가 세운 회사라고 들었는데, 그 회사가 식민지 수
탈과 관계가 있는 건가요?

선생님 : 먼저 '역둔토'는 고려와 조선 시대, 나라에서 역참에 내려준 둔
토를 말하는 거야. 역참이 뭔지는 알지?

서연 : 네, 김동리의 「역마」 얘기할 때 설명해 주셨어요. 관원들이 이용
하도록 전국에 설치한 숙소 같은 건데, 조선 시대 관원들이 공
무로 지방을 다닐 때 각 지역의 역참에서 관리하는 말들을 갈아
타면서 이동했다고 들었어요.

선생님 : 그래, 잘 기억하고 있구나. 역참을 운영하기 위해서는 경비가 필요
했겠지? 그 경비를 충당하기 위해 국가에서는 역참에 토지를 지급
했는데, 그걸 '둔토'라고 했어. 역참 외에도 여러 관아나 궁, 군사
주둔지 등에도 둔토가 설치되었지.

어쨌든 이 둔토를 관노비나 주변 마을의 일반 농민들이 경작했
고, 그 소출의 일부를 거두어서 경비로 썼던 거야. 작품 속에서
'그'의 고향 마을 사람들이 대대로 이 둔토를 경작하며 살았던
거지.

그런데 이렇게 둔토를 경작하는 것이 일반 개인 지주의 땅을 소작하는 것보다는 돌아오는 수입이 많아 넉넉지는 않아도 남부럽지 않게 살았다고 한 거다.

태환 : 그렇군요. 그럼, 동양척식회사는요?

선생님 : 정확한 명칭은 '동양척식주식회사'이고, 줄여서 흔히 '동척'이라고 불렀어. 일제가 조선의 토지와 자원을 수탈하기 위해 세운 국책회사로 이해하면 돼.

일제는 우리나라를 식민지화하면서 대규모 토지조사사업을 실시했어. 우리나라를 강탈한 직후인 1910년부터 준비해서 1912년에서 1918년까지 시행했지. 농업의 근대화와 발전을 명분으로 내세웠지만 사실은 토지를 빼앗기 위한 것이었어.

총독부는 조사를 실시하면서 토지 소유 관계가 불분명한 땅들을 몰수했는데, 그중에는 농민들이 황무지를 개간해서 농토로 만든 것들도 많았어. 법적으로 권리 관계에 무지했던 농민들은 하루아침에 땅을 빼앗겨버렸지.

또 조선 정부와 왕실 소유의 토지들도 모두 총독부 땅으로 등록해서 소유했단다. 그리고는 이 땅들을 동양척식주식회사에 넘겨 관리하도록 한 거란다.

서연 : 작품에서 "세상이 뒤바뀌자 그 땅은 전부가 동양척식회사의 소유에 들어가고 말았다."는 말이 그 말이군요. 역둔토는 당시 일종의 국유지였으니까요.

선생님 : 그래, 맞아. 그렇게 해서 동척은 조선 최대의 지주가 되었단다.

그러고는 많은 토지를 조선에 이주한 일본인들에게 헐값에 넘겨 주거나 직접 농장을 경영했어. 나머지 땅들은 농민들에게 소작을 주었는데, 50%가 넘는 소작료를 거둬들였다고 해.

그런데다 이 작품에서 나오는 대로 동척과 실제 경작인 사이에 중간 소작인까지 끼어드는 경우, 농민들은 더욱 가혹하게 소작료를 징수당했어. 소출의 30%도 가질 수 없었다고 나오지 않니?

게다가 1920년대 초중반에는 가뭄과 흉년이 여러 해 거듭되어 농민들이 도저히 견딜 수 없는 상황이 되었지. 백여 호가 넘었던 마을이 10년도 안 되는 사이에 통째로 없어져버리는 일이 그래서 발생한 거야.

태환 : 네, 잘 알겠습니다.

선생님 : 작품을 읽으면서 또 궁금한 것은 없었니?

서연 : 작품 말미에 '그'가 부르는 노래가 나오잖아요? 이야기가 서술되다가 노래로 작품을 끝맺는 것이 색다르기도 하고, 가사를 보면 뭔가 현실을 풍자하는 거 같기도 해요. 그 노래가 어떤 건지 좀 자세히 알려 주세요.

선생님 : 그건 당시 유행했던 '신민요'의 하나란다. 신민요란 조선 후기 이후에 새로 생긴 민요를 가리켜. 좁은 의미로는 일제강점기 이후 특정 작곡가와 작사가에 의해 만들어진 민요풍의 대중가요를 말하기도 하는데, 넓은 의미로는 일반 민중들에 의해 만들어져 불리던 민요풍의 노래 전체를 일컫는단다.

이 작품의 노래는 후자에 해당하는데, 예전부터 전해오던 민요 가락에 새로운 가사를 붙인 거라고 보면 돼. 그 가사 내용은 대개 당대 민중들의 고통이나 현실 비판 의식을 표출한 것들이 많았단다.

이 작품에 제시된 노래 가사도 바로 그런 거지. 일제의 농토 강탈과 비판자들에 대한 탄압, 죽어가는 노인들과 수난의 삶을 사는 여인들에 대한 내용이지 않니?

결국 이 노래는 당시의 시대상을 압축적으로 보여주는 것으로서, 비참한 현실을 고발하고 일제의 식민 정책을 비판하는 주제를 강화하면서 작품을 마무리하는 기능을 한다고 볼 수 있지.

서연 : 네, 잘 알겠습니다. 선생님 말씀을 듣고 나니, 당시의 현실과 작품에 대해 더 잘 이해하게 된 거 같아요.

태환 : 저도요. 오늘도 좋은 말씀 감사합니다!

모범 경작생

박영준 (1911~1976)

작가 소개

박영준은 평안남도 강서군에서 목사의 아들로 태어났다. 평양 숭실중학교와 광성고등보통학교를 거쳐 연희전문학교 문과에 입학하여 1934년에 졸업하였다.

다음 해인 1935년 고향의 독서회 사건으로 일경에 체포되어 5개월간 구류되었다가 이듬해에 풀려났고, 1938년에는 만주로 이주하여 간도 용정촌의 동흥중학교에서 교사로 재직하며 작품 활동을 하였다.

광복 후에는 귀국하여 신세대사에 입사하였고, 1946년에 『경향신문』 문화부장, 1947년에 고려문화사 편집장을 지냈다. 한국전쟁기인 1951년에는 육군본부 정훈관실 문관으로 복무하면서 종군작가단의 사무국장으로 활약하였다.

이후 연희대학교와 수도여자사범대학 강사를 거쳐 한양대학교 부교수와 연세대 교수를 역임하면서 많은 문인들을 길러냈고, 1976년 지병으로 세상을 떠났다.

박영준은 1934년 『조선일보』 신춘문예에 단편 「모범 경작생」이 당선되고, 같은 해 『신동아』 창간 기념 현상 모집에 장편 『일년』과 콩트 「새우젓」이 동시에 당선되어 화제를 모으며 문단에 등장하였다.

그의 작품 세계는 시기적으로 구별되며 크게 두 가지 경향을 보인다. 작품 활동 초기인 일제강점기에는 농촌을 배경으로 한 작품을 집중적으로 창작한 데 비해 광복 이후에는 도시 소시민의 생활을 소재로 삼은 작품을 많이 발표하였다.

그는 등단 시절부터 가난한 농민들의 비참한 삶을 다룬 작품을 연이어 발표하여 '농촌 작가'라는 칭호를 얻기도 하였다. 장편 『일년』과 단편 「모범 경작생」, 「아버지의 꿈」, 「목화씨 뿌릴 때」 등이 이 시기의 대표작들이다.

이들 작품에서 작가는 일제의 식민 정책과 부조리한 제도에 고통받는 농민들의 현실과 분노를 그려 냈다. 이러한 세계는 농촌 계몽주의나 사회주의와 같은 특정 이념이나 신념에 기울지 않고, 당대 농촌의 현실을 직시하여 사실적으로 형상화한 것이라는 평가를 받는다.

광복 후에는 소설의 무대가 농촌에서 도시로 옮겨지는 변화를 보인다. 주요 작품으로 단편 「방관자」, 「고호」, 「체취」와 장편 『애정의 계곡』, 『종각』, 『고속도로』 등이 있는데, 여기서는 도시 소시민의 윤리 의식과 삶의 고독, 물질주의적 세태와 기독교적 죄의식의 문제 등을 다뤘다.

작가의 이 같은 작품 세계는 시기에 따른 변화에도 불구하고, 인간적인 가치와 윤리적 태도를 지향하는 작가 정신을 일관되게 보여주는 것으로 이해된다.

작품 해설

이 소설은 1930년대 일제의 농업 정책에 동조하며 자신의 이익만을 챙기는 한 청년의 행태를 통해 궁핍한 농촌 현실을 그려 내며 일제의 기만적인 수탈 정책을 비판한 작품이다.

길서는 마을에서 유일한 보통학교 졸업생으로 혼자 군청과 면사무소를 드나들며 마을 사람들을 지도하는 청년이다. 제 땅을 지닌 자작농으로 부지런하여 해마다 돈도 벌었고, 군 대표로 뽑혀 서울의 농사 강습회를 가기도 해 선망의 대상이었다.

서울에 다녀온 후 강습회에서 들은 시국 이야기를 전하기도 하지만 사람들은 선뜻 공감하지 못한다. 한편 면 서기와 면장을 만났을 때, 자기 묘목값을 올려준다는 말에 동네의 호세를 올리는 일에 협조한다. 그해 가을 병충해로 흉년이 들자, 사람들은 길서에게 지주를 찾아가 소작료 문제를 교섭해 달라고 부탁하지만 그는 거절하고 일본 시찰단으로 뽑혀 떠나 버린다.

며칠 뒤 사람들은 갑자기 오른 뽕나무 값과 호세에 놀라는데, 나중에 길서의 농간임을 알고 분노한다. 일본에서 돌아온 길서는 '모범 경작생' 팻말이 쪼개져 있는 걸 보고 불안해진다. 연인인 의숙을 찾아가지만 그녀도 외면하며 울기만 하고, 그때 충혈된 얼굴로 성두가 들이닥치자 길서는 뒷문으로 도망친다.

이상의 줄거리가 보여 주듯, 이 작품은 부정적인 인물을 주인공으로 내세워 이야기를 펼치면서 그의 이기적이고 반민족적인 행태를 비판하는 내용을 담고 있다.

처음에 동네 사람들은 보통학교까지 나와 지도자 행세를 하며 자기 땅까지 가진 '모범 경작생' 길서를 부러워한다. 그러나 시간이 흐르면서 그의 정체를 알게 되고 분노한다. 마을 사람들의 곤경을 냉담하게 외면할뿐더러 자신의 이익을 위해 부당한 세금 인상에 협력하는 등 기회주의적인 속성을 드러냈기 때문이다.

하지만 작품의 풍자 대상이 주인공 길서에 그치는 것은 아니다. 사건 전개에 따라 그의 본색이 밝혀지면서 일제의 비인간적인 착취 역시 실태를 드러낸다. 흉년이 들어 먹고살기 힘들어졌는데도 세금을 올리고 묘목 가격을 조작하여 농민들을 수탈하는 것이 그것이다.

길서의 입을 빌려 선전되던 일제의 농업 정책도 마찬가지이다. 일제는 농촌의 궁핍을 불경기와 게으름 탓으로 호도하지만, 땀 흘려 일해도 가난과 굶주림에 허덕이며 북간도 이주를 고민해야 하는 성두와 같은 농민들에 의해 그 허구성이 폭로된다.

이처럼 작가는 표면적으로 식민 체제에 영합해 일신의 영달을 꾀하는 인물을 비판하면서 이면적으로는 피폐한 농촌 현실과 일제의 기만적인 농업 정책을 고발하고 있다. 이 같은 작품 세계는 1930년대 농촌 문제의 실상을 생생하고 현실감 있게 그려낸 것이라는 평가를 받고 있다.

모범 경작생

"얘얘…… 나 한마디 하마."

"얘얘…… 얘 기억(基憶)이보구 한마디 하래라. 아까부터 하겠다구 그러던데……."

"기억이 성내겠다. 자…… 한마디 해 보게."

한참 소리를 하는데 이런 말이 나와 일하던 손들이 쥐었던 벼 포기를 놓았고, 모든 눈이 기억의 얼굴로 모이었다.

목청이 남보다 곱지 못하다고 해서 한 차례도 소리[1]를 시키지 않은 것이 화가 났던지 기억이는 권하는 기회를 놓치지 않고, 있는 목소리를 다 빼어 소리를 꺼냈다.

　　온갖 물은 흘러나려두
　　오장 썩은 물 솟아만 오른다.

같은 논에서 일하던 사람들은 기억의 미나리[2]곡에 합세하여 다시 노

---

1 소리 : 판소리나 잡가 따위를 통틀어 이르는 말
2 미나리 : 메나리. 경상도, 전라도, 충청도에서, 농부들이 들일을 하면서 부르는 민요의 하나. 노랫말은 지방마다 조금씩 다르나 슬프고 처량한 음조를 띤다.

래를 주고받고 하였다.

깔기죽 깔기죽 깔보디 말구
속을 두르러 말해 주렴…….

소리를 하면 흥겨워져서 모르는 사이에 일이 빨리 되어 감에 일터에
서는 웃는 소리가 아니면 노래가 그치지 않는다.

모시나 전대에 베 전대에
전에나 전대루 놀아나 보자.

성두(成斗)의 논에서 일하던 사람들은 누구 하나 빼 논 사람 없이 단
한 번씩이라도 목청을 뽑고 소리를 불렀다.

물소리를 출렁출렁 내며 한 움큼씩 쥐인 볏모3를 몇 뿌리씩 떼어 꽂는
그들은 서로 뒤떨어지지 않으려고 입으로 소리를 하면서도 손을 재빠르
게 놀리었다.

그러나 열네 살밖에 안 되는 성두의 동생은 떨어지는 솜씨에 소리를
한마디 하고 나면 가뜩이나 한 발씩 뒤떨어졌다.

"얘얘…… 너는 소린 그만두고 모나 잘 꽂아라. 잘못하면 너 때문에

---

3 볏모 : 옮겨심기 위하여 기른 벼의 싹

일을 못 맞출라."

성두가 그의 동생 몫을 꽂아 주며 하는 말이다.

"얘들아, 이번에는 수심가4나 한마디 하자꾸나…… 아마 수심가는 성두가 가장 나을걸."

다 같이 젊은 사람들만이 모이어 일하는 곳이라 그런지 어떤 이가 이렇게 따라 말했다.

"암…… 수심가야 성두지……."

"나야 받기나 하지…… 누가 먼저 꺼내 봐."

"공연히5 그러지 말고 빨리해."

성두는 처음엔 사양하려 했으나 두 번 권하는 데는 댓자 소리를 꺼냈다.

그럴 때 마침 옆의 논에서 자동차 온다는 고함 소리가 들려왔다. 그 논에서 일하던 이들이 휘었던 허리를 펴고 달려오는 자동차를 보고 있었다.

"저 차에 길서(吉徐)가 온대지."

"그러더군……."

이런 말이 나자, 성두 동생은 논에서 밭을 건너 신작로6로 뛰어갔다. 옆의 논에서도 몇 사람이 자동차가 머무르는 큰 돌이 놓여 있는 길가에

---

4 수심가 : 구슬픈 가락의 서도 민요의 하나. 인생의 허무함을 한탄하는 사설로, 평양의 것이 가장 유명하다.

5 공연히 : 아무런 까닭이나 실속이 없이

6 신작로 : 자동차가 다닐 수 있을 정도로 새로 만든 큰길

모여 서서 수군거리었다.

"팔자 좋다. 어떤 놈은 땀을 흘리며 종일 일만 하는데, 어떤 놈은 자동차만 슬슬 굴리누나."

기억이가 자동차 온다는 말에 길서를 생각하며 이렇게 말했다. 그러면서도 길서가 부러운 듯 자동차에서 눈을 떼지 않았다.

자동차는 여름 먼지를 뽀얗게 휘날리면서 동네 앞까지 왔으나, 기다리던 사람들 앞에서 머물지를 않고 그냥 달아나 버렸다. 동네 서쪽 조그만 산을 돌아 가물가물 사라질 때까지 모여 섰던 사람들은 다시 수군거리며 제각기 일터로 돌아갔다. 성두 동생이 돌아왔을 때 일꾼들은 남의 일이 아니면 자기들도 신작로까지 나가 보고야 말았으리라고 수군거리며 다시 모를 꽂기 시작했다.

"오늘 온댔으니 꼭 올 텐데……."

성두가 못단7을 왼손에 쥐며 말했다.

"글쎄…… 꼭 올 텐데…… 요새 모를 못 내면 금년에는 상을 못 탈 거 아냐."

기울어지는 햇살을 쳐다보며 진도 아비가 말했다.

"너 원통할 게 무에 있니? 길서가 상을 탄대두 너는 '마꼬8' 한 개 못 얻어먹어. 이 자식아……."

---

7 못단 : 보통 서너 움큼씩 묶은 볏모나 모종의 단
8 마꼬 : '궐련'의 방언. 종이로 말아 놓은 담배

기억이가 톡 쏘았다.

"그래도 올려고 한 날에는 올 텐데⋯⋯."

은근히 기다리던 성두가 다시 말했다.

길서는 그 마을에서 가장 칭찬을 받는 사람이다. 물론 사촌형뻘이 되면서도, 기억이 같은 몇 사람은 길서를 시기하고 속으로는 미워하기까지 했으나, 동네 전체로 보아 소학교 졸업을 혼자 했고, 군청과 면사무소에 혼자서 출입하고, 공부를 많이 한 사람에게도 지지 않으리만큼 동네 사람들을 가르치며 지도했다. 나이 젊은 사람으로 일을 부지런히 해서 돈도 해마다 벌며, 저축을 하여 마을의 진흥회니, 조기회니, 회마다 회장을 도맡고 있는 관계로 무식하고 착한 농부들은 길서를 잘난 위인이라고 생각하지 않을 수 없었다.

더욱이 서울서 모이는 농사 강습회에 군에서 보내는 세 사람 중에 한 사람으로, 한 주일 전에 그리로 떠난 뒤로 길서를 칭찬하는 소리는 더 커졌다.

평양 구경도 못 한 마을 사람들이 서울까지 가서 별한 구경을 다 하고 돌아올 그에게서 서울 이야기를 들을 생각을 하니 그의 돌아옴이 기다려지는 것도 할 수 없는 일이었다.

점심을 먹은 뒤, 한 번도 쉬지 못한 성두의 논에서 일하던 사람들은 논두렁으로 올라가 담배를 피우기로 했다. 다른 동네에서는 점심 뒤 한 번 쉬는 참에는 새참을 먹는 것이었으나 이들은 몇 해 전부터 그런 것을 잊어버렸다. 그래서 밥은 못 먹어도 그저 몸이나 쉬는 것이었다.

길서네만 내놓고는 전부가 소작으로 사는 그들이 여름철에는 보리밥도 마음대로 먹을 수가 없는 터에 새참쯤은 물론 생각도 못 했다.

"나두 돈이 있으면 죽기 전에 서울 구경이나 한 번 해 봤으면 좋겠다."

진도 아비가 드러누워 풍뎅이9로 얼굴을 가리며 말했다.

"나는 평양이라두 구경해 보구 죽었으문 좋갔다."

신문지 조각으로 희연10을 말아 침으로 붙이던 성두가 웃었다.

"하늘에서 돈이나 좀 떨어지지 않나……."

풀 위에 엎드려 풀을 손으로 뜯던 기억의 말이다.

여름 하늘은 구름 한 점 없이 말갛고, 곡식의 싹이 돋은 들판은 물들인 것같이 파랗다.

"그런데 금년엔 나두 길서네처럼 금비11를 사다가 한 번 논에 뿌려 보았으면……. 길서는 밭에다 조합비료12래나…… 암모니아를 친대……. 그것을 한 번 해 보았으문 좋겠는데……."

하고 성두가 말할 때, 진도 아비가 벌떡 일어나 앉았다.

"말 말게, 골메(동네 이름)서는 누가 돈을 빚내다가 그것을 했다는데 본전두 못 빼구 빚만 남았다네……."

---

9 풍뎅이 : 머리에 쓰는 방한구의 하나. 모양이 남바위와 비슷하나 가를 좁은 모피로 꾸민 점이 다르다.

10 희연 : 일제강점기에 유통되었던 담배 이름

11 금비 : 돈으로 사서 쓰는 비료라는 뜻으로, 화학 비료를 가리킨다.

12 조합비료 : 배합비료. 농작물에 필요한 세 가지 성분인 질소, 인산, 칼륨 가운데 두 가지 이상을 섞어서 만든 비료

"그럼! 윗동네 니특이네두 녹았대더라. 설사 잘된다 한들 우리가 많이 먹을 듯하나? 소작료가 올라가면 그뿐이야……."

기억이가 성난 것처럼 말했다.

"얼마 전에 지주한테 가니까 니특이 칭찬을 하며 우리가 금비 안 쓴다는 말을 하던데."

"글쎄 말이야…… 금비라는 게 또 못살게 하는 거거든……. 그것은 어떤 놈이 만들었는지 모르지만 아마 돈 있는 놈들이 만들었을 게야. 빚 안 내고 농사를 지어도 굶을 지경인데 빚까지 내래니 살 수 있나?"

기억이가 큰소리를 할 때, 진도 아비는 무엇을 생각하고 있다가 말을 꺼내었다.

"길서야, 돈 있고 제 땅이 있으니 무슨 짓인들 못 하리……. 또 변[利子]13 없이 얼마든지 보통학교에서 돈을 갖다 쓸 수도 있으니까……."

"나두 보통학교나 다녔으면 모범 경작생이나 되어 돈을 가져다 그런 것을 한 번 해 보았으문 좋을 텐데, 보통학교란 물도 못 먹었으니……."

성두가 절반이나 거의 꽂힌 모를 둘러보며 말했다. 그들은 이런 의미에서도 길서를 부러워했다. 물론 제 땅이 얼마만큼은 있어야 모범생이라도 될 것이나, 보통학교도 다니지 못한 형편에 그런 꿈은 꿀 수도 없고, 따라서 길서처럼 서울 구경을 공짜로 할 생각을 못 해 보는 것이 억울했다.

"내일은 우리 조밭 세 벌 김 매러들 오게."

---

13 변(이자) : 변리. 남에게 돈을 빌려 쓴 대가로 치르는 일정한 비율의 돈

기억이가 일어서서 기지개를 켜며 말했다.

"나는 내일 장에 가서 돼지 금새14를 보구 와야갔네……. 그것을 팔아다 지세15도 바치고 오월 단오에 의숙이 댕기도 한 감16 끊어다 줘야지."

성두가 이 말을 하고 일어날 때는 앉았던 사람들도 논으로 다시 내려갔다.

성두는 말없이 모를 꽂고 있었으나 모 이파리에서 곧 벼알이 열리어 익어 주었으면 하고 생각해 보았다. 일 년에 벼를 두 번만이라도 거둘 수 있다면 돼지는 안 팔아도 좋을 것이라 생각되었던 까닭이다.

기나긴 해도 기울어지기 시작하자 어느새 쑥 내려갔다.

서산에 넘어가려는 붉은 해를 돌아보고 기억이가 타령조17로 소리를 높이었다.

"어서 꽂구 저녁 먹자……."

다른 사람들도 이 소리를 따라 마지막 춤을 추는 무당처럼 소리를 치며 모를 꽂았다.

어둠이 들을 휩싸고 돌 때 물오리들이 소리치며 떼를 지어 날아갔다.

성두의 논에서 큰 갯둑18을 넘어 김매러 갔던 그의 손아래 누이 의숙

---

14 금새 : 물건의 값. 또는 물건값의 비싸고 싼 정도
15 지세 : 땅을 빌려 쓰고 대가로 내는 돈
16 감 : 옷감을 짜는 천을 세는 단위를 나타내는 말
17 타령조 : 타령을 부르는 듯한 말의 가락
18 갯둑 : 물이 흐르는 곳의 가장자리에 쌓은 둑

이는 국숫집 딸 얌전이와 같이 모 꽂는 논두렁을 지나갔다.

"의숙아! 빨리 가서 저녁 지어라. 원…… 이제야 가니?"

성두의 남동생이 의숙이를 보며 말했다.

"응……."

하며, 의숙이가 고개를 돌리었을 때 기억이가 말을 붙이었다.

"길서가 안 와서 맥이 풀리겠구나……."

하며, 다시 얌전이에게 말을 했다.

"오늘 저녁 너의 집에 갈까?"

의숙이와 얌전이는 꼭같이 눈을 떨구고 길을 걸었으나 의숙이만은 얼굴을 붉히었다.

갯둑에 가리어 자동차를 못 보았으나 그래도 동네에 들어가면 길에서라도 길서가 자기를 불러 줄 것을 은근히 생각하던 의숙이었다.

먼지 묻은 적삼[19]이 등골에 흐른 땀에 뻘개졌고, 장흙[20]을 뭉갠 듯한 치마가 걸을 때마다 너풀거리었다.

"얘, 길서가 안 왔대지?"

얌전이가 말을 꺼냈다.

"글쎄, 누가 아니……."

"공연히 그러지 말아……. 눈물 나오면 울어라. 그런 때 울지 않구 언

---

19 적삼 : 윗도리에 입는 홑옷
20 장흙 : '고령토'의 방언. 바위 속의 장석이 풍화 작용으로 변모된 흰색의 진흙

제 울겠니? 나 같으면 그까짓 거 막 울겠다."

이름만이 얌전이며, 사실은 동네에서 제일가는 말괄량이로, 아직 시집도 가기 전에 서방질까지 했다고 하지만 의숙이는 그 말이 그다지 믿기가 않았다.

하루라도 보지 못하면 가슴이 답답한 듯하여 안타까워하던 길서를 한 주일이나 두고 보지를 못하다가 오늘에야 만나려니 했던 마음을 얌전이만이 알아주는 듯하기도 했다.

"얘, 사랑이라는 게 무어니? 함께 살지두 않으면서 사랑을 할 수 있니? 나는 그래두 기억이를……."

무슨 소리나 가릴 줄 모르는 얌전이는 하지 않아도 좋을 말을 하면서도 전에 없던 진정을 보였다.

"누군 사랑이 뭔지 아니?"

"그래두 너는 길서 오래비하구 사랑한대더구나……."

"몰라 얘……."

마을은 조용했다.

어슬어슬해 가는 들에서는 낮에 먹은 더위를 식히고 마시었던 먼지를 토하는 듯 벌레들이 목청을 가다듬어 울고 있었다.

의숙이와 얌전이는 집에다가 호미를 두고는 꼭같이 우물로 나왔다.

의숙이는 바가지에 물을 떠서 한 손으로 물을 쏟아 얼굴을 씻고, 머리털에 묻은 물방울을 손으로 튀긴 뒤에 흙에 빨개진 고무신과 발을 씻고 있었다.

마침 그때 동이를 옆에 끼고 오던 마을 여편네가 길서가 이제야 온다는 것을 알려 주었다.

"얘, 길서 오래비가 온대! 개들이 짖는 데쯤 온 게다."

하며, 얌전이가 만나 보기나 한 것처럼 말했다.

개소리가 커지며 또 가까워올수록 의숙의 마음은 들먹거리었다[21].

고무신도 마저 씻지 못하고 물동이를 이고 집으로 돌아갈 때 그는 혹시 길에서나 만나지 않을까 하여 가슴을 더 졸이었다. 집에 가서 아무 정신없이 돼지죽을 바가지에 담아 가지고 돼지우리로 나갈 때는 설마 길서가 자기 옆에 와 있으려니 했으나, 울국거리는 돼지에게 죽을 쏟아 주고 섭섭히 돌아설 때까지 길서가 자기를 만나러 오지 않음이 원망스러웠다.

그러나 대문으로 돌아 들어가려 할 때, 귀에 익은 기침 소리가 의숙의 발을 멈추게 했다. 역시 길서의 소리가 틀림없었다.

의숙이는 작년 여름, 설레는 가슴으로 길서를 대하게 된 뒤부터 동네에서도 거의 알게끔 사이가 친했건만, 아직까지 어른들에게는 눈을 숨기고 있는 사이라 마당 옆 낟가리[22] 밑에 숨어 길서를 만났다.

"잘 있었니?"

"네……."

"자동차를 타구 올래다가 몇 시간 걸면 칠십오 전이나 굳는 걸 공연

<hr>

21 들먹거리다 : 흥분되어 자꾸 울렁이다.
22 낟가리 : 낟알이 붙은 곡식을 그대로 쌓은 더미

히 타구 오겠든……. 빨리 너를 만나구 싶기는 했지만……."

의숙이는 아무 대답도 못 했다.

울렁거리는 가슴은 그저 널뛰듯 뛰었고, 고개는 들고 있을 수 없게 늘어지기만 했다.

매일같이 만날 때는 어느 틈에라도 웃어 보이었고, 말을 한마디만 해도 기쁜 생각이 드솟았건만, 며칠 떠났다가 만났음인지 공연히 가슴만 떨리었다.

그날 밤, 동네 사람들은 서울 이야기를 들으려고 길서네 마당으로 몰려들었다.

소 먹이러 갔던 어린애들은 밥술을 놓기 전에 뛰어와서 멍석23을 차지하고 앉았다.

마당에는 빨랫줄에 남포등24이 걸리어 금시 꺼질 것처럼 바람에 홀딱홀딱했다.

윷꾼에게 남포등을 내다 건 것이 길서네로서도 처음인 만큼, 마을 사람들도 보통 때의 윷과는 달리 말들을 적게 했다.

불빛이 희미하게 비치는 한 편 옆에 앉은 부인네들도 각기 길서에게 잘 다녀왔느냐는 인사를 했다.

---

23 멍석 : 흔히 사람이 앉거나 곡식을 너는 데 쓰는, 짚으로 엮어 만든 큰 자리
24 남포등 : 석유를 넣은 그릇의 심지에 불을 붙이고, 바람을 막기 위하여 유리로 만든 등피를 끼운 등

"오래비, 잘 다녀왔소……."

특별히 크게 하는 얌전이의 인사는 웅크리고 앉았던 의숙의 고개를 더 숙이게 했다.

"그래, 서울 동네가 얼마나 크던가?"

길서 앞에 앉았던 수염 기른 늙은이가 웃으며 물었다.

"서울에는 우리 동네터보다 더 넓은 자리를 잡고 있는 집이 수도 없습니다. 총독부 같은 집에는 수만 명이 살겠던데요."

길서는 서울서 구경한, 놀랄 만한 일을 하나도 빼지 않고 이야기했다.

전차는 수백 대나 되며, 자동차가 수천 대나 있어 귀가 아파 다닐 수 없었다는 말까지 했다.

혀를 빼고 멍하니 듣던 사람들이 숨을 몰아쉬려 할 때, 그는 자리에서 일어서며 강연조로 말을 꺼냈다.

"이제는 강습회에서 배운 것을 조금 말하겠습니다. 농사짓는 법이란, 제가 보통학교 다니면서 다 배운 것이며, 지금 내가 채소밭 하는 것과 꼭 같은 것이었으니까 말할 것이 없지요. 하나 새로 배운 것이 있다면, 닭을 칠 때 서울서 '레그혼'이라는 흰 닭을 사다 기르면 그놈이 알을 굉장히 낳는다는 것입니다. 그밖에는 배운 것이라고 할 게 별로 없습니다."

이 말을 끝맺고 다시 말을 이을 때는 기침을 한 번 하고 목청을 올리었다.

"제가 강습회에서도 가장 많이 물은 일입니다마는, 우리가 제일 깨달아야 할 것이 하나 있습니다. 그것은 다름 아니라 가장 어렵고 무서운 시국25이라는 것입니다. 까딱 잘못하다가는 죽을죄를 짓기 쉽고, 일을 아니하고 놀려고만 생각하면 농사도 못 짓게 됩니다. 불경기(不景氣)26, 불경기 하지만 이것이 얼마 오래갈 것이 아니며, 한 고비만 넘기면 호경기(好景氣)27가 온다는 것입니다. 들으니까 요사이에 감옥에 가장 많이 갇힌 죄수들은 일하기가 싫어서 남들까지 일을 못 하게 한 놈들이래요. 말하자면 공산주의자라나요. 공연히 알지도 못하고 그런 놈들의 말을 들었다가는 부치던 땅까지 못 부치게 될 것이니, 결국은 농군들에 손해가 아니겠소……."

들고 있던 사람들은 길서의 얼굴만 쳐다보며 멍하니 앉아 있었다.

"또 무슨 전쟁이 일어날 것도 같습니다. 하라는 일을 아니하면 우리가 어떻게 되는지도 모르지요. 그러나 같은 값이면 마음 놓고 하라는 일을 잘하며 살아야 하겠어요. 에…… 우리는 일을 부지런히 합시다. 그러면 굶어 죽는 법이 없으니까요. 유명하게 된 사람들은 전부 부지런했던 덕택이었다는 것을 우리는 잘 알지 않습니까!"

이 말을 끝맺고 한참이나 섰다가 앉을 때, 옆에 앉았던 늙은이가 이마를 긁으며 물었다.

"너 서울 가서 그런 말도 배웠니?"

---

25 시국 : 현재 당면한 국내 및 국제 정세나 대세
26 불경기 : 경제 활동이 전반적으로 침체되는 상태
27 호경기 : 경기 순환의 한 단계로, 전반적으로 경제 활동이 활발한 상황

길서는 그저 웃었다. 의숙이도 재미있게들 듣는 동네 사람들을 볼 때 길서가 더 훌륭한 것같이 생각했다.

"그런데 호경긴가 그것은 언제 온대든?"

아닌 밤중에 홍두깨 내밀 듯 기억이가 한참 동안 잔잔하던 공기를 깨 뜨리고 말했다. 대답에 궁했던 길서는 한참이나 생각하다가,

"얼마 안 있으면 온대드라……."

라고 대답했으나 어째서 불경기니, 호경기니 하는 것이 생기느냐고 캐 물을 때에는 모르겠다는 솔직한 대답밖에 더 할 수가 없었다. 농민들이 나날이 못살게 되어 가는 것이 불경기 때문만이냐고 묻는다면 자신 있 는 말로 그렇다고 대답했을는지 모른다.

"암만 호경기가 온다 해두 팔아먹을 것이 있어야 호경기지, 팔 거 없 는 놈이 호경기는 무슨 소용이냐, 호경기가 되면 쌀이 많이 생기기나 하나……."

이러한 기억의 말은 아무런 생각도 없이 나온 듯했으나 호경기가 쌀 을 많이 가져다주는 것이 아니라는 것을 아는 그들은 길서의 말보다도 더 그럴 듯이 생각했다.

아무리 불경기라 해도 십 리 밖 읍내에 있는 지주(地主) 서(徐)재당은 금년에도 맏아들을 분가시키고 고래 같은 기와집을 지어 주었다.

쌀값이 조금 오르면 고무신 값이 조금 오르고, 쌀값이 떨어지면 물건 값도 떨어지는 것을 잘 아는 그들은 불경기니 호경기니 해도 그것이 그 들에게는 아무 관계가 없는 것같이 생각되었으며, 돈 있는 사람들도 불 경기에 땅 팔았다는 말을 못 들었으므로 경기라는 것이 무엇인지 참으

로 알 수 없었다.

그러나 그러면서도 길서가 힘든 말을 자기들보다 많이 아는 사람같이 생각하며 집으로 돌아갔다.

다음 날, 서울 갈 때 입었던 누런 양복을 벗고 무명 잠방28 적삼을 갈아입은 뒤, 논에 나가 모를 꽂고 들어온 길서는 컴컴한 저녁때쯤 해서 의숙의 집 뒤 모퉁이로 의숙이를 찾아갔다.

기쁨을 기쁘다고 말하지 못하던 의숙이도 이날만은 자기도 모르게 웃음이 솟아오르며 무슨 말이든 가슴이 시원하게 털어놓고 싶었다. 길서가 서울서 사 왔다고 파란 비누를 손에 쥐어 줄 때 의숙은 진정이 서린 눈초리로 길서의 손을 듬뿍 잡았다.

비누 세수라고 평생 못 해 본 의숙이가 비누 세수를 하면 금시 자기의 탄 얼굴이 희어지며 예뻐질 것 같아 춤을 추고 싶게 기뻤다.

"내 다음 일본 가게 되면 더 좋은 거 사다 줄게……."

"언제 또 가세요?"

"가을에는 도에서 세 사람을 뽑아 일본 시찰29을 보낸다는데 뽑히거나 할는지 모르지만."

"뽑히겠지요, 뭐……."

자신 있는 듯이 의숙이가 말할 때 껌껌한 데서 사람 소리를 들은 강아

---

28 잠방 : '잠방이'의 방언. 가랑이가 무릎까지 내려오도록 짧게 만든 남자용 홑바지
29 시찰 : 직접 돌아다니며 둘러보고 실제의 사정을 살핌.

지가 깡깡 짖으며 뛰어나왔다.

무서운 호랑이나 본 것처럼 그들은 뒤돌아볼 새도 없이 굴뚝 뒤로 몸을 움츠리었다.

가슴속에서 뛰는 심장의 고동을 제각기 남의 가슴속에서 들었다.

"그놈의 개새끼가 사람을 놀라게 하는······."

하며, 숨을 내쉬고 일어설 때 그들의 손은 꼭 잡히어 있었다.

의숙이는 길서를 떠나서 몰래 집 안으로 들어가 비누를 궤30 속 깊이 넣었다가 한 번 다시 꺼내 보고는 마당으로 나와 어머니와 오빠와 동생이 앉아 있는 멍석으로 갔다. 그러나 길서의 품에 안기었던 생각만이 가슴에서 떠나질 않았다.

"그래, 사 원 팔십 전을 받고 팔았단 말인가?"

그의 어머니가 성두에게 하는 말이었다.

"그럼 어떡합니까? 그거라두 팔아서 용돈을 써야지요. 우선 지세두 밀리구 아직 보리 필 때까지 먹을 보리두 사야 하지 않아요. 또 단오 명절두 가까워 오는데 돈 쓸 데가 없어서 그러십니까?"

"아아니, 그런 줄은 알지만 큰돈을 만들려구 했던 도야지31를 너무 일찍 팔았단 말이다."

"누구는 모르나요. 여름에는 풀을 깎아다 주기만 하면 거름을 잘 만들

---

30 궤 : 물건을 넣기 위하여 네모나게 나무로 만든 그릇
31 도야지 : 돼지

고, 먹일 것도 겨울보다 흔해서 기르기도 쉽구. 그러다가 가을철에 접어들어 팔면 큰돈 되는 것두 알기는 하지만 어떻게 합니까?"

성두의 얼굴은 푸르럭푸르럭했다.

"오빠…… 오빠의 잔치는 어떻게 합니까? 돼지를 팔구……."

의숙이가 옆에 앉았다가 눈을 흘기는 것 같으면서도 웃는 얼굴로 말했다.

"글쎄 말이다. 내 말이 그 말이 아닌가?"

어머니는 차마 꺼내지 못했던 말이 나와서 시원한 듯했다.

길서는 새벽에 일어나 감자밭에 나가 벌레를 잡고 뽕나무 묘목(苗木)32 밭을 한 번 돌아보고는 서울 갈 때 입었던 누런 양복을 입고 읍내로 들어갔다.

먼저 보통학교 교장에게로 가서 제 손으로 만든 빗자루 다섯 개를 쓰라고 주고, 모를 다 냈으니 비료를 사야겠다고 이십오 원을 취해 가지고는 뽕나무 묘목에 대한 이야기를 하려고 면사무소로 들어갔다.

"'리 상' 잘 왔소. 한턱내야지. 오늘은 '리 상'의 점심을 얻어먹어야겠군……."

세금 못 낸 사람을 잘 치기로 유명한 뚱뚱한 서기가 길서가 들어서자마자 말했다.

---

32 묘목 : 옮겨 심는 어린나무

"한턱은 점심 때 내기루 하구, 묘목은 언제 가져갑니까? 퍽 자랐는데, 이번에는 돈을 좀 실하게 받아야겠는데요."

"한턱만 내면야 잘 팔아 주지……. 내게만 곱게 보이란 말이야. 값을 정해서 갖다 맡기면 그만이니까 누가 무슨 소리를 감히 해 내나……."

면서기는 농담 비슷하게 웃었으나 허리를 구부리고 복종하는 농부들은 반드시 마음대로 할 자신이 있다는 듯한 호걸웃음을 웃었다.

"일본으로 보내는 사람을 뽑는 때두 면장33을 시켜서 잘 말하도록 할 테니 그저 한턱만 내요."

"그것은 염려 마십시오. 술 한 병이면 녹초가 될 걸……. 그러면서도 얼마나 먹는 듯이…… 하하하……."

길서는 진정으로 한턱을 내고 싶기도 했다. 묘목만 잘 팔아 주면 예산 이외의 돈이 수십 원 들어온다는 것을 모를 리 없었다. 그때 뚱뚱한 몸에 맵시 없는 의복을 입은 면장이 들어와서 길서 앞에 섰다. 길서는 인사를 하고 서울 갔던 이야기를 보고했다.

보고를 듣고 수고했다는 말을 한 뒤는 곧장,

"그런데 이번 호세34는 자네 동네에서도 조금 많이 부담해야겠네……. 보통학교를 육 학급으로 증축해야겠으니까……."

33 면장 : 면의 행정을 주관하는 우두머리
34 호세 : 이전에 살림살이를 하는 집을 표준으로 하여, 집집마다 징수하는 지방세를 이르던 말

하고 길지도 않은 수염을 쓸며 호세 이야기를 했다.

"거야 제가 압니까?"

"아니야, 자네 동네서야 자네만 승낙하면 되는 게니까. 그렇다구 자네에게 해로운 것은 없을 게고……."

"글쎄요."

길서는 면장의 말에 무엇이라고 대답할 수가 없었다. 만약 그에게 조금이라도 재미없는 말을 해서 비위에 거슬리게 하면 자기도 끼니때를 굶고 지내는 동네 소작인들이나 다름이 없는 생활을 해야 할 것을 잘 알고 있다. 일본은 둘째로 하고라도 묘목도 못 팔아먹을 것이며, 그런 말이 보통학교 교장 귀에 들어가면 돈도 빌려다 쓸 수가 없게 된다.

그러면 묘목 심었던 밭에 조를 심게 되고, 면사무소 사무원과 학교 선생들에게 팔던 감자와 파도 썩어 버리게 된다.

삼백 평밖에 안 되는 논에 비료를 많이 내지 않으면 미곡품평회(米穀品評會)에 출품도 못 해 볼 것이며, 그러면 상금을 못 탈 뿐 아니라 벼가 겨우 넉 섬밖에 소출35도 못 날 것이다.

그러면 동네 사람들과 꼭같이 일 년 양식도 부족할 것이 아닌가.

"자네 동네 사람들은 얌전하게 근심 없이 사는 모양이던데……."

면장이 다시 말을 꺼낼 때 길서는 곧 대답했다.

---

35 소출 : 논밭에서 생산되는 곡식의 양

"그럼은요. 근심이 조금도 없다고야 할 수 없지마는 무던한36 편은 됩니다."

벼는 누릇누릇해서 이삭들이 뭉친 것이 황금덩이 같았다. 그러나 얼굴의 주름살을 편 사람이라고는 하나도 없었다.

강충이(벼 줄기를 깎아 먹어 벼를 마르게 하는 벌레)가 먹어 예년에 비해서 절반도 곡식을 거둘 수가 없었기 때문이었다.

길서만이 평양 가서 북어 기름을 통으로 사다가 쳤기 때문에 그의 논만은 작년보다도 더 잘 되었으나 다른 논들은 털 빠진 황소 가죽같이 민숭민숭해졌다.

이[蝨] 새끼만 한 작은 벌레까지도 못살게 하는 것이 가슴 원통했으나 여름내 땀을 빼고도 제 입으로 들어올 것이 없을 것을 생각하니 눈물이 솟아오를 지경이었다.

그들은 할 수 없으므로 성두의 말대로 길서를 시켜 읍내 지주 서재당에게 가서 금년만 도지[小作料]37를 조금 감해 달래 보자고 했다.

그러나 길서는 자기와 관계가 없을 뿐 아니라 정해 놓은 도지를 곡식이 안 되었다고 감해 달라는 것은 흔히 일어나는 소작쟁의38와 같은 당

36 무던하다 : 너무 처지거나 뛰어나지 않고 보통 정도이다.
37 도지(소작료) : 도조. 남의 논밭을 빌려서 부치고 논밭을 빌린 대가로 해마다 내는 벼
38 소작쟁의 : 지주와 소작인 사이에 소작료, 소작권과 그 밖의 소작 문제로 일어나는 다툼

치 않은 짓이라고 해서 거절했다. 그러고는 며칠 있다가 일본 시찰단으로 뽑히어 떠나가 버렸다.

동네 사람들은 어찌할 줄을 몰랐다. 더구나 금년 겨울에는 기어이 잔치를 하려고 했던 성두는 가끔 우는 얼굴을 하곤 했다.

그들은 할 수 없이 큰마음을 먹고 떼를 지어 읍내로 들어가 서재당에게 사정을 말해 보았으나 물론 들어 주질 않았다. 오히려 아들을 분가시킨 관계로 돈이 몰린다는 근심까지를 들었다.

"너희들 마음대로 그렇게 하려거든 명년39부터는 논을 내놓아라."
하는 말에는 더 할 말이 없이, 갈 때보다도 더 기운 없이 돌아왔다. 그들은 돌아가는 길에 길서의 논 앞에 서서 '모범 경작생'이라고 쓴 말뚝을 부럽게 내려다보았다.

볏대(볏짚)가 훨씬 큰데 이삭이 한 길만치 늘어선 것이 여간 부럽지 않았다. 그러나 말도 잘 하고 신망도 있다고 해서 대신 교섭을 해 달라고 부탁했음에도 불구하고 못 들은 척 들어 주지 않은 길서가 미웠다.

"나도 내 땅이 있어 비료만 많이 하면 이삼 곱을 내겠다. 그까짓 거……."

기억이가 침을 탁 뱉으며 말했다.

며칠 뒤 그들이 다시 놀란 것은 값도 모르는 뽕나무 값이 엄청나게 비싸진 것과, 십삼 등 하던 호세가 십일 등으로 올라간 것이다.

---

39 명년 : 올해의 다음. 내년

그것보다도 십 등이던 길서네만은 그대로 십 등에 있는 것이 너무도 이상했다. 길서네는 그래도 작년에 돈을 모아 빚을 주었으나, 다른 사람들은 흉년까지 만나 먹고살 수도 없는데 호세만 올랐다는 것이 우스우면서도 기막힌 일이었다.

무엇을 보고 호세를 정하는지 알 수 없었다.

흉년, 그러면서도 도지를 그대로 바쳐야 하는 데다 호세까지 오른 그들의 세상은 캄캄했다.

'아마 북간도나 만주로 바가지를 차고 떠나야 하는가 보다.'

성두는 혼자 생각했다. 그들은 마을에 대한 애착심도 잊었고, 제 고장이라는 것도 생각하기 싫었다. 다만 못살 놈의 땅만 같았다.

마을 사람들은 길서의 장난으로 호세까지 올랐다는 것을 다음에야 알고, 누구 하나 그를 곱게 이야기하는 이가 없게 되었다. 길서 때문에 동네를 떠나야겠다는 오빠의 말을 들은 의숙이도 눈물을 흘리며 길서가 그렇지 않기를 속으로 바랐다.

길서는 일본서 돌아올 때 우선 자기 논두렁에서 가슴이 서늘함을 느꼈다.

논에 박은, '김길서'라고 쓴 말패는 간 곳도 없고, '모범 경작생'이라고 쓴 말뚝은 쪼개져서 흐트러져 있었다.

심술궂은 애들이 장난을 했는가 하고 생각하려 했으나 그 한 짓으로 보아서 반드시 무슨 일이 일어난 것 같은 예감이 들었다.

동네에 들어섰을 때 동네에는 어른이라고 한 사람도 찾아볼 수 없었다.

읍내 서재당 집엘 가서 저녁때가 되도록 아직 돌아오지 않았다는 말을 듣자, 서울 갔다 돌아왔을 때보다도 더 의기양양해 온 길서의 마음은 쪼박쪼박40 깨어지고 말았다.

보지도 못했고, 이름조차 들어 보지 못하던 바나나를 가지고 밤이 이슥했을 무렵 의숙이를 찾아갔건만 그를 본 의숙이도 얼굴을 돌리고 울기만 했다. 길서의 마음은 터지는 듯했다.

뒤에서 몽둥이를 들고 따라오던 사람의 숨소리를 듣는 듯 가슴이 떨리었다. 불길한 징조가 눈에 보이는 듯했다.

성두가 충혈된 얼굴로 아랫문으로 뛰어들었을 때 길서는 들고 왔던 바나나를 들고 뒷문으로 도망쳤다.

---

40 쪼박쪼박 : '조각조각'의 북한어

선생님이 들려주는 그 시절 이야기

태환 : 안녕하세요, 선생님. 저희들이 이번에는 박영준의 「모범 경작생」
　　　을 읽고 왔어요. 오늘도 작품 얘기를 들려 주실거죠?

선생님 : 물론이지. 이번에도 작품을 열심히 읽고 온 너희들의 소감부터
　　　들어보자. 어떤 점이 인상적이었니?

서연 : 저는 작품을 읽고 나니까, 우선 제목이 반어적 표현이구나 하는 생
　　　각이 들었어요. 그러니까 '말의 아이러니'인 거죠. 얼마 전에 읽었
　　　던 현진건의 작품 제목 '운수 좋은 날'처럼요.

선생님 : 좀 더 설명해 볼래?

서연 : 현진건의 소설에서 아내가 비참하게 죽은 날을 '운수 좋은 날'이
　　　라고 해서 비극적인 주제를 더 인상적으로 강조했잖아요? 그처
　　　럼 이 작품에서도 전혀 모범적이지 않은 기회주의적 인물을 '모
　　　범 경작생'이라고 표현해서 아이러니를 느끼게 했어요.

선생님 : 그래. 잘 봤어. 일제의 입장에서는 모범적인 농민이지만, 우리
　　　에게는 자기 이익을 위해서 마을 사람들을 배신하는 인물이니까
　　　'모범'이란 말이 반어적 표현이 되지.

태환 : 그런데 궁금한 점이 있어요. 그 '모범 경작생'이란 게 말뜻은 알
　　　겠는데, 구체적으로 어떤 거였어요? 주인공의 논에다 팻말을 꽂
　　　아 놓기도 하던데, 그건 일제가 시행했던 어떤 제도였나요? 무

슨 상을 주는 것처럼요.

선생님 : 그래, 맞아. 일제가 자신들의 목적을 위해 일부 농민을 선발해서 붙였던 명칭이었지. 해당 농민에게는 약간의 특혜도 부여했고.

서연 : 작품을 보면 주인공이 이자도 없이 돈을 빌려 쓰는데, 그런 게 특혜인 거죠? 또 서울에서 열리는 농사 강습회에 군 대표로 보내주거나 일본 시찰단으로 뽑아 여행을 시켜주는 것도요.

선생님 : 그래, 그렇게 볼 수 있지.

태환 : 그럼 어떤 식으로 이용한 건가요?

선생님 : 일제의 정책에 적극 동조하는 사람을 뽑아 밀어주면서 다른 농민들에게 잘살 수 있다는 환상을 심어주고, 자신들의 농업 정책을 선전하기 위한 매개로 이용했던 거야. 사실 이런 제도는 모두 당시 벌어졌던 '농촌진흥운동'의 일환으로 볼 수 있단다.

서연 : 농촌진흥운동이요? 자세히 설명해 주세요!

선생님 : 농촌진흥운동이란 총독부 주도로 1932년부터 1940년까지 전개했던 관제 농민운동이었어. 조선 농촌의 생활 개선이나 자력갱생을 명분으로 내걸었지만, 실제로는 농촌의 몰락에 따른 농민들의 불만을 억누르거나 무마하기 위한 것이었지.

이 운동의 배경을 이해하기 위해서는 당시 농촌의 상황을 알아야 해. 지난번에 현진건의 「고향」 이야기를 하면서, 일제가 식민 지배 초기에 토지조사사업과 동양척식회사를 통해 대규모로 땅을 빼앗아 많은 농민들이 소작농으로 전락했고, 여러 해 흉년까지 들면서 농촌이 황폐해졌다고 한 거 기억나니?

서연 : 네, 기억하고 있어요. 「고향」의 주인공 마을도 그렇게 해서 폐허가 된 거잖아요?

선생님 : 맞아. 그런데다가 1930년대 초반에 이르면 세계 대공황까지 일어나 농산물 가격이 폭락하며 형편은 더욱 어려워졌어. 농민들의 불만은 높아질 수밖에 없었지.

이렇게 누적된 불만은 결국 일제와 지주에 대한 저항 운동으로 터져 나왔고 점차 조직적인 형태로 발전해 갔어. 학생과 지식인을 중심으로 민족주의 계열이 주도한 농촌계몽운동이 활발히 전개되었고, 사회주의의 영향을 받은 농민들은 농민조합을 만들고 각지에서 소작쟁의를 벌였단다.

총독부가 이런 상황에 대응해 지배 체제를 안정시키기 위해 벌인 게 농촌진흥운동이야. 지역별로 농촌진흥위원회란 걸 구성해 운동을 추진하면서 경찰관과 하급 관료들을 통해서 자신들의 농업 정책을 강요했지. 또 학교나 농회, 금융조합 등의 기관도 동원해 농민을 지도하게 하면서 통제력을 높이려 했어.

그리고 무엇보다 각종 수단을 통해 농민들의 의식을 세뇌시켜 식민 체제에 순응하게 만들려고 했단다. 가령 농촌의 몰락과 가난은 일제의 수탈과 착취 때문이 아니라 불경기 탓이며, 누구라도 부지런히 일하면 잘살 수 있다고 선전했지.

태환 : 아, 주인공 길서가 서울의 농사 강습회에 갔다 와서 마을 사람들에게 한 말이 그거군요. 조금만 참으면 불경기가 지나고 호경기가 온다고 하고, 부지런히 일하면 굶어죽지 않는다고 하는 말이

요. 저는 주인공이 뜬금없이 왜 그런 말을 하나 싶었어요.

서연 : 공산주의자 이야기도 있었어요. "공연히 알지도 못하고 그런 놈들의 말을 들었다가는 부치던 땅까지 못 부치게 될 것"이라고 말한 거요. 이제 보니 소작쟁의를 막으려고 농민들에게 겁을 주는 거네요?

선생님 : 그래, 맞아. 그런 말들이 모두 일제가 농민들에게 주입하려고 했던 논리였지. 그걸 주인공 길서가 앞장서서 전달하는 역할을 한 것이고.

태환 : 네, 그렇군요. 그럼 선생님, 한 가지만 더 여쭤볼게요. 주인공의 뽕나무 묘목을 면 서기가 비싼 값에 사 주잖아요? 그러면 그걸 면사무소에서 다시 농민들에게 파는 건가요? 농민들이 뽕나무 값이 올랐다고 걱정하던데…… 만일 그렇다면 농민들은 왜 면사무소에서 뽕나무를 사야 하는 거죠? 이해가 잘 안 됐어요.

선생님 : 네 말대로 면사무소에서 뽕나무를 농민들에게 되팔았단다. 그 이유는 일제의 또 다른 수탈 정책과 관련이 있어. 이 무렵 일제는 남면북양정책이란 걸 시행했지. 한반도 남쪽에서는 목화와 누에를 기르게 하고, 북쪽에서는 양을 기르게 강요하는 정책이었어.

태환 : 왜 그렇게 했죠?

선생님 : 일본에 공업 원료를 값싸게 공급하기 위해서야. 구체적으로 방직 산업의 원료를 수탈해 가던 거였지. 목화나 누에, 양 등이 모두 방직 산업의 원료인 것은 알고 있지?

태환 : 네, 알고 있어요. 목화로는 솜과 무명실을 만들고, 누에고치로는 비단 원료인 명주실을 만들잖아요? 그리고 양털은 모직물의 원료고요.

선생님 : 그래, 잘 아는구나. 작품 속의 마을에서는 누에를 키우도록 강요당한 것으로 보여. 뽕나무 잎이 누에를 키우는 사료니까 말이다.

태환 : 제국주의 국가들은 식민지를 값싼 식량과 원료의 공급지이자 비싼 공산품의 소비처로 이용한다고 들었는데, 바로 그런 사례네요. 강제로 뽕나무를 심어야 했다니 당시 농민들이 힘들었을 거 같아요.

서연 : 원치 않는 작물을 심어야 하는 것도 문제지만, 그 과정에서도 식민지 관리들이나 친일파에게 착취를 당하니 더욱 억울했겠어요. 작품을 보면, 주인공 길서가 면 서기와 짜고 뽕나무를 비싼 값에 넘기고, 면사무소에서는 그걸 농민에게 전가하잖아요?

선생님 : 그래, 일제 식민 지배의 속성과 주인공의 비도덕적인 본색이 잘 드러나는 대목이지.

태환 : 어쨌든 일제가 여러 가지로 철저하고 교묘하게 식민지 조선을 이용하고 착취한 거 같아요. 이 작품이 그런 걸 느끼게 해 주네요.

선생님 : 그래, 이 작품의 의미가 바로 거기에 있지. 이른바 '모범 경작생'을 주인공으로 내세워 일제가 펼친 농업 정책의 허구성을 여실히 드러내고 비판하는 거 말이다.

서연 : 네, 잘 알겠습니다. 당시 현실과 일제의 정책에 대해 설명을 듣고 나니까 작품의 구체적인 내용들이 더 잘 이해됐어요. 감사합니다.

태환 : 저도요. 오늘도 좋은 말씀해 주셔서 감사합니다!

분열된 내면세계와
참된 삶에의 지향

이상 「날개」 / 김승옥 「무진기행」

부조리하고 타락한 현실을 살아가는 인물들의 분열적인
자의식과 내적 갈등을 그려낸 작품들이다. 인물들의 내면세계를
의식의 흐름 기법과 기행의 형식을 통해 인상적으로 그렸다.

날개

이상 (1910~1937)

작가 소개

이상은 서울에서 태어났고, 네 살 때부터 부모를 떠나 큰아버지 집에서 자랐다. 보성고보를 거쳐 1929년 경성고등공업학교 건축과를 졸업하였고, 그해 총독부 건축과 기수로 들어가 근무하다가 1933년에 폐결핵으로 인해 사임하였다.

폐병을 치료하기 위해 황해도 배천온천에 갔다가 기생 금홍을 만나, 서울로 함께 돌아온 후 다방 '제비'를 차려 경영하였다. 이 다방에 이태준, 박태원, 김기림, 조용만 등의 문인들이 드나들면서 이들과 교우하였고, 1934년에는 순수문학 단체인 구인회에 가입하여 활동하였다.

1935년에 '제비'의 문을 닫은 후, 다른 카페와 다방 등을 경영했으나 모두 실패하였다. 이후 창문사에 잠시 취직했다가, 1936년 변동림과 결혼한 후 일본 동경으로 건너갔다. 그러나 이듬해인 1937년 불온사상 혐의로 일본 경찰에 체포되었고, 병보석으로 풀려났으나 폐병이 악화되어 28세의 젊은 나이로 사망하였다.

그는 1930년 『조선』에 장편소설 『12월 12일』을 연재하고, 1931년 『조선과 건축』에 시 「이상한 가역반응」, 「파편의 경치」를 발표하면서 작품 활동을 시작하였다.

이어 1933년 『가톨릭청년』에 시 「꽃나무」, 「거울」 등을 발표하였고, 1934년에는 『조선중앙일보』에 「오감도」 연작을 발표했으나 파격적이고 난해한 시에 대한 독자들의 비난이 쏟아져 연재를 중단하였다.

1936년에는 심리주의 소설 「날개」와 「지주회시」, 「봉별기」 등의 작품을 발표하였고, 일본으로 건너간 후에는 유고로 단편 「종생기」와 수필 「권태」 등을 남겼다.

그의 작품 세계는 전통적인 문학의 형식과 어법을 해체하면서 새로운 세계를 창조하려는 혁신적인 성격을 지녔다. 그리고 도시 문명 속에서 인간성을 상실하고 파편화된 현대인의 의식 세계에 집중하는 특징을 보였다.

그의 시편들은 띄어쓰기를 무시하거나 숫자와 기호, 도형, 건축과 의학 전문용어 등을 사용하며 기존 시와는 전혀 다른 형태의 시세계를 선보였고, 이를 통해 자아 상실로 고뇌하는 현대인의 비극적 의식과 절망과 불안의 심리를 표현하였다.

또 그의 소설 작품들은 흔히 의식의 흐름 기법을 통해 자의식 과잉과 분열되고 모순된 자아의 내면 풍경을 그려 내며, 우리나라 최초로 심리주의 소설의 세계를 펼쳐 보였다.

이 같은 작품 세계는 1930년대 전위적인 모더니즘 문학의 첨단을 보여주는 것으로서, 한국문학사에서 기존의 문학 체계에 충격을 가하며 새로운 문학의 가능성을 열어 보인 획기적인 성과로 평가받고 있다.

작품 해설

　이 소설은 파행적인 부부 관계를 소재로 무기력한 지식인의 자폐적이
고 분열된 내면세계와 극복 의지를 심리주의적으로 그려낸 작품이다.

　'나'는 유곽인 33번지에서 아내와 함께 산다. 그날그날을 그저 게으르
게 방에서 뒹굴면서, 아내의 화장품 냄새를 맡거나 돋보기로 휴지를 태
우며 논다. 아내가 준 돈을 저금통에 모아보기도 하지만 나중에는 귀찮
아 변소에 던져 버린다.

　어느 날부터 나는 방에서 나와 거리를 쏘다니다가 돌아온다. 그럴 때
너무 일찍 귀가하여 아내의 손님과 마주치면 곤란해지기도 한다. 하루는
비를 맞고 돌아와 앓게 되고, 아내가 주는 약을 한 달 가량이나 먹다가
수면제라는 걸 알고 충격을 받는다.

　나는 산으로 올라가 남은 약을 한꺼번에 먹고 하루 동안 잠들었다 깨
어난다. 다시 집으로 돌아온 나는 아내가 매음하는 장면을 목격하고 만
다. 아내는 멱살을 잡고 내 살을 물어뜯는다. 나는 도망쳐 나와 돌아다
니다가 미쓰꼬시 옥상에 올라간다.

　그곳에서 나는 지나온 삶을 돌아본다. 그때 불현듯 겨드랑이가 가렵
다. 지금은 사라진 내 인공의 날개가 돋았던 자국이다. '날개야, 다시 돋
아라, 한 번만 더 날자꾸나'라고 외치고 싶어진다.

　이 소설은 첫머리에 프롤로그를 제시하고, 뒤이어 본이야기가 펼쳐지

는 구성을 보인다. 프롤로그에서는 지적이고 다소 냉소적인 화자가 자신을 '박제가 되어 버린 천재'로 표현하며, 앞으로 전개될 이야기의 주제와 성격을 암시한다.

본이야기에서 주인공 '나'는 외부 세계와 단절된 삶을 사는 자폐적이고 비일상적인 인물로 그려진다. 또 '나'는 매춘부인 아내에게 기생하여 살아가는 존재이며, 아내와의 관계는 '숙명적으로 발이 맞지 않는 절름발이'에 비유되고 있다.

이처럼 폐쇄적이고 파행적인 삶을 사는 '나'의 모습은 식민지 시대의 지식인을 상징하는 것으로 이해될 수 있다. 타락한 현실에 적응하지 못한 채 소외되어 무기력한 삶을 살아가는 모습이 당대 지식인의 처지를 대변하기 때문이다.

한편 작품의 중반부터 '나'는 방에서 나와 거리로 나가곤 하는데, 이는 억압과 유폐의 세계를 벗어나 참된 삶을 회복하고자 하는 소망을 암시한다. 그러한 소망은 결말에서 '날개야, 다시 돋아라.'라는 간절한 외침을 통해 분명하게 드러나고 있다.

그런데 주목되는 것은 이런 작품 내용이 1인칭 독백의 형식으로 서술되고 있는 점이다. 특히 그것은 단순한 자기 고백이나 외부 사건에 대한 객관적인 서술이 아니라, 화자 자신의 분열적인 자의식과 내면세계를 의식의 흐름에 따라 기술한 것들이다.

이와 같은 독특한 작품 세계는 한국소설사에서 심리소설의 영역을 개척한 것이라는 평가를 받는다.

날개

'박제1가 되어 버린 천재'를 아시오? 나는 유쾌하오. 이런 때 연애까지가 유쾌하오.

육신이 흐느적흐느적하도록 피로했을 때만 정신이 은화처럼 맑소. 니코틴이 내 횟배2 앓는 뱃속으로 스미면 머릿속에 으레 백지가 준비되는 법이오. 그 위에다 나는 위트3와 패러독스4를 바둑 포석5처럼 늘어놓소. 가증할 상식의 병이오.

나는 또 여인과 생활을 설계하오. 연애 기법에마저 서먹서먹해진 지성의 극치6를 흘깃 좀 들여다본 일이 있는, 말하자면 일종의 정신분일자 말이오. 이런 여인의 반—그것은 온갖 것의 반이오—만을 영수하

---

1 박제 : 동물의 가죽을 벗기고 그 안에 솜이나 대팻밥 따위를 넣어 살아 있는 모양 그대로 만든 표본
2 횟배 : 회충으로 인한 배앓이
3 위트 : 말이나 글을 재치 있고 능란하게 구사하는 능력. 또는 그러한 표현
4 패러독스 : 역설. 일반적으로는 모순을 야기하지 아니하나 특정한 경우에 논리적 모순을 일으키는 논증. 모순을 일으키기는 하지만 그 속에 중요한 진리가 함축되어 있는 것으로 간주한다.
5 포석 : 바둑을 둘 때, 앞으로 집을 차지하는 데 유리하도록 처음에 돌을 벌여 놓음.
6 극치 : 도달할 수 있는 최고의 경지

는7 생활을 설계한다는 말이오. 그런 생활 속에 한 발만 들여놓고 흡사 두 개의 태양처럼 마주 쳐다보면서 낄낄거리는 것이오. 나는 아마 어지간히 인생의 제행8이 싱거워서 견딜 수가 없게끔 되고 그만둔 모양이오. 굿바이.

굿바이. 그대는 이따금 그대가 제일 싫어하는 음식을 탐식하는9 아이러니를 실천해 보는 것도 좋을 것 같소. 위트와 패러독스와…….
그대 자신을 위조하는 것도 할 만한 일이오. 그대의 작품은 한 번도 본 일이 없는 기성품에 의하여 차라리 경편하고10 고매하리다11.

19세기는 될 수 있거든 봉쇄하여 버리오. 도스토옙스키 정신이란 자칫하면 낭비인 것 같소. 위고를 불란서12의 빵 한 조각이라고는 누가 그랬는지 지언13인 듯싶소. 그러나 인생 혹은 그 모형에 있어서 디테일 때문에 속는다거나 해서야 되겠소? 화를 보지 마오. 부디 그대께 고하는 것이니…….

---

7 영수하다 : 돈이나 물품 따위를 받아들이다.
8 제행 : 변천하는 모든 모습
9 탐식하다 : 탐을 내어 먹다.
10 경편하다 : 쓰거나 다루기에 가볍고 편하다.
11 고매하다 : 높고 뛰어나다.
12 불란서 : 프랑스
13 지언 : 지극히 당연한 말. 또는 지극히 좋거나 중요한 말

(테이프가 끊어지면 피가 나오. 생채기도 머지않아 완치될 줄 믿소. 굿바이).

감정은 어떤 포즈(그 포즈의 소(素)만을 지적하는 것이 아닌지나 모르겠소). 그 포즈가 부동자세에까지 고도화할14 때 감정은 딱 공급을 정지합네다.

나는 내 비범한 발육15을 회고하여 세상을 보는 안목을 규정하였소.
여왕봉16과 미망인17— 세상의 하고많은 여인이 본질적으로 이미 미망인 아닌 이가 있으리까? 아니, 여인의 전부가 그 일상에 있어서 개개 '미망인'이라는 내 논리가 뜻밖에도 여성에 대한 모독이 되오? 굿바이.

그 33번지라는 것이 구조가 흡사 유곽18이라는 느낌이 없지 않다.
한 번지에 18가구가 죽 어깨를 맞대고 늘어서서 창호가 똑같고 아궁이 모양이 똑같다. 게다가 각 가구에 사는 사람들이 송이송이 꽃과 같이 젊다. 해가 들지 않는다. 해가 드는 것을 그들이 모른 체하는 까닭이다. 턱

---

14 고도화하다 : 정도나 수준이 높아지다.
15 발육 : 신체나 정신 따위가 발달하여 점차로 크게 자람.
16 여왕봉 : 사회생활을 하는 벌떼에서 유일하게 알을 낳을 수 있는 암벌. 벌 사회의 우두머리로서, 몸집이 다른 벌보다 크며 한 집단에 한 마리가 있다.
17 미망인 : 남편을 여읜 여자
18 유곽 : 많은 창녀를 두고 매음 영업을 하는 집. 또는 그런 집이 모여 있는 곳

살밑19에다 철 줄을 매고 얼룩진 이부자리를 널어 말린다는 핑계로 미닫이20에 해가 드는 것을 막아 버린다. 침침한 방 안에서 낮잠들을 잔다. 그들은 밤에는 잠을 자지 않나? 알 수 없다. 나는 밤이나 낮이나 잠만 자느라고 그런 것을 알 길이 없다. 33번지 18가구의 낮은 참 조용하다.

조용한 것은 낮뿐이다. 어둑어둑하면 그들은 이부자리를 걷어 들인다. 전등불이 켜진 뒤의 18가구는 낮보다 훨씬 화려하다. 저물도록 미닫이 여닫는 소리가 잦다. 바빠진다. 여러 가지 냄새가 나기 시작한다. 비웃21 굽는 내, 탕고도랑22 내, 뜨물23 내, 비누 내……

그러나 이런 것들보다도 그들의 문패가 제일로 고개를 끄덕이게 하는 것이다. 이 18가구를 대표하는 대문이라는 것이 일각24이 져서 외따로 떨어지기는 했으나 있다. 그러나 그것은 한 번도 닫힌 일이 없는, 한길25이나 마찬가지 대문인 것이다. 온갖 장사치들은 하루 가운데 어느 시간에라도 이 대문을 통하여 드나들 수 있는 것이다. 이네들은 문간에서 두부를 사는 것이 아니라, 미닫이를 열고 방에서 두부를 사는 것이다. 이렇게 생긴 33번지 대문에 그들 18가구의 문패를 몰아다 붙이는 것

---

19 턱살밑 : '턱밑'을 속되게 이르는 말. 여기서는 처마 밑을 말하는 듯하다.
20 미닫이 : 옆으로 밀어서 열고 닫는 창이나 문
21 비웃 : 청어를 식료품으로 이르는 말
22 탕고도랑 : 일제강점기에 많이 쓰인 화장품 이름
23 뜨물 : 곡식을 씻어 내어 부옇게 된 물
24 일각 : 한 귀퉁이. 또는 한 방향
25 한길 : 사람이나 차가 많이 다니는 넓은 길

은 의미가 없다. 그들은 어느 사이엔가 각 미닫이 위 백인당이니 길상당
이니 써 붙인 한 곁에다 문패를 붙이는 풍속을 가져 버렸다.

내 방 미닫이 위 한 곁에 칼표26 딱지를 넷에다 낸 것만 한 내 ─ 아
니! 내 아내의 명함이 붙어 있는 것도 이 풍속을 좇은 것이 아닐 수
없다.

나는 그러나 그들의 아무와도 놀지 않는다. 놀지 않을 뿐만 아니라 인
사도 않는다. 나는 내 아내와 인사하는 외에 누구와도 인사하고 싶지 않
았다.

내 아내 외의 다른 사람과 인사를 하거나 놀거나 하는 것은 내 아내
낯을 보아 좋지 않은 일인 것만 같이 생각이 들었기 때문이다. 나는 이
만큼까지 내 아내를 소중히 생각한 것이다. 내가 이렇게까지 내 아내를
소중히 생각한 까닭은 이 33번지 18가구 속에서 내 아내가 내 아내의
명함처럼 제일 작고 제일 아름다운 것을 안 까닭이다. 18가구에 각기 별
러27 들은 송이송이 꽃들 가운데서도 내 아내가 특히 아름다운 한 떨기
의 꽃으로 이 함석지붕28 밑 볕 안 드는 지역에서 어디까지든지 찬란하
였다. 따라서 그런 한 떨기 꽃을 지키고 ─ 아니 그 꽃에 매어달려 사는

---

26 칼표 : 인쇄 기호 '†'를 이르는 말
27 벼르다 : 일정한 비례에 따라 여러 몫으로 나누다.
28 함석지붕 : 표면에 아연을 도금한 얇은 철판인 함석으로 이은 지붕

나라는 존재가 도무지 형언할29 수 없는 거북살스러운30 존재가 아닐 수 없었던 것은 물론이다.

　나는 어디까지든지 내 방이 ― 집이 아니다. 집은 없다 ― 마음에 들었다. 방 안의 기온은 내 체온을 위하여 쾌적하였고, 방 안의 침침한 정도가 또한 내 안력31을 위하여 쾌적하였다. 나는 내 방 이상의 서늘한 방도, 또 따뜻한 방도 희망하지 않았다. 이 이상으로 밝거나 이 이상으로 아늑한 방은 원하지 않았다. 내 방은 나 하나를 위하여 요만한 정도를 꾸준히 지키는 것 같아 늘 내 방에 감사하였고 나는 또 이런 방을 위하여 이 세상에 태어난 것만 같아서 즐거웠다.

　그러나 이것은 행복이라든가 불행이라든가 하는 것을 계산하는 것은 아니었다. 말하자면 나는 내가 행복되다고도 생각할 필요가 없었고, 그렇다고 불행하다고도 생각할 필요가 없었다. 그냥 그날그날을 그저 까닭 없이 펀둥펀둥32 게으르고만 있으면 만사는 그만이었던 것이다.

　내 몸과 마음에 옷처럼 잘 맞는 방 속에서 뒹굴면서, 축 처져 있는 것은 행복이니 불행이니 하는 그런 세속적인 계산을 떠난, 가장 편리하고

---

29 형언하다 : 말로 나타내다.
30 거북살스럽다 : 편안하지 못하고 매우 어색한 데가 있다.
31 안력 : 시야에 들어오는 사물의 형상을 정확히 분간하는 눈의 능력
32 펀둥펀둥 : 아무 하는 일도 없이 매우 염치없고 뻔뻔스럽게 놀기만 하는 모양을 나타내는 말

안일한, 말하자면 절대적인 상태인 것이다. 나는 이런 상태가 좋았다.

이 절대적인 내 방은 대문간에서 세어서 똑 일곱째 칸이다. 럭키세븐의 뜻이 없지 않다. 나는 이 일곱이라는 숫자를 훈장처럼 사랑하였다. 이런 이 방이 가운데 장지33로 말미암아 두 칸으로 나뉘어 있었다는 그것이 내 운명의 상징이었던 것을 누가 알랴?

아랫방은 그래도 해가 든다. 아침결에 책보34만 한 해가 들었다가 오후에 손수건만 해지면서 나가 버린다. 해가 영영 들지 않는 윗방이 즉 내 방인 것은 말할 것도 없다. 이렇게 볕드는 방이 아내 방이요, 볕 안 드는 방이 내 방이오 하고 아내와 나 둘 중에 누가 정했는지 나는 기억하지 못한다. 그러나 나에게는 불평이 없다.

아내가 외출만 하면 나는 얼른 아랫방으로 와서 그 동쪽으로 난 들창35을 열어 놓고, 열어 놓으면 들이비치는 볕살이 아내의 화장대를 비춰 가지각색 병들이 아롱지면서 찬란하게 빛나고, 이렇게 빛나는 것을 보는 것은 다시없는 내 오락이다. 나는 조그만 돋보기를 꺼내 가지고 아내만이 사용하는 지리가미36를 꺼내 가지고 그슬러가면서 불장난을 하고 논다. 평행 광선을 굴절시켜서 한 초점에 모아 가지고 그 초점이 따근따근해지다가 마지막에는 종이를 그슬리기 시작하고, 가느다란 연기

---

33 장지 : 방과 방 사이의 칸을 막아 끼우는 문
34 책보 : 책을 싸 가지고 다닐 수 있게 만든 네모진 작은 천
35 들창 : 벽의 위쪽에, 위로 들어올려 열도록 만든 작은 창문
36 지리가미 : '휴지'의 일본어

를 내면서 드디어 구멍을 뚫어 놓는 데까지 이르는, 고 얼마 안 되는 동안의 초조한 맛이 죽고 싶을 만치 내게는 재미있었다.

이 장난이 싫증나면 나는 또 아내의 손잡이 거울을 가지고 여러 가지로 논다. 거울이란 제 얼굴을 비칠 때만 실용품이다. 그 외의 경우에는 도무지 장난감인 것이다.

이 장난도 곧 싫증이 난다. 나의 유희심은 육체적인 데서 정신적인 데로 비약한다. 나는 거울을 내던지고 아내의 화장대 앞으로 가까이 가서 나란히 늘어놓인 그 가지각색의 화장품 병들을 들여다본다. 고것들은 세상의 무엇보다도 매력적이다. 나는 그 중의 하나만을 골라서 가만히 마개를 빼고 병 구멍을 내 코에 가져다 대고 숨죽이듯이 가벼운 호흡을 하여 본다. 이국적인 센슈얼한37 향기가 폐로 스며들면 나는 저절로 스르르 감기는 내 눈을 느낀다. 확실히 아내의 체취의 파편이다. 나는 도로 병마개를 막고 생각해 본다. 아내의 어느 부분에서 요 냄새가 났던가를……. 그러나 그것은 분명치 않다. 왜? 아내의 체취는 여기 늘어서 있는 가지각색 향기의 합계일 것이니까.

아내의 방은 늘 화려하였다. 내 방이 벽에 못 한 개 꽂히지 않은 소박한 것인 반대로, 아내 방에는 천장 밑으로 쫙 돌려 못이 박히고, 못마다 화려한 아내의 치마와 저고리가 걸렸다. 여러 가지 무늬가 보기 좋다.

---

37 센슈얼하다 : 관능적이다.

나는 그 여러 조각의 치마에서 늘 아내의 동체와, 그 동체가 될 수 있는 여러 가지 포즈를 연상하고 연상하면서 내 마음은 늘 점잖지 못하다.

그렇건만 나에게는 옷이 없었다. 아내는 내게는 옷을 주지 않았다. 입고 있는 코르덴38 양복 한 벌이 내 자리옷39이었고 통상복40과 나들이옷을 겸한 것이었다. 그리고 하이넥의 스웨터가 한 조각 사철을 통한 내 내의다. 그것들은 하나같이 다 빛이 검다. 그것은 내 짐작 같아서는 즉 빨래를 될 수 있는 데까지 하지 않아도 보기 싫지 않게 하기 위한 것이 아닌가 한다. 나는 허리와 두 가랑이 세 군데 다 고무 밴드가 끼어 있는 부드러운 사루마다41를 입고 그리고 아무 소리 없이 잘 놀았다.

어느덧 손수건만 해졌던 볕이 나갔는데 아내는 외출에서 돌아오지 않는다. 나는 요만 일에도 좀 피곤하였고 또 아내가 돌아오기 전에 내 방으로 가 있어야 될 것을 생각하고 그만 내 방으로 건너간다. 내 방은 침침하다. 나는 이불을 뒤집어쓰고 낮잠을 잔다. 한 번도 걷은 일이 없는 내 이부자리는 내 몸뚱이의 일부분처럼 내게는 참 반갑다. 잠은 잘 오는 적도 있다. 그러나 또 전신이 까칫까칫하면서42 영 잠이 오지 않

---

38 코르덴 : 코듀로이. 누빈 것처럼 골이 지게 짠, 우단과 비슷한 옷감
39 자리옷 : 잠잘 때 편하게 입는 옷
40 통상복 : 보통 때에 입는 옷
41 사루마다 : 일본의 남성용 속바지. 허리에서 허벅지까지 덮는 속옷이다.
42 까칫까칫하다 : 살갗 따위에 조금씩 닿아 자꾸 걸리다.

는 적도 있다. 그런 때는 아무 제목으로나 제목을 하나 골라서 연구하였다. 나는 내 좀 축축한 이불 속에서 참 여러 가지 발명도 하였고 논문도 많이 썼다. 시도 많이 지었다. 그러나 그것들은 내가 잠이 드는 것과 동시에 내 방에 담겨서 철철 넘치는 그 흐늑흐늑한 공기에 다 비누처럼 풀어져 온데간데가 없고, 한잠 자고 깬 나는 속이 무명 헝겊이나 메밀껍질로 띵띵 찬 한 덩어리 베개와도 같은 한 벌 신경이었을 뿐이고, 뿐이고 하였다.

그러기에 나는 빈대가 무엇보다도 싫었다. 그러나 내 방에서는 겨울에도 몇 마리의 빈대가 끊이지 않고 나왔다. 내게 근심이 있었다면 오직 이 빈대를 미워하는 근심일 것이다. 나는 빈대에게 물려서 가려운 자리를 피가 나도록 긁었다. 쓰라리다. 그것은 그윽한 쾌감에 틀림없었다. 나는 혼곤히 잠이 든다.

나는 그러나 그런 이불 속의 사색43 생활에서도 적극적인 것을 궁리하는 법이 없다. 내게는 그럴 필요가 대체 없었다. 만일 내가 그런 좀 적극적인 것을 궁리해 내었을 경우에 나는 반드시 내 아내와 의논하여야 할 것이고, 그러면 반드시 나는 아내에게 꾸지람을 들을 것이고—나는 꾸지람이 무서웠다느니 보다도 성가셨다. 내가 제법 한 사람의 사회인의 자격으로 일을 해 보는 것도 아내에게 사설 듣는 것도 나는 가장 게으른 동물처럼 게으른 것이 좋았다. 될 수만 있으면 이 무의미한 인간의

---

43 사색 : 어떤 것에 대하여 깊이 헤아려 생각함.

탈을 벗어 버리고도 싶었다.

나에게는 인간 사회가 스스러웠다44. 생활이 스스러웠다. 모두가 서먹
서먹할 뿐이었다.

아내는 하루에 두 번 세수를 한다. 나는 하루 한 번도 세수를 하지 않
는다. 나는 밤중 세 시나 네 시쯤 해서 변소에 갔다. 달이 밝은 밤에는
한참씩 마당에 우두커니 섰다가 들어오곤 한다. 그러니까 나는 이 18가구
의 아무와도 얼굴이 마주치는 일이 거의 없다. 그러면서도 나는 이 18가
구의 젊은 여인네 얼굴들을 거반45 다 기억하고 있었다. 그들은 하나같이
내 아내만 못 하였다.

열한 시쯤 해서 하는 아내의 첫 번 세수는 좀 간단하다. 그러나 저녁
일곱 시쯤 해서 하는 두 번째 세수는 손이 많이 간다. 아내는 낮에보다
도 밤에 더 좋고 깨끗한 옷을 입는다. 그리고 낮에도 외출하고 밤에도
외출하였다.

아내에게 직업이 있었던가? 나는 아내의 직업이 무엇인지 알 수 없다.
만일 아내에게 직업이 없었다면 같이 직업이 없는 나처럼 외출할 필요가
생기지 않을 것인데 — 아내는 외출한다. 외출할 뿐만 아니라 내객46이

44 스스럽다 : 친분이 그리 두텁지 못하여 조심스럽다.
45 거반 : 거지반. 거의 절반 가까이
46 내객 : 어떤 사람을 만나러 찾아온 손님

많다. 아내에게 내객이 많은 날은 나는 온종일 내 방에서 이불을 쓰고 누워 있어야만 된다. 불장난도 못 한다. 화장품 냄새도 못 맡는다. 그런 날은 나는 의식적으로 우울해하였다. 그러면 아내는 나에게 돈을 준다. 오십 전짜리 은화다. 나는 그것이 좋았다. 그러나 그것을 무엇에 써야 옳을지 몰라서 늘 머리맡에 던져두고 두고 한 것이 어느 결에 모여서 꽤 많아졌다. 어느 날 이것을 본 아내는 금고처럼 생긴 벙어리를 사다 준다. 나는 한 푼씩 한 푼씩 고 속에 넣고 열쇠는 아내가 가져갔다. 그 후에도 나는 더러 은화를 그 벙어리에 넣은 것을 기억한다. 그리고 나는 게을렀다. 얼마 후 아내의 머리쪽47에 보지 못하던 누깔잠48이 하나 여드름처럼 돋았던 것은 바로 그 금고형 벙어리의 무게가 가벼워졌다는 증거일까. 그러나 나는 드디어 머리맡에 놓였던 그 벙어리에 손을 대지 않고 말았다. 내 게으름은 그런 것에 내 주의를 환기시키기도 싫었다.

아내에게 내객이 있는 날은 이불 속으로 암만 깊이 들어가도 비 오는 날만큼 잠이 잘 오지 않았다. 나는 그런 때 아내에게는 왜 늘 돈이 있나, 왜 돈이 많은가를 연구했다.

내객들은 장지 저쪽에 내가 있는 것을 모르나 보다. 내 아내와 나도 좀 하기 어려운 농을 아주 서슴지 않고 쉽게 해 내던지는 것이다. 그러

---

47 머리쪽 : 쪽. 시집간 여자가 뒤통수에 땋아서 틀어 올린 머리털
48 누깔잠 : 비녀의 일종

나 내 아내의 내객 가운데 서너 사람의 내객들은 늘 비교적 점잖았다고 볼 수 있는 것이 자정이 좀 지나면 으레 돌아들 갔다. 그들 가운데에는 꽤 교양이 얕은 자도 있는 듯싶었는데, 그런 자는 보통 음식을 사다 먹고 논다. 그래서 보충을 하고 대체로 무사하였다.

나는 우선 아내의 직업이 무엇인가를 연구하기에 착수하였으나 좁은 시야와 부족한 지식으로는 이것을 알아내기 힘이 든다. 나는 끝끝내 내 아내의 직업이 무엇인가를 모르고 말려나 보다.

아내는 늘 진솔49 버선만 신었다. 아내는 밥도 지었다. 아내가 밥을 짓는 것을 나는 한 번도 구경한 일은 없으나 언제든지 끼니때면 내 방으로 내 조석50을 날라다 주는 것이다. 우리 집에는 나와 내 아내 외의 다른 사람은 아무도 없다. 이 밥은 분명 아내가 손수 지었음에 틀림없다.

그러나 아내는 한 번도 나를 자기 방으로 부른 일은 없다.

나는 늘 윗방에서나 혼자서 밥을 먹고 잠을 잤다. 밥은 너무 맛이 없었다. 반찬이 너무 엉성하였다. 나는 닭이나 강아지처럼 말없이 주는 모이를 넙죽넙죽 받아먹기는 했으나 내심 야속하게 생각한 적도 더러 없지 않다. 나는 안색이 여지없이 창백해 가면서 말라 들어갔다. 나날이 눈에 보이듯이 기운이 줄어들었다. 영양 부족으로 하여 몸뚱이 곳곳이 뼈가 불쑥불쑥 내어 밀었다. 하룻밤 사이에도 수십 차를 돌아눕지 않고

---

49 진솔 : 옷이나 버선 따위가 한 번도 빨지 않은 새것 그대로인 것
50 조석 : 아침밥과 저녁밥을 아울러 이르는 말

는 여기저기가 배겨서 배겨 낼 수가 없었다.

그렇기 때문에 나는 내 이불 속에서 아내가 늘 흔히 쓸 수 있는 저 돈의 출처를 탐색해 내는 일변[51], 장지 틈으로 새어 나오는 아랫방의 음성은 무엇일까를 간단히 연구하였다. 나는 잠이 잘 안 왔다.

깨달았다. 아내가 쓰는 그 돈은 내게는 다만 실없는 사람들로밖에 보이지 않는 까닭 모를 내객들이 놓고 가는 것이 틀림없으리라는 것을 깨달았다. 그러나 왜 그들 내객은 돈을 놓고 가나? 왜 내 아내는 그 돈을 받아야 되나 하는 예의 관념이 내게는 도무지 알 수 없는 것이었다.

그것은 그저 예의에 지나지 않는 것일까? 그렇지 않으면 혹 무슨 대가일까? 보수일까? 내 아내가 그들의 눈에는 동정을 받아야만 할 가엾은 한 인물로 보였던가?

이런 것들을 생각하노라면 으레 내 머리는 그냥 혼란하여 버리고, 버리고 하였다. 잠들기 전에 획득했다는 결론이 오직 불쾌하다는 것뿐이었으면서도 나는 그런 것을 아내에게 물어보거나 한 일이 참 한 번도 없다. 그것은 대체 귀찮기도 하려니와 한잠 자고 일어나면 나는 사뭇 딴 사람처럼 이것도 저것도 다 깨끗이 잊어버리고 그만두는 까닭이다.

내객들이 돌아가고, 혹 외출에서 돌아오고 하면 아내는 간편한 것으로 옷을 바꾸어 입고 내 방으로 나를 찾아온다. 그리고 이불을 들치고 내

---

51 일변 : 어느 한편

귀에는 영 생동생동한[52] 몇 마디 말로 나를 위로하려 든다. 나는 조소[53]도 고소[54]도 홍소[55]도 아닌 웃음을 얼굴에 띠고 아내의 아름다운 얼굴을 쳐다본다. 아내는 방그레 웃는다. 그러나 그 얼굴에 떠도는 일말의 애수[56]를 나는 놓치지 않는다.

아내는 능히[57] 내가 배고파하는 것을 눈치챌 것이다. 그러나 아랫방에서 먹고 남은 음식을 나에게 주려 들지는 않는다. 그것은 어디까지든지 나를 존경하는 마음일 것임에 틀림없다. 나는 배가 고프면서도 적이[58] 마음이 든든한 것을 좋아했다. 아내가 무엇이라고 지껄이고 갔는지 귀에 남아 있을 리가 없다. 다만 내 머리맡에 아내가 놓고 간 은화가 전등불에 흐릿하게 빛나고 있을 뿐이다.

고 금고형 벙어리 속에 은화가 얼마만큼이나 모였을까? 나는 그러나 그것을 쳐들어 보지 않았다. 그저 아무런 의욕도 기원[59]도 없이 그 단춧구멍처럼 생긴 틈바구니로 은화를 떨어뜨려 둘 뿐이었다.

---

52 생동생동하다 : 본디의 기운이 그대로 남아 있어 생생하다.

53 조소 : 비웃음. 흉을 보듯이 빈정거리거나 업신여겨 웃는 웃음

54 고소 : 쓴웃음. 어이가 없거나 마지못하여 짓는 웃음

55 홍소 : 입을 크게 벌리고 떠들썩하게 크게 웃음

56 애수 : 마음속 깊이 스며드는 슬픔이나 시름

57 능히 : 막히거나 서투른 데가 없이

58 적이 : 꽤 어지간한 정도로

59 기원 : 원하는 일이 이루어지기를 빎.

왜 아내의 내객들이 아내에게 돈을 놓고 가나 하는 것이 풀 수 없는 의문인 것같이, 왜 아내는 나에게 돈을 놓고 가나 하는 것도 역시 나에게는 똑같이 풀 수 없는 의문이었다. 내 비록 아내가 내게 돈을 놓고 가는 것이 싫지 않았다 하더라도 그것은 다만 고것이 내 손가락 닿는 순간에서부터 고 벙어리 주둥이에서 자취를 감추기까지의 하잘것없는 짧은 촉각이 좋았달 뿐이지 그 이상 아무 기쁨도 없다.

어느 날 나는 고 벙어리를 변소에 갖다 넣어 버렸다. 그때 벙어리 속에는 몇 푼이나 되는지 모르겠으나 은화들이 꽤 들어 있었다.

나는 내가 지구 위에 살며 내가 이렇게 살고 있는 지구가 질풍신뢰60의 속력으로 광대무변61의 공간을 달리고 있다는 것을 생각했을 때 참 허망하였다. 나는 이렇게 부지런한 지구 위에서는 현기증도 날 것 같고 해서 한시바삐 내려 버리고 싶었다.

이불 속에서 이런 생각을 하고 난 뒤에는 나는 고 은화를 고 벙어리에 넣고 넣고 하는 것조차 귀찮아졌다. 나는 아내가 손수 벙어리를 사용하였으면 하고 희망하였다. 벙어리도 돈도 사실에는 아내에게만 필요한 것이지 내게는 애초부터 의미가 전연62 없는 것이었으니까 될 수만 있으면 그 벙

---

60 질풍신뢰 : 심한 바람과 번개라는 뜻으로, 빠르고 심한 변화를 비유적으로 이르는 말
61 광대무변 : 한없이 넓고 커서 끝이 없음.
62 전연 : 주로 부정어와 함께 쓰여, '전혀'라는 뜻을 나타내는 말

어리를 아내는 아내 방으로 가져갔으면 하고 기다렸다. 그러나 아내는 가져가지 않는다. 나는 내가 아내 방으로 가져다 둘까 하고 생각하여 보았으나 그 즈음에는 아내의 내객이 워낙 많아서 내가 아내 방에 가 볼 기회가 도무지 없었다. 그래서 나는 하는 수 없이 변소에 갖다 집어넣어 버리고만 것이다.

나는 서글픈 마음으로 아내의 꾸지람을 기다렸다. 그러나 아내는 끝내 아무 말도 하지 않았다. 않았을 뿐 아니라 여전히 돈은 돈대로 머리맡에 놓고 가지 않나! 내 머리맡에는 어느덧 은화가 꽤 많이 모였다.

내객이 아내에게 돈을 놓고 가는 것이나 아내가 내게 돈을 놓고 가는 것이나 일종의 쾌감—그 외의 다른 아무런 이유도 없는 것이 아닐까 하는 것을 나는 또 이불 속에서 연구하기 시작하였다. 쾌감이라면 어떤 종류의 쾌감일까를 계속하여 연구하였다. 그러나 그것은 이불 속의 연구로는 알 길이 없었다. 쾌감, 쾌감, 하고 나는 뜻밖에도 이 문제에 대해서만 흥미를 느꼈다.

아내는 물론 나를 늘 감금하여 두다시피 하여 왔다. 내게 불평이 있을리 없다. 그런 중에도 나는 그 쾌감이라는 것의 유무를 체험하고 싶었다.

나는 아내의 밤 외출 틈을 타서 밖으로 나왔다. 나는 거리에서 잊어버리지 않고 가지고 나온 은화를 지폐로 바꾼다. 오 원이나 된다. 그것을 주머니에 넣고 나는 목적을 잃어버리기 위하여 얼마든지 거리를 쏘다녔다. 오래간만에 보는 거리는 거의 경이에 가까울 만치 내 신경을 흥분시키지 않고는 마지않았다. 나는 금시에 피곤하여 버렸다. 그러나 나는 참 았다. 그리고 밤이 이슥하도록[63] 까닭을 잃어버린 채 이 거리 저 거리로 지향 없이 헤매었다. 돈은 물론 한 푼도 쓰지 않았다. 돈을 쓸 아무 엄 두도 나서지 않았다. 나는 벌써 돈을 쓰는 기능을 완전히 상실한 것 같 았다.

나는 과연 피로를 이 이상 견디기가 어려웠다. 나는 가까스로 내 집을 찾았다. 나는 내 방으로 가려면 아내 방을 통과하지 않으면 안 될 것을 알고, 아내에게 내객이 있나 없나를 걱정하면서 미닫이 앞에서 좀 거북 살스럽게 기침을 한 번 했더니, 이것은 참 또 너무도 암상스럽게[64] 미닫 이가 열리면서 아내의 얼굴과 그 등 뒤에 낯선 남자의 얼굴이 이쪽을 내다보는 것이다. 나는 별안간 내어 쏟아지는 불빛에 눈이 부셔서 좀 머 뭇머뭇했다.

나는 아내의 눈초리를 못 본 것은 아니다. 그러나 나는 모른 체하는 수밖에 없었다. 왜? 나는 어쨌든 아내의 방을 통과하지 아니하면 안 되 니까…….

나는 이불을 뒤집어썼다. 무엇보다도 다리가 아파서 견딜 수가 없었 다. 이불 속에서는 가슴이 울렁거리면서 암만해도 까무러칠 것만 같았 다. 걸을 때는 몰랐더니 숨이 차다. 등에 식은땀이 쭉 내배인다. 나는 외

---

63 이슥하다 : 꽤 깊다.
64 암상스럽다 : 남을 미워하고 샘을 잘 내는 데가 있다.

출한 것을 후회하였다. 이런 피로를 잊고 어서 잠이 들었으면 좋겠다. 한잠 잘 자고 싶었다.

얼마 동안이나 비스듬히 엎드려 있었더니 차츰차츰 뚝딱거리는 가슴 동기가 가라앉는다. 그만 해도 우선 살 것 같았다. 나는 몸을 들쳐 반듯이 천장을 향하여 눕고 쭈욱 다리를 뻗었다.

그러나 나는 또다시 가슴의 동기를 피할 수 없게 되었다. 아랫방에서 아내와 그 남자의, 내 귀에도 들리지 않을 만치 낮은 목소리로 소곤거리는 기적이 장지 틈으로 전하여 왔던 것이다. 청각을 더 예민하게 하기 위하여 나는 눈을 떴다. 그리고 숨을 죽였다. 그러나 그때는 벌써 아내와 남자는 앉았던 자리를 툭툭 털고 일어섰고 일어서면서 옷과 모자 쓰는 기적이 나는 듯하더니 이어 미닫이가 열리고 구두 뒤축 소리가 나고, 그리고 뜰에 내려서는 소리가 쿵 하고 나면서 뒤를 따르는 아내의 고무신 소리가 두어 발자국 찍찍 나고 사뿐사뿐 나나 하는 사이에 두 사람의 발소리가 대문 쪽으로 사라졌다.

나는 아내의 이런 태도를 본 일이 없다. 아내는 어떤 사람과도 결코 소곤거리는 법이 없다. 나는 윗방에서 이불을 쓰고 누웠는 동안에도 혹 술이 취해서 혀가 잘 돌아가지 않는 내객들의 담화는 더러 놓치는 수가 있어도, 아내의 높지도 얕지도 않은 말소리는 일찍이 한마디도 놓쳐 본 일이 없다. 더러 내 귀에 거슬리는 소리가 있어도 나는 그것이 태연한 목소리로 내 귀에 들렸다는 이유로 충분히 안심이 되었다.

그렇던 아내의 이런 태도는 필시 그 속에 여간하지 않은 사정이 있는 듯 생각이 되고 내 마음은 좀 서운했으나 그보다도 나는 좀 너무 피로

해서 오늘만은 이불 속에서 아무것도 연구치 않기로 굳게 결심하고 잠을 기다렸다. 잠은 좀처럼 오지 않았다. 대문간에 나간 아내도 좀처럼 들어오지 않았다. 그러는 동안에 흐지부지 나는 잠이 들어 버렸다. 꿈이 얼쑹덜쑹 종을 잡을 수 없는 거리의 풍경을 여전히 헤매었다.

나는 몹시 흔들렸다. 내객을 보내고 들어온 아내가 잠든 나를 잡아 흔드는 것이다. 나는 눈을 번쩍 뜨고 아내의 얼굴을 쳐다보았다. 아내의 얼굴에는 웃음이 없다. 나는 좀 눈을 비비고 아내의 얼굴을 자세히 보았다. 노기65가 눈초리에 떠서 얇은 입술이 바르르 떨린다. 좀처럼 이 노기가 풀리기는 어려울 것 같았다. 나는 그대로 눈을 감아 버렸다. 벼락이 내리기를 기다린 것이다. 그러나 쌔근하는 숨소리가 나면서 푸스스 아내의 치맛자락 소리가 나고 장지가 여닫히며 아내는 아내 방으로 돌아갔다. 나는 다시 몸을 돌쳐 이불을 뒤집어쓰고는 개구리처럼 엎드리고, 엎드려서 배가 고픈 가운데도 오늘 밤의 외출을 또 한 번 후회하였다.

나는 이불 속에서 아내에게 사죄하였다. 그것은 네 오해라고…….
나는 사실 밤이 퍽이나 이슥한 줄만 알았던 것이다. 그것이 네 말마따나 자정 전인 줄은 정말이지 꿈에도 몰랐다. 나는 너무 피곤하였다. 오

---

65 노기 : 성난 얼굴빛. 또는 그런 기색이나 기세

래간만에 나는 너무 많이 걸은 것이 잘못이다. 내 잘못이라면 잘못은 그 것밖에 없다. 외출은 왜 하였더냐고?

나는 그 머리맡에 저절로 모인 오 원 돈을 아무에게라도 좋으니 주어 보고 싶었던 것이다. 그뿐이다. 그러나 그것도 내 잘못이라면 나는 그렇 게 알겠다. 나는 후회하고 있지 않나?

내가 그 오 원 돈을 써 버릴 수가 있었던들 나는 자정 안에 집에 돌아 올 수 없었을 것이다. 그러나 거리는 너무 복잡하였고 사람은 너무도 들 끓었다. 나는 어느 사람을 붙들고 그 오 원 돈을 내어 주어야 할지 갈피 를 잡을 수가 없었다. 그러는 동안에 나는 여지없이 피곤해 버리고 말았 던 것이다.

나는 무엇보다도 좀 쉬고 싶었다. 눕고 싶었다. 그래서 나는 하는 수 없이 집으로 돌아온 것이다. 내 짐작 같아서는 밤이 어지간히 늦은 줄만 알았는데, 그것이 불행히도 자정 전이었다는 것은 참 안된 일이다. 미안 한 일이다. 나는 얼마든지 사죄하여도 좋다. 그러나 종시 아내의 오해를 풀지 못하였다 하면 내가 이렇게까지 사죄하는 보람은 그럼 어디 있나? 한심하였다.

한 시간 동안을 나는 이렇게 초조하게 굴지 않으면 안 되었다. 나는 이불을 확 젖혀 버리고 일어나서 장지를 열고 아내 방으로 비칠비칠 달 려갔던 것이다. 내게는 거의 의식이라는 것이 없었다. 나는 아내 이불 위에 엎드러지면서 바지 포켓 속에서 그 돈 오 원을 꺼내 아내 손에 쥐 여 준 것을 간신히 기억할 뿐이다.

이튿날 잠이 깨었을 때 나는 내 아내 방 아내 이불 속에 있었다. 이것이 이 33번지에서 살기 시작한 이래 내가 아내 방에서 잔 맨 처음이었다.

해가 들창에 훨씬 높았는데 아내는 이미 외출하고 벌써 내 곁에 있지는 않다. 아니! 아내는 엊저녁 내가 의식을 잃은 동안에 외출한 것인지도 모른다. 그러나 나는 그런 것을 조사하고 싶지 않았다. 다만 전신이 찌뿌드드한 것이 손가락 하나 꼼짝할 힘조차 없었다. 책보보다 좀 작은 면적의 볕이 눈이 눈부시다. 그 속에서 수없는 먼지가 흡사 미생물처럼 난무한다. 코가 콱 막히는 것 같다. 나는 다시 눈을 감고 이불을 푹 뒤집어쓰고 낮잠을 자기에 착수하였다. 그러나 코를 스치는 아내의 체취는 꽤 도발적이었다. 나는 몸을 여러 번 여러 번 비비 꼬면서 아내의 화장대에 늘어선 고 가지각색 화장품 병들과 고 병들이 마개를 뽑았을 때 풍기던 냄새를 더듬느라고 좀처럼 잠은 들지 않는 것을 어찌하는 수도 없었다.

견디다 못하여 나는 그만 이불을 걷어차고 벌떡 일어나서 내 방으로 갔다. 내 방에는 다 식어 빠진 내 끼니가 가지런히 놓여 있는 것이다. 아내는 내 모이를 여기다 두고 나간 것이다. 나는 우선 배가 고팠다. 한 숟갈을 입에 떠 넣었을 때 그 촉감은 참 너무도 냉회66와 같이 써늘하였다. 나는 숟갈을 놓고 내 이불 속으로 들어갔다. 하룻밤을 비었던 내 이부자리는 여전히 반갑게 나를 맞아 준다. 나는 내 이불을 뒤집어쓰고

---

66 냉회 : 불기운이 전혀 없는 차가워진 재

이번에는 참 늘어지게 한잠 잤다. 잘—

내가 잠을 깬 것은 전등이 켜진 뒤다. 그러나 아내는 아직도 돌아오지 않았나 보다. 아니! 돌아왔다 또 나갔는지 알 수 없다. 그러나 그런 것을 삼고하여67 무엇하나?

정신이 한결 난다. 나는 지난 밤일을 생각해 보았다. 그 돈 오 원을 아내 손에 쥐어 주고 넘어졌을 때에 느낄 수 있었던 쾌감을 나는 무엇이라고 설명할 수가 없었다. 그러나 내객들이 내 아내에게 돈 놓고 가는 심리며 내 아내가 내게 돈 놓고 가는 심리의 비밀을 나는 알아낸 것 같아서 여간 즐거운 것이 아니다. 나는 속으로 빙그레 웃어 보았다. 이런 것을 모르고 오늘까지 지내온 내 자신이 어떻게 우스꽝스럽게 보이는지 몰랐다. 나는 어깨춤이 났다.

따라서 나는 또 오늘 밤에도 외출하고 싶었다. 그러나 돈이 없다. 나는 또 엊저녁에 그 돈 오 원을 한꺼번에 아내에게 주어 버린 것을 후회하였다. 또 고 벙어리를 변소에 갖다 처넣어 버린 것도 후회하였다. 나는 실없이 실망하면서 습관처럼 그 돈 오 원이 들어 있던 내 바지 포켓에 손을 넣어 한번 휘둘러보았다. 뜻밖에도 내 손에 쥐어지는 것이 있었다. 이 원밖에 없다. 그러나 많아야 맛은 아니다. 얼마간이고 있으면 된다. 나는 그만한 것이 여간 고마운 것이 아니었다.

나는 기운을 얻었다. 나는 그 단벌 다 떨어진 코르덴 양복을 걸치고

---

67 삼고하다 : 세 번 생각하다. 또는 여러 번 생각하다.

배고픈 것도, 주제 사나운 것도 다 잊어버리고 활갯짓[68]을 하면서 또 거리로 나섰다. 나서면서 나는 제발 시간이 화살 닫 듯해서 자정이 어서 획 지나 버렸으면 하고 조바심을 태웠다. 아내에게 돈을 주고 아내 방에서 자 보는 것은 어디까지든지 좋았지만 만일 잘못해서 자정 전에 집에 들어갔다가 아내의 눈총을 맞는 것은 그것은 여간 무서운 일이 아니었다. 나는 저물도록 길가 시계를 들여다보고, 들여다보고 하면서 또 지향 없이 거리를 방황하였다. 그러나 이날은 좀처럼 피곤하지는 않았다. 다만 시간이 좀 너무 더디게 가는 것만 같아서 안타까웠다.

경성역(京城驛) 시계가 확실히 자정을 지난 것을 본 뒤에 나는 집을 향하였다. 그날은 그 일각 대문에서 아내와 아내의 남자가 이야기하고 서 있는 것을 만났다. 나는 모른 체하고 두 사람 곁을 지나서 내 방으로 들어갔다. 뒤이어 아내도 들어왔다. 와서는 이 밤중에 평생 안 하던 쓰레질[69]을 하는 것이었다. 조금 있다가 아내가 눕는 기척을 엿보자마자 나는 또 장지를 열고 아내 방으로 가서 그 돈 이 원을 아내 손에 덥석 쥐여 주고 그리고—하여간 그 이 원을 오늘 밤에도 쓰지 않고 도로 가져온 것이 참 이상하다는 듯이 아내는 내 얼굴을 몇 번이고 엿보고— 아내는 드디어 아무 말도 없이 나를 자기 방에 재워 주었다. 나는 이 기

---

68 활갯짓 : 걸을 때 두 팔을 힘차게 앞뒤로 내젓는 짓
69 쓰레질 : 비로 쓸어 깨끗하게 하는 일

뺨을 세상의 무엇과도 바꾸고 싶지는 않았다.

　나는 편히 잘 잤다.

　이튿날도 내가 잠이 깨었을 때 아내는 보이지 않았다. 나는 또 내 방으로 가서 피곤한 몸이 낮잠을 잤다.

　내가 아내에게 흔들려 깨었을 때는 역시 불이 들어온 뒤였다. 아내는 자기 방으로 나를 오라는 것이다. 이런 일은 또 처음이다. 아내는 끊임없이 얼굴에 미소를 띠고 내 팔을 이끄는 것이다. 나는 이런 아내의 태도 이면에 엔간치 않은 음모가 숨어 있지나 않은가 하고 적이 불안을 느끼지 않을 수 없었다.

　나는 아내의 하자는 대로 아내의 방으로 끌려갔다. 아내 방에는 저녁 밥상이 조촐하게 차려져 있는 것이다. 생각하여 보면 나는 이틀을 굶었다. 나는 지금 배고픈 것까지도 긴가민가 잊어버리고 어름어름하던 차다.

　나는 생각하였다. 이 최후의 만찬을 먹고 나자마자 벼락이 내려도 나는 차라리 후회하지 않을 것을. 사실 나는 인간 세상이 너무나 심심해서 못 견디겠던 차다. 모든 것이 성가시고 귀찮았으나 그러나 불의의 재난이라는 것은 즐겁다.

　나는 마음을 턱 놓고 조용히 아내와 마주 하며 이 해괴한 저녁밥을 먹었다. 우리 부부는 이야기하는 법이 없었다. 밥을 먹은 뒤에도 나는 말이 없이 부스스 일어나서 내 방으로 건너가 버렸다. 아내는 나를 붙잡지 않았다. 나는 벽에 기대어 앉아서 담배를 한 대 피워 물고, 그리고 벼락이 떨어질 테거든 어서 떨어져라 하고 기다렸다.

오 분! 십 분!

그러나 벼락은 내리지 않았다. 긴장이 차츰 풀어지기 시작한다. 나는 어느덧 오늘 밤에도 외출할 것을 생각하고 있었다. 돈이 있었으면 하고 생각하고 있었다.

그러나 돈은 확실히 없다. 오늘은 외출하여도 나중에 올 무슨 기쁨이 있나? 내 앞이 그냥 아뜩하였다. 나는 화가 나서 이불을 뒤집어쓰고 이리 뒹굴 저리 뒹굴 굴렀다. 금시 먹은 밥이 목으로 자꾸 치밀어 올라온다. 메스꺼웠다.

하늘에서 얼마라도 좋으니 왜 지폐가 소낙비처럼 퍼붓지 않나? 그것이 그저 한없이 야속하고 슬펐다. 나는 이렇게밖에 돈을 구하는 아무런 방법도 알지 못했다. 나는 이불 속에서 좀 울었나 보다. 왜 없느냐면서…….

그랬더니 아내가 또 내 방에를 왔다. 나는 깜짝 놀라 아마 인제서야 벼락이 내리려나 보다 하고 숨을 죽이며 두꺼비 모양으로 엎디어 있었다. 그러나 떨어진 입으로 새어 나오는 아내의 말소리는 참 부드러웠다. 정다웠다. 아내는 내가 왜 우는지를 안다는 것이다. 돈이 없어서 그러는 게 아니냔다. 나는 실없이 깜짝 놀랐다. 어떻게 저렇게 사람의 속을 환하게 들여다보는구 해서 나는 한편으로 슬그머니 겁도 안 나는 것은 아니었으나 저렇게 말하는 것을 보면 아마 내게 돈을 줄 생각이 있나 보다, 만일 그렇다면 오죽이나 좋은 일일까. 나는 이불 속에 뚤뚤 말린 채 고개도 들지 않고 아내의 다음 거동을 기다리고 있으니까, '옜소' 하고 내 머리맡에 내려뜨리는 것은 그 가뿐한 음향으로 보아 지폐에 틀림없었다. 그리고 내 귀에다 대고 오늘을랑 어제보다도 늦게 돌아와도 좋다고 속삭이는 것이다. 그것은 어렵지 않다. 우선 그 돈이 무엇보다도 고맙고 반가웠다.

어쨌든 나섰다. 나는 좀 야맹증70이다. 그래서 될 수 있는 대로 밝은 거리로 골라서 돌아다니기로 했다. 그러고는 경성역 일이등 대합실 한결 티룸에를 들렀다. 그것은 내게 큰 발견이었다. 거기는 우선 아무도 아는 사람이 안 온다. 설사 왔다가도 곧 돌아가니까 좋다. 나는 날마다 여기 와서 시간을 보내리라 속으로 생각하여 두었다.

제일 여기 시계가 어느 시계보다도 정확하리라는 것이 좋았다. 섣불리 서투른 시계를 보고 그것을 믿고 시간 전에 집에 돌아갔다가 큰코다쳐서는 안 된다.

나는 한 복스에 아무것도 없는 것과 마주 앉아서 잘 끓은 커피를 마셨다. 총총한71 가운데 여객들은 그래도 한 잔 커피가 즐거운가 보다. 얼른얼른 마시고 무얼 좀 생각하는 것같이 담벼락도 좀 쳐다보고 하다가 곧 나가 버린다. 서글프다. 그러나 내게는 이 서글픈 분위기가 거리의 티룸들의 그 거추장스러운 분위기보다는 절실하고 마음에 들었다. 이따금 들리는 날카로운 혹은 우렁찬 기적 소리가 모차르트보다도 더 가깝다. 나는 메뉴에 적

---

70 야맹증 : 망막에 있는 간상체의 능력이 감퇴하여 밤에는 사물이 잘 보이지 아니하는 증상
71 총총하다 : 몹시 급하고 바쁘다.

힌 몇 가지 안 되는 음식 이름을 치읽고72 내리읽고 여러 번 읽었다. 그것들은 아물아물한 것이 어딘가 내 어렸을 때 동무들 이름과 비슷한 데가 있었다.

거기서 얼마나 내가 오래 앉았는지 정신이 오락가락하는 중에 객이 슬며시 뜸해지면서 이 구석 저 구석 걷어치우기 시작하는 것을 보면 아마 닫을 시간이 된 모양이다.

열한 시가 좀 지났구나, 여기도 결코 내 안주의 곳은 아니구나, 어디 가서 자정을 넘길까? 두루 걱정을 하면서 나는 밖으로 나섰다. 비가 온다. 빗발이 제법 굵은 것이 우비도 우산도 없는 나를 고생을 시킬 작정이다. 그렇다고 이런 괴이한 풍모73를 차리고 이 홀에서 어물어물하는 수도 없고, 에이 비를 맞으면 맞았지 하고 나는 그냥 나서 버렸다.

대단히 선선해서 견딜 수가 없다. 코르덴 옷이 젖기 시작하더니 나중에는 속속들이 스며들면서 쳐근거린다. 비를 맞아 가면서라도 견딜 수 있는 데까지 거리를 돌아다녀서 시간을 보내려 하였으나, 인제는 선선해서 이 이상은 더 견딜 수가 없다. 오한이 자꾸 일어나면서 이가 딱딱 맞부딪는다.

나는 걸음을 재치면서 생각하였다. 오늘 같은 궂은 날도 아내에게 내 객이 있을라구? 없겠지, 하는 생각이 드는 것이다. 집으로 가야겠다. 아

---

72 치읽다 : 밑에서 위쪽으로 읽다.
73 풍모 : 풍채와 용모를 아울러 이르는 말

내에게 불행히 내객이 있거든 내 사정을 하리라. 사정을 하면 이렇게 비가 오는 것을 눈으로 보고 알아주겠지.

부리나케 와 보니까 그러나 아내에게는 내객이 있었다. 나는 너무 춥고 척척해서 얼떨김에 노크하는 것을 잊었다. 그래서 나는 보면 아내가 좀 덜 좋아할 것을 그만 보았다. 나는 감발74 자국 같은 발자국을 내면서 덤벙덤벙 아내 방을 디디고 내 방으로 가서 쭉 빠진 옷을 활활 벗어버리고 이불을 뒤썼다. 덜덜덜덜 떨린다. 오한이 점점 더 심해 들어온다. 여전 땅이 꺼져 들어가는 것만 같았다. 나는 그만 의식을 잃어버리고 말았다.

이튿날 내가 눈을 떴을 때 아내는 내 머리맡에 앉아서 제법 근심스러운 얼굴이다. 나는 감기가 들었다. 여전히 으스스 춥고 또 골치가 아프고 입에 군침이 도는 것이 씁쓸하면서 다리, 팔이 척 늘어져서 노곤하다.

아내는 내 머리를 쓱 짚어 보더니 약을 먹어야지 한다. 아내 손이 이마에 선뜻한75 것을 보면 신열76이 어지간한 모양인데, 약을 먹는다면 해열제를 먹어야지 하고 속생각을 하자니까 아내는 따뜻한 물에 하얀 정제 약77 네 개를 준다. 이것을 먹고 한잠 푹 자고 나면 괜찮다는 것이

---

74 감발 : 발감개. 버선이나 양말 대신 발에 감는 좁고 긴 무명천. 주로 먼 길을 걷거나 막일을 할 때 쓴다.
75 선뜻하다 : 기분이나 느낌이 깨끗하고 시원하다.
76 신열 : 병 때문에 몸에 생기는 열
77 정제 약 : 가루나 결정성 약을 뭉쳐서 눌러 둥글넓적한 원판이나 원뿔 모양으로 만든 약제

다. 나는 널름 받아먹었다. 쌉싸름한 것이 짐작 같아서는 아마 아스피린인가 싶다. 나는 다시 이불을 쓰고 단번에 그냥 죽은 것처럼 잠이 들어 버렸다.

나는 콧물을 훌쩍훌쩍하면서 여러 날을 앓았다. 앓는 동안에 끊이지 않고 그 정제약을 먹었다. 그러는 동안에 감기도 나았다. 그러나 입맛은 여전히 소태78처럼 썼다.

나는 차츰 또 외출하고 싶은 생각이 났다. 그러나 아내는 나더러 외출하지 말라고 이르는 것이다. 이 약을 날마다 먹고 그리고 가만히 누워 있으라는 것이다. 공연히 외출을 하다가 이렇게 감기가 들어서 저를 고생시키는 게 아니냔다. 그도 그렇다. 그럼 외출을 하지 않겠다고 맹세하고 그 약을 연복하여79 몸을 좀 보해80 보리라고 나는 생각하였다.

나는 날마다 이불을 뒤집어쓰고 밤이나 낮이나 잤다. 유난스럽게 밤이나 낮이나 졸려서 견딜 수가 없는 것이다. 나는 이렇게 잠이 자꾸만 오는 것은 내가 몸이 훨씬 튼튼해진 증거라고 굳게 믿었다.

나는 아마 한 달이나 이렇게 지냈나 보다. 내 머리와 수염이 좀 너무 자라서 후텁해서81 견딜 수가 없어 내 거울을 좀 보리라고 아내가 외출한 틈을 타서 나는 아내 방으로 가서 아내의 화장대 앞에 앉아 보았다.

---

78 소태 : 소태나무의 껍질. 약으로 쓰이며, 맛이 쓰다.
79 연복하다 : 일정한 기간 동안 계속하여 복용하다.
80 보하다 : 보약이나 영양분이 많은 음식을 먹어 건강을 돕다.
81 후텁하다 : 조금 더운 듯한 느낌이 있다.

상당하다. 수염과 머리가 참 산란하였다[82]. 오늘은 이발을 좀 하리라고 생각하고 겸사겸사 고 화장품 병들 마개를 뽑고 이것저것 맡아 보았다. 한동안 잊어버렸던 향기 가운데서는 몸이 배배 꼬일 것 같은 체취가 전해 나왔다. 나는 아내의 이름을 속으로만 한 번 불러 보았다.

'연심이'

하고 오래간만에 돋보기 장난도 하였다. 거울 장난도 하였다. 창에 든 볕이 여간 따뜻한 것이 아니었다. 생각하면 오월이 아니냐.

나는 커다랗게 기지개를 한 번 켜 보고 아내 베개를 내려 베고 벌떡 자빠져서는 이렇게도 편안하고도 즐거운 세월을 하느님께 흠씬 자랑하여 주고 싶었다. 나는 참 세상의 아무것과도 교섭을 가지지 않는다. 하느님도 아마 나를 칭찬할 수도 처벌할 수도 없는 것 같다.

그러나 다음 순간 실로 세상에도 이상스러운 것이 눈에 띄었다. 그것은 최면약 아달린[83] 갑이었다. 나는 그것을 아내의 화장대 밑에서 발견하고 그것이 흡사 아스피린처럼 생겼다고 느꼈다. 나는 그것을 열어 보았다. 꼭 네 개가 비었다.

나는 오늘 아침에 네 개의 아스피린을 먹은 것을 기억하고 있었다. 나는 잤다. 어제도 그제도 그끄제도—나는 졸려서 견딜 수가 없었다. 나는 감기가 다 나았는데도—아내는 내게 아스피린을 주었다. 내가 잠이

---

82 산란하다 : 어수선하고 뒤숭숭하다.
83 아달린 : 쓴맛이 있으나 냄새는 없는 흰 결정성 가루. 최면제나 진정제로 쓴다.

든 동안에 이웃에 불이 난 일이 있다. 그때에도 나는 자느라고 몰랐다. 이렇게 나는 잤다. 나는 아스피린으로 알고 그럼 한 달 동안을 두고 아달린을 먹어 온 것이다. 이것은 좀 너무 심하다.

별안간 아뜩하더니 하마터면 나는 까무러칠 뻔하였다. 나는 그 아달린을 주머니에 넣고 집을 나섰다. 그리고 산을 찾아 올라갔다. 인간 세상의 아무것도 보기가 싫었던 것이다. 걸으면서 나는 아무쪼록 아내에 관계되는 일은 일절 생각하지 않도록 노력하였다. 길에서 까무러치기 쉬우니까다. 나는 어디라도 양지가 바른 자리를 하나 골라 자리를 잡아 가지고 서서히 아내에 관하여서 연구할 작정이었다.

나는 길가의 돌창84, 핀 구경도 못 한 진 개나리꽃, 종달새, 돌멩이도 새끼를 까는 이야기, 이런 것만 생각하였다. 다행히 길가에서 나는 졸도하지 않았다.

거기는 벤치가 있었다. 나는 거기 정좌하고, 그리고 그 아스피린과 아달린에 관하여 연구하였다. 그러나 머리가 도무지 혼란하여 생각이 체계를 이루지 않는다. 단 오 분이 못 가서 나는 그만 귀찮은 생각이 번쩍 들면서 심술이 났다. 나는 주머니에서 가지고 온 아달린을 꺼내 남은 여섯 개를 한꺼번에 질겅질겅 씹어 먹어 버렸다. 맛이 익살맞다85. 그리고 나서 나는 그 벤치 위에 가로 기다랗게 누웠다. 무슨 생각으로 내가 그

---

84 돌창 : '도랑창'의 준말. 지저분하고 더러운 도랑
85 익살맞다 : 우습고 재미있는 데가 있다.

따위 짓을 했나, 알 수가 없다. 그저 그러고 싶었다. 나는 게서 그냥 깊이 잠이 들었다. 잠결에도 바위틈으로 흐르는 물소리가 졸졸 하고 언제까지나 귀에 어렴풋이 들려왔다.

내가 잠을 깨었을 때는 날이 환히 밝은 뒤다. 나는 거기서 일주야를 잔 것이다. 풍경이 그냥 노랗게 보인다. 그 속에서도 나는 번개처럼 아스피린과 아달린이 생각났다.

아스피린, 아달린, 아스피린, 아달린, 맑스, 말사스, 마도로스, 아스피린, 아달린.

아내는 한 달 동안 아달린을 아스피린이라고 속이고 내게 먹였다. 그것은 아내 방에서 이 아달린 갑이 발견된 것으로 미루어 증거가 너무나 확실하다.

무슨 목적으로 아내는 나를 밤이나 낮이나 재웠어야 됐나? 나를 밤이나 낮이나 재워 놓고 그리고 아내는 내가 자는 동안에 무슨 짓을 했나?

나를 조금씩, 조금씩 죽이려던 것일까?

그러나 또 생각하여 보면 내가 한 달을 두고 먹어 온 것이 아스피린이었는지도 모른다. 아내는 무슨 근심되는 일이 있어서 밤이면 잠이 잘 오지 않아 정작 아내가 아달린을 사용한 것이나 아닌지? 그렇다면 나는 참 미안하다. 나는 아내에게 이렇게 큰 의혹을 가졌다는 것이 참 안됐다.

나는 그래서 부리나케 거기서 내려왔다. 아랫도리가 화화86 내어저이면

---

86 화화 : 무엇을 자꾸 둥글게 휘휘 돌리거나 마구 흔드는 모양을 나타내는 말

서 어찔어찔한 것을 나는 겨우 집을 향하여 걸었다. 여덟 시 가까이였다.

나는 내 잘못된 생각을 죄다 일러바치고 아내에게 사죄하려는 것이다. 나는 너무 급해서 그만 또 말을 잊어버렸다. 그랬더니 이건 참 큰일났다. 나는 내 눈으로 절대로 보아서 안 될 것을 그만 딱 보아 버리고 만 것이다. 나는 얼떨결에 그만 냉큼 미닫이를 닫고, 그리고 현기증이 나는 것을 진정시키느라고 잠깐 고개를 숙이고 눈을 감고 기둥을 짚고 섰자니까, 일 초 여유도 없이 획 미닫이가 다시 열리더니 매무새를 풀어헤친 아내가 불쑥 내밀면서 내 멱살을 잡는 것이다. 나는 그만 어지러워서 게서 그냥 나둥그러졌다. 그랬더니 아내는 넘어진 내 위에 덮치면서 내 살을 함부로 물어뜯는 것이다. 아파 죽겠다. 나는 사실 반항할 의사도, 힘도 없어서 그냥 넙죽 엎디어 있으면서 어떻게 되나 보고 있자니까, 뒤이어 남자가 나오는 것 같더니 아내를 한 아름에 덥석 안아 가지고 방으로 들어가는 것이다. 아내는 아무 말 없이 다소곳이 그렇게 안겨 들어가는 것이 내 눈에 여간 미운 것이 아니다. 밉다.

아내는 너 밤새워 가면서 도둑질하러 다니느냐, 계집질하러 다니느냐고 발악이다. 이것은 참 너무 억울하다. 나는 어안이 벙벙하여 도무지 입이 떨어지지를 않았다.

너는 그야말로 나를 살해하려던 것이 아니냐고 소리를 한 번 꽥 질러 보고도 싶었으나, 그런 긴가민가한 소리를 섣불리 입 밖에 내었다가는 무슨 화를 볼는지 알 수 있나. 차라리 억울하지만 잠자코 있는 것이 우선 상책인 듯이 생각이 들길래, 나는 이것은 또 무슨 생각으로 그랬는지 모르지만 툭툭 떨고 일어나서 내 바지 포켓 속에 남은 돈 몇 원, 몇 십 전을 가만히 꺼내서는 몰래 미닫이를 열고 살며시 문지방 밑에다 놓고 나서는, 나는 그냥 줄달음질[87]을 쳐서 나와 버렸다.

여러 번 자동차에 치일 뻔하면서 나는 그래도 경성역으로 찾아갔다. 빈자리와 마주 앉아서 이 쓰디쓴 입맛을 거두기 위하여 무엇으로나 입가심을 하고 싶었다.

커피! 좋다. 그러나 경성역 홀에 한 걸음 들여 놓았을 때 나는 내 주머니에는 돈이 한 푼도 없는 것을 깜박 잊었던 것을 깨달았다. 또 아뜩하였다. 나는 어디선가 그저 맥없이 머뭇머뭇하면서 어쩔 줄을 모를 뿐이었다. 얼빠진 사람처럼 그저 이리 갔다 저리 갔다 하면서…….

나는 어디로, 어디로 들입다[88] 쏘다녔는지 하나도 모른다. 다만 몇 시간 후에 내가 미쓰꼬시 옥상에 있는 것을 깨달았을 때는 거의 대낮이었다.

나는 거기 아무 데나 주저앉아서 내 자라 온 스물여섯 해를 회고하여 보았다. 몽롱한 기억 속에서는 이렇다 하는 아무 제목도 불거져 나오지 않았다.

나는 또 내 자신에게 물어보았다. 너는 인생에 무슨 욕심이 있느냐고, 그러나 있다고도 없다고도, 그런 대답은 하기가 싫었다. 나는 거의 나 자신의 존재를 인식하기조차도 어려웠다.

---

87 줄달음질 : 단숨에 내처 달리는 달음박질
88 들입다 : 무지막지할 정도로 아주 세차게

허리를 굽혀서 나는 그저 금붕어나 들여다보고 있었다. 금붕어는 참 잘들도 생겼다. 작은 놈은 작은 놈대로 큰 놈은 큰 놈대로 다 싱싱하니 보기 좋았다. 내리비치는 오월 햇살에 금붕어들은 그릇 바탕에 그림자를 내려뜨렸다. 지느러미는 하늘하늘 손수건을 흔드는 흉내를 낸다. 나는 이 지느러미 수효를 헤어 보기도 하면서 굽힌 허리를 좀처럼 펴지 않았다. 등어리가 따뜻하다.

　나는 또 회탁[89]의 거리를 내려다보았다. 거기서는 피곤한 생활이 똑 금붕어 지느러미처럼 흐늑흐늑 허우적거렸다. 눈에 보이지 않는 끈적끈적한 줄에 엉켜서 헤어나지들을 못 한다. 나는 피로와 공복 때문에 무너져 들어가는 몸뚱이를 끌고 그 회탁의 거리 속으로 섞여 들어가지 않을 수도 없다 생각하였다. 나서서 나는 또 문득 생각하여 보았다. 이 발길이 지금 어디로 향하여 가는 것인가를…….

　그때 내 눈앞에는 아내의 모가지가 벼락처럼 내려 떨어졌다. 아스피린과 아달린.

　우리들은 서로 오해하고 있느니라. 설마 아내가 아스피린 대신에 아달린의 정량을 나에게 먹여 왔을까? 나는 그것을 믿을 수는 없다. 아내가 대체 그럴 까닭이 없을 것이니, 그러면 나는 날밤을 새면서 도둑질을, 계집질을 하였나? 정말이지 아니다.

　우리 부부는 숙명적으로 발이 맞지 않는 절름발이인 것이다. 내나 아

---

89 회탁 : 더럽고 흐림.

내나 제 거동에 로직90을 붙일 필요는 없다. 변해할91 필요도 없다. 사실은 사실대로, 오해는 오해대로 그저 끝없이 발을 절뚝거리면서 세상을 걸어가면 되는 것이다. 그렇지 않을까?

그러나 나는 이 발길이 아내에게로 돌아가야 옳은가 이것만은 분간하기가 좀 어려웠다. 가야 하나? 그럼 어디로 가나?

이때 뚜우 하고 정오 사이렌이 울었다. 사람들은 모두 네 활개를 펴고 닭처럼 푸드덕거리는 것 같고 온갖 유리와 강철과 대리석과 지폐와 잉크가 부글부글 끓고 수선을 떨고 하는 것 같은 찰나, 그야말로 현란을 극한 정오다.

나는 불현듯 겨드랑이가 가렵다. 아하, 그것은 내 인공의 날개가 돋았던 자국이다. 오늘은 없는 이 날개. 머릿속에서는 희망과 야심의 말소된92 페이지가 딕셔너리93 넘어가듯 번뜩였다.

나는 걷던 걸음을 멈추고 그리고 어디 일어나 한 번 이렇게 외쳐 보고 싶었다.

날개야, 다시 돋아라.

날자. 날자. 날자. 한 번만 더 날자꾸나.

한 번만 더 날아 보자꾸나.

---

90 로직 : 논리
91 변해하다 : 사리를 말로 풀어서 밝히다.
92 말소되다 : 지워져 아주 없어지게 되다.
93 딕셔너리 : 사전

선생님이 들려주는 그 시절 이야기

서연 : 안녕하세요, 선생님. 저희가 이번에는 이상의 「날개」를 읽고 왔어요. 오늘도 작품 얘기 들려주세요.

선생님 : 그래, 어서 오렴.

태환 : 그런데 선생님, 이번 작품은 너무 어려웠어요. 지금까지 읽었던 소설들과는 많이 다른 거 같아요.

서연 : 저도요. 무슨 뜻인지 모를 말들이 많았어요.

선생님 : 하하, 너희들이 「날개」를 읽었다고 했을 때 예상했던 일이다. 오늘 내 설명을 듣는다고 의문이 다 풀릴지는 모르겠다만, 찬찬히 이야기해 보자. 어떤 부분이 가장 어려웠니?

태환 : 소설의 첫 부분이 특히 그랬어요. 작품을 보면 화자가 처음에 무슨 말들을 늘어놓다가 '33번지' 이야기를 시작하잖아요? 그런데 그 앞부분에 나오는 말들이 이해하기 힘들었어요. 내용도 잘 연결되지 않는 거 같고요.

선생님 : 프롤로그 부분을 말하는 거구나?

서연 : 저도 작품의 첫머리가 특별하다고 느꼈어요. 그걸 프롤로그라고 하나요? 프롤로그가 뭔지부터 설명해 주세요.

선생님 : 프롤로그는 고대 그리스 연극에서 처음 사용되었는데, 연극을 개막하기 전에 배우가 무대에 나와서 작품 내용이나 작가의 의

도 등을 해설했던 것을 말해. 관객들의 호기심과 흥미를 끌기
위한 거였지.

이후 음악이나 문학, 영화에서도 이와 유사한 방법이 활용됐어.
작품 첫머리에 앞으로 전개될 본격적인 이야기의 성격이나 주제
를 암시하는 내용을 배치하는 거지. 그 부분을 프롤로그라고 한
단다.

태환 : 그러니까 본격적인 내용 앞에 덧붙는 특별한 서두를 프롤로그라
고 한다는 말씀이죠?

선생님 : 그래, 맞아.

태환 : 네, 알겠습니다. 그러면 이 작품의 프롤로그에서 화자가 한 말들
은 어떤 의미인가요?

선생님 : 사실 이 부분은 난해할 수밖에 없단다. 비유적이고 주관적인 표
현들이 많은 데다 문맥도 비논리적으로 연결되고 있기 때문이
야. 누구도 이 문장들의 정확한 의미에 대해 단정적인 해석을
내리기 힘들다고 할 수 있지.

그렇지만 그 의미를 전혀 알 수 없거나 해석이 불가능하지는 않
단다. 조금 전에 이야기한 대로, 프롤로그가 작가의 의도나 본이
야기의 주제를 암시하는 역할을 한다는 점을 염두에 두면 도움
이 될 수 있어.

가령 그런 관점에서 "박제가 되어버린 천재를 아시오?"라는 첫
문장의 의미는 어떻게 해석해 볼 수 있을까?

서연 : 저는 그 문장이 작가 자신에 대한 진술이라고 생각했어요. 자신

은 뛰어난 능력과 지식을 지닌 천재인데, 지금은 박제처럼 생명력을 잃어버린 처지라고요. 그런데 자신에 대해 왜 그렇게 말하는지는 잘 모르겠어요.

선생님 : 그건 당시가 식민지 시대라는 사실을 떠올려 보면 추측할 수 있지 않을까? 네가 커다란 포부와 능력을 지닌 지식인인데, 시대 현실에 의해 그걸 펼칠 수 있는 가능성을 봉쇄당했다고 느낀다면 어땠을까?

서연 : 말씀을 듣고 보니 알 거 같아요. 그러면 '박제가 된 천재'란 생각이 본이야기의 주제와 연관이 있나요?

선생님 : 어떤 거 같니? 그런 생각이 들었다면, 본이야기에 실제로 그런 내용이 나오는지 생각해 보자꾸나.

태환 : 저는 그와 관련해서 결말 장면이 떠올라요. 주인공이 "날개야 다시 돋아라" 하고 외치려는 모습이 뭔가 간절한 느낌을 주었는데, 지금 생각해 보니 그게 '박제가 되어버린 천재'와 연결되는 거 같아요.

결말 부분에서 주인공은 미쓰꼬시 옥상에 올라 자신의 지난 삶을 되돌아보다가 "오늘은 없는 이 날개"라거나 "희망과 야심의 말소된 페이지" 등의 생각을 하잖아요.

그런데 이런 진술들은 과거에 품었던 꿈과 의욕을 지금은 모두 잃어버렸다는 걸 나타내요. 그런 상태는 박제와 다를 바 없다고 할 수 있죠.

이렇게 보면, 이 작품의 주제는 박제가 되어버린 천재의 고뇌와

참된 삶의 가능성을 회복하고 싶은 소망이라고 할 수 있을 듯해요.

선생님 : 그래, 날카롭게 봤구나.

서연 : 저도 그렇게 보니 서로 연결이 되네요. 음……, 그렇다면 주인공이 매춘부인 아내에게 얹혀서 살아가는 모습도 그런 관점에서 이해할 수 있을 거 같아요.

작품에서 주인공 '나'는 아무 의욕도 없이 현실 감각을 상실한 채 자폐적인 생활을 하는 걸로 나오잖아요? 그런 모습은 과장된 것이기는 하지만, 당시 지식인들이 시대 현실에 좌절하고 소외된 채 무기력하게 살아가는 처지를 나타낸다고 볼 수 있을 거 같아요.

선생님 : 그래, 설득력 있는 해석이야. 너희들이 작품을 꼼꼼히 잘 읽어서 이해가 빠르구나.

어쨌든 지금 첫 문장의 의미를 함께 해석해 보았다만, 프롤로그의 다른 진술들도 본이야기와의 관련 속에서 각자 나름대로 다양하게 해석해 볼 수 있을 거다.

물론 모호하고 주관적인 표현들이 많아서 일률적으로 어떤 확정적인 해석을 내릴 수는 없어. 하지만 그런 가운데서도 위트와 패러독스, 아이러니로 가득 찬 문체라든가 자아분열과 권태, 파행적인 부부 관계에 대한 암시 등을 읽어낼 수 있을 거야.

태환 : 네, 어렵지만 대충 알 거 같아요. 그런데 작가는 왜 이렇게 난해한 방식으로 표현하고 있는 건가요?

선생님 : 그 이야기를 하자면 모더니즘과 '의식의 흐름' 기법에 대해 설명해야겠구나. 1930년대 우리나라에서는 카프 계열의 문학이 퇴조하고 모더니즘이 대두했어.

모더니즘은 기존의 도덕이나 사상, 예술 형식 등을 거부하고 혁신적이고 근대적인 것을 지향하는 예술사조야. 이상도 모더니즘 작가의 한 명인데, 그중에서도 가장 급진적이고 혁신적인 경향의 작품 세계를 펼쳐보였지.

'의식의 흐름'이란 이 모더니즘 소설에서 주로 사용하는 표현 기법이야. 외부적인 사건보다는 인물의 의식, 즉 내면세계를 그리는 데 치중하는 방법이지.

서연 : 등장인물의 심리 묘사가 작품의 주된 내용을 이룬다는 말씀이죠?

선생님 : 그래 그렇긴 한데, 일반적인 심리 묘사와는 다른 면이 있어. '의식의 흐름'이란 용어는 미국의 심리학자인 윌리엄 제임스가 처음 썼는데, 사람의 정신 속에 여러 가지 기억이나 느낌, 연상 등이 끊이지 않고 이어진다는 의미로 사용한 거란다.

이런 개념에는 인간의 사고가 일관성 있고 논리적일 때도 있지만, 무의식적이고 단편적이며 혼란스러운 형태로 연속되는 경우가 더 많다는 인식이 깔려 있어.

서연 : 선생님 말씀을 듣고 보니 그런 거 같아요. 저도 어떤 생각에 빠질 때면 온갖 것들이 떠오르는데, 별로 상관없는 기억이나 연상들이었어요.

선생님 : 그래, 그런 양상이 인간 의식의 본질이나 실체에 가깝다는 주장

인 거지. 여기에는 무의식적 사고의 중요성을 강조한 프로이트의 이론도 깔려 있고…….

어쨌든 이런 인식을 바탕으로 소설 창작에서 인물의 복잡한 내면세계를 그대로 그려내려고 하는 것이 '의식의 흐름' 기법이야. 작가가 「날개」에서 바로 이 기법을 활용하고 있는 거지.

태환 : 그래서 프롤로그의 진술들이 파편적이고 무질서하게 느껴졌던 거군요. 또 본이야기에서 주인공의 분열적인 심리가 독백을 통해 그대로 드러나고 있고요.

선생님 : 맞아. 이런 이유로 다소 난해하게 느껴질 수밖에 없지. 하지만 이런 기법을 통해 자폐적이고 혼란스러운 심리의 주인공을 더 인상적으로 그려내고 있지 않니?

어쨌든 이런 작품을 감상할 때는 수동적으로 문장의 표면적인 의미를 따라가기보다는 능동적으로 의미를 재구성하면서 읽으면 도움이 될 거다.

서연 : 네, 알겠습니다. 설명을 들어도 여전히 어렵지만, 작품을 어떻게 바라봐야 하는지는 조금 알 거 같아요.

태환 : 저도요. 오늘도 좋은 말씀 감사합니다!

무진기행

김승옥(1941~)

작가 소개

김승옥은 1941년 일본 오사카에서 태어났다. 1945년 광복이 되자 부모를 따라 귀국하여 전남 순천에서 성장했고, 순천고등학교를 거쳐 1965년 서울대학교 불문학과를 졸업하였다.

초등학교와 중학교 시절 월간 『소년세계』와 교지 등에 동시와 콩트를 투고하는 등 문학에 관심을 가졌다. 대학 재학 중에는 교내 신문인 『새세대』의 기자로 활동했고, 『서울경제신문』에 시사만화를 연재하며 그림으로 학비를 조달하기도 하였다.

대학 졸업 후 샘터사 편집장을 지냈고, 1993년에는 세종대학교 국문과 교수로 부임하였다. 그러나 2003년 뇌졸중으로 쓰러져 교수직을 사임하고 오랜 기간 투병 생활을 하였다.

그는 1962년 단편 「생명연습」이 『한국일보』 신춘문예에 당선되어 문단에 등장하였다. 같은 해 김현, 최하림, 서정인, 김치수 등과 함께 동인지 『산문시대』를 창간하고, 이곳에 「환상수첩」, 「건」, 「누이를 이해하기 위하여」 등의 단편을 발표하며 작품 활동을 전개하였다.

이어 1964년에는 「역사」, 「무진기행」 등을 발표하였고, 이듬해에는 단편 「서울, 1964년 겨울」로 동인문학상을 수상하며 작가적 명성을 확고히 하였다.

1976년에는 「서울의 달빛 0장」으로 이상문학상을 수상하였고, 1980년에는 『동아일보』에 장편 『먼지의 방』을 연재하기 시작했으나 광주민주화운동이 터지고 군부의 검열이 가해지자 자진해서 연재를 중단하였다. 1981년 특별한 종교적 체험을 한 뒤로는 신앙생활을 하며 더 이상 소설 창작을 하지 않고 있다.

그의 소설은 집단적인 사회 역사적 문제가 아니라 개별적 존재로 살아가는 평범한 인물들의 일상과 내면에 초점을 맞춘다. 이를 통해 현대인들이 도시적 삶에서 느끼는 소외감과 고독감, 허무감을 묘사하거나, 이기적이고 세속적인 현실 속에서 참된 자아와 사랑을 잃어버리며 고뇌하는 모습을 그려낸다.

그리고 이런 주제 의식은 참신한 감수성과 감각적인 문체에 의해 생생하게 형상화된다. 그의 작품에서 일상의 사소한 대상들과 생활의 실감은 유려한 언어를 통해 이채롭고 풍부한 감각으로 표현되고 있다. 또 작품의 구성에서도 형식적 완결성을 갖추며 뛰어난 미학적 성취를 보여준다.

이처럼 개성적이고 현대적인 언어와 감각으로 도시 소시민의 자의식과 내면세계를 그려낸 그의 작품 세계는 전후 폐허의 현실 속에서 전쟁의 상처와 허무 의식, 실존적 의미를 천착하던 50년대 소설과는 확연히 구별되는 것이었다.

이런 점으로 인해 그는 '감수성의 혁명'을 일으켰다는 평가를 받으며, 1960년대 한국 소설을 대표하는 작가로 자리매김되고 있다.

작품 해설

이 소설은 1960년대를 배경으로 주인공이 무진이란 곳으로 여행을 갔다 돌아오는 이야기를 통해, 현실과 이상 사이에서 갈등하는 현대인의 내면세계를 그려낸 작품이다.

'나'는 제약회사 전무 승진을 앞두고 아내의 권유에 따라 무진으로 떠난다. 무진은 안개가 명물인 고장으로, 어두웠던 젊은 날의 기억이 서려 있는 고향이다. 나는 서울에서의 실패로부터 도망해야 하거나 새 출발이 필요할 때 그곳에 가곤 했었다.

무진에 와서 나는 중학 교사인 후배 '박'과 세무서장인 동기 '조', 그리고 '하인숙'이라는 음악 선생을 만난다. 무진을 떠나고 싶어 하던 하인숙은 나에게 서울로 데려가 줄 것을 청한다.

나는 그녀에게서 과거의 자신의 모습을 발견하고, 젊은 시절 외로움 속에서 폐병을 치료하던 바닷가 집에서 그녀와 정사를 나눈다. 그리고 이제는 서울에 가고 싶지 않다는 그녀에게 서울로 데려가겠다고 말한다.

그러나 이튿날 급히 상경하라는 아내의 전보를 받자, 나의 의식은 과거에서 벗어나 다시 현실로 향한다. 그런 중에 하인숙에게 사랑한다는 편지를 쓰기도 하지만 결국 찢어버린다. 나는 무진을 떠나면서 심한 부끄러움을 느낀다.

제목이 나타내듯, 이 소설은 주인공이 서울을 떠나 무진을 여행하고 돌아오는 과정을 기록한 '기행'의 형식을 취하고 있다.

이 여행기에서 서울과 무진은 대립적인 의미를 표상한다. 서울이 현실적 가치가 지배하는 일상의 공간으로 출세를 지향하는 세속적 욕망을 나타낸다면, 무진은 몽환적인 분위기에 휩싸인 탈일상의 공간으로 젊은 날의 순수한 내면을 상징하고 있다.

이 같은 대립 구도는 무진에서 만나는 인물들에서도 드러난다. 동기 '조'와 후배 '박'이 각각 속물성과 순수성을 대변하는 인물이라면, 하인숙은 둘 사이에서 방황하는 인물이다. 현실과 이상 사이에서 갈등하는 그녀는 젊은 날의 '나'를 닮았다.

'나'는 무진으로의 여행, 그리고 하인숙과의 만남을 통해 세속적인 삶 속에서 잊고 지냈던 순수한 내면을 되찾는다. 하지만 '나'는 아내의 전보를 받자 다시 현실로 돌아가는 선택을 하고, 그런 자신에게 심한 부끄러움을 느낀다.

작가는 이처럼 기행의 형식을 통해 세속적 현실을 살아가는 소시민들의 내적 갈등과 고뇌를 형상화한다. 여기서 대립적인 공간 표상과 인물 설정은 작품의 의미를 효과적으로 형성하는 요소로 기능한다. 그리고 이러한 주제 의식은 배경과 인물의 심리를 참신한 감각으로 묘사하는 독특한 문체에 의해 더욱 인상 깊은 것이 되고 있다.

이런 작품 세계는 단편 미학의 전범을 보여주는 것으로서, 1960년대 소설에 새 바람을 불러일으켰다는 평가를 받고 있다.

무진기행

무진으로 가는 버스

버스가 산모퉁이를 돌아갈 때 나는 '무진 Mujin 10km'라는 이정비(里程碑)[1]를 보았다. 그것은 옛날과 똑같은 모습으로 길가의 잡초 속에서 튀어나와 있었다. 내 뒷좌석에 앉아 있는 사람들 사이에서 다시 시작된 대화를 나는 들었다.

"앞으로 십 킬로 남았군요."

"예, 한 삼십 분 후에 도착할 겁니다."

그들은 농사 관계의 시찰원[2]들인 듯했다. 아니 그렇지 않은지도 모른다. 그러나 하여튼 그들은 색 무늬 있는 반소매 셔츠를 입고 있었고, 데드롱[3]직(織)의 바지를 입었고, 지나쳐 오는 마을과 들과 산에서 아마 농사 관계의 전문가들이 아니면 할 수 없는 관찰을 했고, 그것을 전문적인 용어로 얘기하고 있었다.

---

1 이정비 : 도로상에서 어느 곳까지의 거리 및 방향을 알려 주는 비석
2 시찰원 : 직접 돌아다니며 둘러보고 실제의 사정을 살피는 일을 수행하는 사람
3 데드롱 : 테트론. 폴리에스테르 계통의 합성 섬유의 하나

광주(光州)에서 기차를 내려서 버스로 갈아탄 이래, 나는 그들이 시골 사람들답지 않게 앉은 목소리로 점잖을 빼면서 얘기하는 것을 반수면(半睡眠)4 상태 속에서 듣고 있었다. 버스 안의 좌석들은 많이 비어 있었다. 그 시찰원들의 대화에 의하면 농번기5이기 때문에 사람들이 여행을 할 틈이 없어서라는 것이었다.

"무진엔 명산물6이…… 뭐 별로 없지요?"

그들은 대화를 계속하고 있었다.

"별 게 없지요. 그러면서도 그렇게 많은 사람들이 살고 있다는 건 좀 이상스럽거든요."

"바다가 가까이 있으니 항구로 발전할 수도 있었을 텐데요?"

"가 보시면 아시겠지만 그럴 조건이 되어 있는 것도 아닙니다. 수심(水深)이 얕은 데다 그런 얕은 바다를 몇 백 리나 밖으로 나가야만 비로소 수평선이 보이는 진짜 바다다운 바다가 나오는 곳이니까요."

"그럼 역시 농촌이군요."

"그렇지만 이렇다 할 평야가 있는 것도 아닙니다."

"그럼 그 오륙 만이 되는 인구가 어떻게들 살아가나요?"

"그러니까 그럭저럭이란 말이 있는 게 아닙니까?"

---

4 반수면 : 반쯤 잠들고 반쯤 깨어 있는 듯이 아주 얕은 잠을 자는 것
5 농번기 : 농사일이 가장 바쁜 시기
6 명산물 : 어떤 지방의 생산물 중에서 이름이 널리 알려진 물건

그들은 점잖게 소리 내어 웃었다.

"원, 아무리 그렇지만 한 고장에 명산물 하나쯤은 있어야지."

웃음 끝에 한 사람이 말하고 있었다.

무진에 명산물이 없는 게 아니다. 나는 그것이 무엇인지 알고 있다. 그것은 안개다.

아침에 잠자리에서 일어나 밖으로 나오면, 밤사이에 진주해 온 적군들처럼 안개가 무진을 뼁 둘러싸고 있는 것이었다. 무진을 둘러싸고 있던 산들도 안개에 의하여 보이지 않는 먼 곳으로 유배당해 버리고 없었다. 안개는 마치 이승에 한(恨)이 있어서 매일 밤 찾아오는 여귀(女鬼)[7]가 뿜어 내놓은 입김과 같았다. 해가 떠오르고, 바람이 바다 쪽에서 방향을 바꾸어 불어오기 전에는 사람들의 힘으로써는 그것을 헤쳐 버릴 수가 없었다.

손으로 잡을 수 없으면서도 그것은 뚜렷이 존재했고, 사람들을 둘러쌌고, 먼 곳에 있는 것으로부터 사람들을 떼어 놓았다.

안개, 무진의 안개, 무진의 아침에 사람들이 만나는 안개, 사람들로 하여금 해를, 바람을 간절히 부르게 하는 무진의 안개, 그것이 무진의 명산물이 아닐 수 있을까!

버스의 덜커덩거림이 좀 덜해졌다. 버스의 덜커덩거림이 더하고 덜하는 것을 나는 턱으로 느끼고 있었다. 나는 몸에서 힘을 빼고 있었으므로

---

7 여귀 : 여자 귀신

버스가 자갈이 깔린 시골길을 달려오고 있는 동안 내 턱은 버스가 껑충 거리는데 따라서 함께 덜그럭거리고 있었다. 턱이 덜그럭거릴 정도로 몸에서 힘을 빼고 버스를 타고 있으면, 긴장해서 버스를 타고 있을 때보다 피로가 더욱 심해진다는 것을 알고 있었지만 그러나 열려진 차창으로 들어와서 나의 밖으로 드러난 살갗을 사정없이 간지럽히고 불어 가는 유월의 바람이 나를 반수면 상태로 끌어넣었기 때문에 나는 힘을 주고 있을 수가 없었다.

바람은 무수히 작은 입자(粒子)8로 되어 있고 그 입자들은 할 수 있는 한, 욕심껏 수면제를 품고 있는 것처럼 내게는 생각되었다. 그 바람 속에는, 신선한 햇볕과 아직 사람들의 땀에 밴 살갗을 스쳐보지 않았다는 천진스러운 저온(低溫), 그리고 지금 버스가 달리고 있는 길을 에워싸며 버스를 향하여 달려오고 있는 산줄기의 저편에 바다가 있다는 것을 알리는 소금기, 그런 것들이 이상스레 한데 어울리면서 녹아 있었다.

햇볕의 신선한 밝음과 살갗에 탄력을 주는 정도의 공기의 저온, 그리고 해풍(海風)에 섞여 있는 정도의 소금기, 이 세 가지만 합성해서 수면제를 만들어 낼 수 있다면 그것은 이 지상(地上)에 있는 모든 약방의 진열장 안에 있는 어떠한 약보다도 가장 상쾌한 약이 될 것이고 그리고 나는 이 세계에서 가장 돈 잘 버는 제약회사의 전무님이 될 것이다. 왜냐하면 사람들은 누구나 조용히 잠들고 싶어 하고 조용히 잠든다는 것

---

8 입자 : 물질을 구성하는 미세한 크기의 물체

은 상쾌한 일이기 때문이다…….

그런 생각을 하자 나는 쓴웃음이 나왔다. 동시에 무진이 가까워진다는 것이 더욱 실감되었다. 무진에 오기만 하면 내가 하는 생각이란 항상 그렇게 엉뚱한 공상⁹들이었고 뒤죽박죽이었던 것이다.

다른 어느 곳에서도 하지 않았던 엉뚱한 생각을, 나는 무진에서는 아무런 부끄럼 없이, 거침없이 해내곤 했었던 것이다. 아니, 무진에서는 내가 무엇을 생각하고 어쩌고 하는 게 아니라 어떤 생각들이 나의 밖에서 제멋대로 이루어진 뒤 나의 머릿속으로 밀고 들어오는 듯했었다.

"당신 안색이 아주 나빠져서 큰일 났어요. 어머님의 산소에 다녀온다는 핑계를 대고 무진에 며칠 동안 계시다가 오세요. 주주총회에서의 일은 아버지하고 저하고 다 꾸며 놓을게요. 당신은 오랜만에 신선한 공기를 쐬고 그리고 돌아와 보면 대회생 제약회사의 전무님이 되어 있을 게 아니에요?" 라고 며칠 전날 밤, 아내가 나의 파자마 깃을 손가락으로 만지작거리며 나에게 진심에서 나온 권유를 했을 때도, 가기 싫은 심부름을 억지로 갈 때 아이들이 불평을 하듯이 내가 몇 마디 입안엣 소리로 투덜댄 것도, 무진에서는 항상 자신을 상실하지 않을 수 없었던 과거의 경험에 의한 조건반사¹⁰였었다.

---

9 공상 : 현실적이 아니거나 실현될 가망이 없는 것을 마음대로 상상하는 생각
10 조건반사 : 동물이 환경에 적응하기 위하여 후천적으로 얻게 되는 반사. 반사란 의지와의 관계없이, 자극에 대해 일정한 반응을 기계적으로 일으키는 현상을 말한다.

내가 좀 나이가 든 뒤로 무진에 간 것은 몇 차례 되지 않았지만 그 몇 차례 되지 않은 무진행이 그러나 그때마다 내게는 서울에서의 실패로부터 도망해야 할 때거나 하여튼 무언가 새 출발이 필요할 때였었다.

새 출발이 필요할 때 무진으로 간다는 그것은 우연이 결코 아니었고, 그렇다고 무진에 가면 내게 새로운 용기라든가 새로운 계획이 술술 나오기 때문도 아니었었다. 오히려 무진에서의 나는 항상 처박혀 있는 상태였었다. 더러운 옷차림과 누우런 얼굴로 나는 항상 골방 안에서 뒹굴었다. 내가 깨어 있을 때는 수없이 많은 시간의 대열11이 멍하니 서 있는 나를 비웃으며 흘러가고 있었고, 내가 잠들어 있을 때는 긴긴 악몽들이 거꾸러져 있는 나에게 혹독한 채찍질을 하였었다.

나의 무진에 대한 연상의 대부분은 나를 돌봐 주고 있는 노인들에 대하여 신경질을 부리던 것과 골방 안에서의 공상과 불면(不眠)을 쫓아 보려고 행하던 수음(手淫)과 곧잘 편도선12을 붓게 하던 독한 담배꽁초와 우편배달부를 기다리던 초조함 따위거나 그것들에 관련된 어떤 행위들이었었다. 물론 그것들만 연상되었던 것은 아니다.

서울의 어느 거리에서고 나의 청각이 문득 외부로 향하면 무자비하게 쏟아져 들어오는 소음에 비틀거릴 때거나, 밤늦게 신당동(新堂洞) 집 앞의 포장된 골목을 자동차로 올라갈 때, 나는 물이 가득한 강물이 흐르

---

11 대열 : 줄을 지어 늘어선 행렬
12 편도선 : 편도샘. 사람의 입속 양쪽 구석으로 편평하게 퍼져 있는 림프 소절의 집합체

고, 잔디로 덮인 방죽13이 시오 리 밖의 바닷가까지 뻗어 나가 있고, 작은 숲이 있고, 다리가 많고, 골목이 많고, 흙담이 많고, 높은 포플러14가 에워싼 운동장을 가진 학교들이 있고, 바닷가에서 주워 온 까만 자갈이 깔린 뜰을 가진 사무소들이 있고, 대로 만든 와상(臥床)15이 밤거리에 나앉아 있는 시골을 생각했고 그것은 무진이었다.

문득 한적(閑寂)16이 그리울 때도 나는 무진을 생각했었다. 그러나 그럴 때의 무진은 내가 관념 속에서 그리고 있는 어느 아늑한 장소일 뿐이지 거기엔 사람들이 살고 있지 않았다. 무진이라고 하면 그것에의 연상은 아무래도 어둡던 나의 청년(靑年)이었다.

그렇다고 무진에의 연상이 꼬리처럼 항상 나를 따라다녔다는 것은 아니다. 차라리 나의 어둡던 세월이 일단 지나가 버린 지금은 나는 거의 항상 무진을 잊고 있었던 편이다. 어제저녁 서울역에서 기차를 탈 때에도, 물론 전송17 나온 아내와 회사 직원 몇 사람에게 일러둘 말이 너무 많아서 거기에 정신이 쏠려 있던 탓도 있었겠지만, 하여튼 나는 무진에 대한 그 어두운 기억들이 그다지 실감나게 되살아오지는 않았다.

---

13 방죽 : 물이 넘치거나 치고 들어오는 것을 막기 위하여 세운 둑
14 포플러 : 버드나뭇과에 속한 낙엽 활엽 교목. 높이는 30미터 정도로 곧게 자라고 두꺼운 잎은 광택이 난다. 잎은 삼각형이고 가장자리에 톱니가 있으며, 씨는 솜털로 덮여 있다.
15 와상 : 편안하게 누워 잘 수 있도록 만든 평상
16 한적 : 한가하고 고요함.
17 전송 : 떠나는 사람을 배웅하여 보냄.

그런데 오늘 이른 아침, 광주에서 기차를 내려서 역구내(驛區內)18를 빠져나올 때 내가 본 한 미친 여자가 그 어두운 기억들을 확 잡아 끌어당겨서 내 앞에 던져 주었다. 그 미친 여자는 나일론19의 치마저고리를 맵시 있게 입고 있었고, 팔에는 시절에 맞추어 고른 듯한 핸드백도 걸치고 있었다. 얼굴도 예쁜 편이고 화장이 화려했다. 그 여자가 미친 사람이라는 것을 알 수 있는 것은 쉬임없이 굴리고 있는 눈동자와 그 여자를 에워싸고 서서 선하품20을 하며 그 여자를 놀려 대고 있는 구두닦이 아이들 때문이었다.

"공부를 많이 해서 돌아 버렸대."

"아냐, 남자한테서 채여서야."

"저 여자 미국 말도 참 잘한다. 물어볼까?"

아이들은 그런 얘기를 높은 목소리로 하고 있었다. 좀 나이가 든 여드름쟁이 구두닦이 하나는 그 여자의 젖가슴을 손가락으로 집적거렸고, 그럴 때마다 그 여자는 여전히 무표정한 얼굴로 비명만 지르고 있었다. 그 여자의 비명이, 옛날 내가 무진의 골방 속에서 쓴 일기의 한 구절을 문득 생각나게 한 것이었다.

그때는 어머니가 살아 계실 때였다. 6·25사변으로 대학의 강의가 중

---

18 역구내 : 역의 안
19 나일론 : 탄소, 수소, 질소 등을 가공하여 얻은 합성 섬유. 부드럽고 가벼우며 탄력이 좋으나 습기를 흡수하는 힘이 약하다.
20 선하품 : 몸에 이상이 생기거나 흥미 없는 일을 할 때에 나오는 하품

단되었기 때문에 서울을 떠나는 마지막 기차를 놓친 나는 서울에서 무진까지의 천여 리(千餘里) 길을 발가락이 몇 번이고 부르터지도록 걸어서 내려왔고, 어머니에 의해서 골방에 처박혀졌고 의용군21의 징발22도 그 후의 국군의 징병23도 모두 기피해 버리고 있었었다.

내가 졸업한 무진의 중학교의 상급반 학생들이 무명지(無名指)24에 붕대를 감고 '이 몸이 죽어서 나라가 산다면……'을 부르며 읍 광장에 서 있는 트럭들로 행진해 가서 그 트럭들에 올라타고 일선25으로 떠날 때도 나는 골방 속에 쭈그리고 앉아서 그들의 행진이 집 앞을 지나가는 소리를 듣고만 있었다.

전선이 북쪽으로 올라가고 대학이 강의를 시작했다는 소식이 들려왔을 때도 나는 무진의 골방 속에 숨어 있었다. 모두가 나의 홀어머니 때문이었다. 모두가 전쟁터로 몰려갈 때 나는 내 어머니에게 몰려서 골방 속에 숨어 수음을 하고 있었다. 이웃집 젊은이의 전사 통지가 오면 어머니는 내가 무사한 것을 기뻐했고, 이따금 일선의 친구에게서 군사우편이 오기라도 하면 나 몰래 그것을 찢어 버리곤 하였었다. 내가 골방보다

21 의용군 : 국가나 사회의 위급 상황에서 민간인의 자발적 참여로 조직되는 군대
22 징발 : 국가에서 특별한 일에 필요한 사람이나 물자를 강제로 모으거나 거두어들임.
23 징병 : 국가가 법률에 의하여 병역 의무가 주어진 사람들을 강제로 모아서 일정 기간 동안 군대에 복무하게 함.
24 무명지 : 가운뎃손가락과 새끼손가락 사이에 있는 넷째 손가락
25 일선 : 직접 전쟁이 벌어지고 있는 현장이나 적지(敵地)에 가장 가까이 있어서 위험성이 많은 지역

는 전선을 택하고 싶어 하는 것을 알고 있었기 때문이다.

그 무렵에 쓴 나의 일기장들은 그 후에 태워 버려서 지금은 없지만, 모두가 스스로를 모멸하고26 오욕(汚辱)27을 웃으며 견디는 내용들이었다. '어머니, 혹시 제가 지금 미친다면 대강 다음과 같은 원인들 때문일 테니, 그 점에 유의하셔서 저를 치료해 보십시오……' 이러한 일기를 쓰던 때를, 이른 아침 역구내에서 본 미친 여자가 내 앞으로 끌어당겨 주었던 것이다.

무진이 가까워졌다는 것을 나는 그 미친 여자를 통하여 느꼈고, 그리고 방금 지나친 먼지를 둘러쓰고 잡초 속에서 튀어나와 있는 이정비를 통하여 실감했다.

"이번에 자네가 전무가 되는 건 틀림없는 거구, 그러니 자네 한 일주일 동안 시골에 내려가서 긴장을 풀고 푹 쉬었다가 오게. 전무님이 되면 책임이 더 무거워질 테니 말야."

아내와 장인 영감은 자신들은 알지 못하는 사이에 퍽 영리한 권유를 내게 한 셈이었다. 내가 긴장을 풀어 버릴 수 있는, 아니 풀어 버릴 수밖에 없는 곳을 무진으로 정해 준 것은 대단히 영리한 짓이었다.

버스는 무진 읍내로 들어서고 있었다. 기와지붕들도 양철 지붕들도 초가지붕들도 유월 하순의 강렬한 햇빛을 받고 모두 은빛으로 번쩍이고

---

26 모멸하다 : 업신여겨 깔보다.

27 오욕 : 명예를 더럽히고 욕되게 함.

있었다. 철공소28에서 들리는 쇠망치 두드리는 소리가 잠깐 버스로 달려 들었다가 물러났다. 어디선지 분뇨(糞尿)29 냄새가 새어 들어왔고, 병원 앞을 지날 때는 크레졸30 냄새가 났고, 어느 상점의 스피커에서는 느려 빠진 유행가가 흘러나왔다.

거리는 텅 비어 있었고 사람들은 처마 끝의 그늘에 쭈그리고 앉아 있었다. 어린아이들은 빨가벗고 기우뚱거리며 그늘 속을 걸어 다니고 있었다. 읍의 포장된 광장도 거의 텅 비어 있었다. 햇빛만이 눈부시게 그 광장 위에서 끓고 있었고, 그 눈부신 햇빛 속에서, 정적 속에서 개 두 마리가 혀를 빼물고 교미를 하고 있었다.

밤에 만난 사람들

저녁 식사를 하기 조금 전에 나는 낮잠에서 깨어나서 신문지국(新聞支局)31들이 몰려 있는 거리로 갔다. 이모님 댁에서는 신문을 구독하고 있지 않았다. 그렇지만 신문은, 도회인32이 누구나 그렇듯이 이제 내 생활

---

28 철공소 : 쇠붙이를 가지고 여러 가지 기구를 만드는 곳
29 분뇨 : 똥과 오줌을 아울러 이르는 말
30 크레졸 : 콜타르나 석유에서 얻을 수 있는 약산성의 액체
31 신문지국 : 본사의 관할 아래에서 신문업에 관한 사무 및 영업을 맡아보는 곳
32 도회인 : 사람이 많이 살고 상공업이 발달한 도시에 살고 있는 사람

의 일부로써 내 하루의 시작과 끝을 맡아 보고 있었던 것이다.

내가 찾아간 신문지국에 나는 이모님 댁의 주소와 약도를 그려 주고
나왔다. 밖으로 나올 때 나는 내 등 뒤에서 지국 안에 있던 사람들이 그
들끼리 무어라고 수군거리는 소리를 들었다. 아마 나를 알고 있는 사람
들이었던 모양이다.

"……그래애? 거만하게 생겼는데……."

"……출세했다지?……."

"……옛날…… 폐병……."

그런 속삭임 속에서, 나는 밖으로 나오면서 은근히 한마디를 기다리고
있었다. 그러나 결국 '안녕히 가십시오.'는 나오지 않고 말았다. 그것이
서울과의 차이점이었다. 그들은 이제 점점 수군거림의 소용돌이 속으로
끌려 들어가고 있으리라. 자기 자신조차 잊어버리면서, 나중에 그 소용
돌이 밖으로 내던져졌을 때 자기들이 느낄 공허감[33]도 모른다는 듯이
수군거리고 수군거리고 또 수군거리고 있으리라.

바다가 있는 쪽에서 바람이 불어오고 있었다. 몇 시간 전에 버스에서
내릴 때보다 거리는 많이 번잡해졌다. 학생들이 학교에서 돌아오고 있었
다. 그들은 책가방이 주체스러운[34] 모양인지 그것을 뱅뱅 돌리기도 하며
어깨 너머로 넘겨 들기도 하며 두 손으로 껴안기도 하며 혀끝에 침으로

---

33 공허감 : 텅 빈 듯한 허전한 느낌
34 주체스럽다 : 처치하기 어려울 만큼 부담스럽거나 귀찮은 데가 있다.

써 방울을 만들어 그것을 입바람으로 훅 불어 날리곤 했다. 학교 선생들과 사무소의 직원들도 달그락거리는 빈 도시락을 들고 축 늘어져서 지나가고 있었다. 그러자 나는 이 모든 것이 장난처럼 생각되었다. 학교에 다닌다는 것, 학생들을 가르친다는 것, 사무소에 출근했다가 퇴근한다는 이 모든 것이 실없는 장난이라는 생각이 든 것이다. 사람들이 거기에 매달려서 낑낑댄다는 것이 우습게 생각되었다.

이모 댁으로 돌아와서 저녁을 먹고 있을 때, 나는 방문을 받았다. 박(朴)이라고 하는 무진 중학교의 내 몇 해 후배였다. 한때 독서광(讀書狂)35이었던 나를 그 후배는 무척 존경하는 눈치였다. 그는 학생 시대에 이른바 문학 소년이었던 것이다. 미국의 작가인 피츠제럴드를 좋아한다고 하는 그 후배는 그러나 피츠제럴드의 팬답지 않게 아주 얌전하고 매사에 엄숙하였고 그리고 가난하였다.

"신문지국에 있는 제 친구에게서 내려오셨다는 얘길 들었습니다. 웬일이십니까?"

그는 정말 반가워해 주었다.

"무진엔 왜 내가 못 올 덴가?"

그렇게 대답하며 나는 내 말투가 마음에 거슬렸다.

"너무 오랫동안 오시지 않았으니까 그러는 거죠. 제가 군대에서 막 제대했을 때 오시고 이번이 처음이시니까 벌써……."

---

35 독서광 : 책 읽기에 열광적으로 정신을 쏟는 사람

"벌써 한 4년 되는군."

4년 전 나는, 내가 경리(經理)의 일을 보고 있던 제약회사가 좀 더 큰 다른 회사와 합병되는 바람에 일자리를 잃고 무진으로 내려왔던 것이다. 아니, 단지 일자리를 잃었다는 이유만으로 서울을 떠났던 것은 아니다. 동거하고 있던 희(姬)만 그대로 내 곁에 있어 주었던들 실의(失意)36의 무진행은 없었으리라.

"결혼하셨다더군요?"

박이 물었다.

"흐응, 자넨?"

"전 아직. 참, 좋은 데로 장가드셨다고들 하더군요."

"그래? 자넨 왜 여태 결혼하지 않고 있나? 자네 금년37에 어떻게 되지?"

"스물아홉입니다."

"스물아홉이라. 아홉수가 원래 사납다고 하더만, 금년엔 어떻게 해보지 그래?"

"글쎄요."

박은 소년처럼 머리를 긁었다. 4년 전이니까 그해의 내 나이가 스물아홉이었고, 희가 내 곁에서 달아나 버릴 무렵에 지금 아내의 전남편이 죽었던 것이다.

---

36 실의 : 어떤 일을 행하거나 이루려는 의지나 욕구를 잃어버림.
37 금년 : 지금 살고 있는 이 해

"무슨 나쁜 일이 있었던 건 아니겠죠?"

옛날의 내 무진행의 내용을 다소 알고 있는 박은 그렇게 물었다.

"응, 아마 승진이 될 모양인데 며칠 휴가를 얻었지."

"잘 되셨군요. 해방 후의 무진 중학 출신 중에선 형님이 제일 출세하셨다고들 하고 있어요."

"내가?"

나는 웃었다.

"예, 형님하고 형님 동기(同期) 중에서 조 형(趙兄)하고요."

"조라니, 나하고 친하게 지내던 애 말인가?"

"예, 그 형이 재작년엔가 고등고시에 패스해서 지금 여기 세무서장[38]으로 있거든요."

"아, 그래?"

"모르셨어요?"

"서로 소식이 별로 없었지. 그 애가 옛날엔 여기 세무서에서 직원으로 있었지, 아마?"

"예."

"그거 잘 됐군. 오늘 저녁엔 그 친구에게나 가 볼까?"

친구 조는 키가 작았고 살결이 검은 편이었다. 그래서 키가 크고 살결이 창백한 나에게 열등감을 느낀다는 얘기를 내게 곧잘 했었다. '옛날에

---

38 세무서장 : 세무서의 최고 직위에 있는 사람

216

손금이 나쁘다고 판단 받은 소년이 있었다. 그 소년은 자기의 손톱으로 손바닥에 좋은 손금을 파가며 열심히 일했다. 드디어 그 소년은 성공해서 잘 살았다.' 조는 이런 얘기에 가장 감격하는 친구였다.

"참, 자넨 요즘 뭘 하고 있나?"

내가 박에게 물었다. 박은 얼굴을 붉히고 잠시 머뭇거리다가 모교에서 교편을 잡고 있다고, 그것이 무슨 잘못이라도 되는 것처럼 우물거리며 대답했다.

"좋지 않아? 책 읽을 여유가 있으니까 얼마나 좋은가. 난 잡지 한 권 읽을 여유가 없네. 무얼 가르치고 있나?"

후배는 내 말에 용기를 얻었는지 아까보다는 조금 밝은 목소리로 대답했다.

"국어를 가르치고 있습니다."

"잘했어. 학교 측에서 보면 자네 같은 선생을 구하기도 힘들 거야."

"그렇지도 않아요. 사범대학 출신들 때문에 교원 자격 고시 합격증 가지고 견디기가 힘들어요."

"그게 또 그런가?"

박은 아무 말 없이 쓸쓸한 미소만 지어 보였다.

저녁 식사 후 우리는 술 한 잔씩을 마시고 나서 세무서장이 된 조의 집을 향하여 갔다.

거리는 어두컴컴했다. 다리를 건널 때 나는 냇가의 나무들이 어슴푸레하게 물속에 비춰 있는 것을 보았다. 옛날 언젠가, 역시 이 다리를 밤중에 건너면서 나는 이 시커멓게 웅크리고 있는 나무들을 저주했었다. 금방 소리를 지르며 달려들 듯한 모습으로 나무들은 서 있었던 것이다. 세상에 나무가 없다면 얼마나 좋을까 하고 생각하기도 했었다.

"모든 게 여전하군."

내가 말했다.

"그럴까요?"

후배가 웅얼거리듯이 말했다.

조의 응접실에는 손님들이 네 사람 있었다. 나의 손을 아프도록 쥐고 흔들고 있는 조의 얼굴이 옛날보다 윤택해지고 살결도 많이 하얘진 것을 나는 보고 있었다.

"어서 자리로 앉아라. 이거 원 누추해서……. 빨리 마누랄 얻어야겠는데……."

그러나 방은 결코 누추하지 않았다.

"아니, 아직 결혼 안 했나?"

내가 물었다.

"법률 책 좀 붙들고 앉아 있었더니 그렇게 돼 버렸어. 어서 앉아."

나는 먼저 온 손님들에게 소개되었다. 세 사람은 남자로서 세무서 직원들이었고, 한 사람은 여자로서 나와 함께 온 박과 무언가 얘기를 주고받고 있었다.

"어어, 밀담39들은 그만하시고. 하(河) 선생, 인사해요. 내 중학 동창

---

39 밀담 : 남몰래 비밀스레 하는 이야기

인 윤희중이라는 친굽니다. 서울에 있는 큰 제약회사의 간사⁴⁰님이시고, 이쪽은 우리 모교에 와 계시는 음악 선생님이시고. 하인숙 씨라고, 작년에 서울에서 음악 대학을 나오신 분이지."

"아, 그러세요. 같은 학교에 계시는군요."

나는 박과 그 여선생을 번갈아 가리키며 여선생에게 말했다.

"네."

여선생은 방긋 웃으며 대답했고, 내 후배는 고개를 숙여 버렸다.

"고향이 무진이신가요?"

"아녜요. 발령이 이곳으로 났기 땜에 저 혼자 와 있는 거예요."

그 여자는 개성 있는 얼굴을 가지고 있었다. 윤곽은 갸름했고 눈이 컸고 얼굴색은 노리끼리했다. 전체로 보아서 병약한 느낌을 주고 있었지만, 그러나 좀 높은 콧날과 두꺼운 입술이 병약하다는 인상을 버리도록 요구하고 있었다. 그리고 카랑카랑한 목소리가 코와 입이 주는 인상을 더욱 강하게 하고 있었다.

"전공이 무엇이었던가요?"

"성악 공부 좀 했어요."

"그렇지만 하 선생님은 피아노도 아주 잘 치십니다."

박이 곁에서 조심스런 목소리로 끼어들었다. 조도 거들었다.

"노래를 아주 잘하시지. 소프라노가 굉장하시거든."

---

40 간사 : 어떤 단체나 모임의 일을 맡아 주선하고 처리하는 직책에 있는 사람

"아, 소프라노를 맡으시는가요?"

내가 물었다.

"네, 졸업 연주회 땐 「나비 부인」 중에서 '어떤 갠 날'을 불렀어요."

그 여자는 졸업 연주회를 그리워하고 있는 듯한 음성으로 말했다.

방바닥에는 비단의 방석이 놓여 있고, 그 위에는 화투짝이 흩어져 있었다. 무진(霧津)이다. 곧 입술을 태울 듯이 불타 들어가는 담배꽁초를 입에 물고 눈으로 들어오는 그 담배 연기 때문에 눈물을 찔끔거리며 눈을 가늘게 뜨고, 이미 정오가 가까운 시각에야 잠자리에서 일어나서 그날의 허황한41 운수를 점쳐 보던 화투짝이었다. 혹은, 자신을 팽개치듯이 기어들던 언젠가의 노름판, 그 노름판에서 나의 뜨거워져 가는 머리와 떨리는 손가락만을 제외하곤 내 몸을 전연 느끼지 못하게 만들던 그 화투짝이었다.

"화투가 있군, 화투가."

나는 한 장을 집어서 소리가 나게 내려치고 다시 그것을 집어서 내려치고 또 집어서 내려치고 하며 중얼거렸다.

"우리 돈내기 한판 하실까요?"

세무서 직원 중의 하나가 내게 말했다. 나는 싫었다.

"다음 기회에 하지요."

세무서 직원들은 싱글싱글 웃었다.

---

41 허황하다 : 현실성이 없이 헛되어 미덥지 못하다.

조가 안으로 들어갔다가 나왔다. 잠시 후에 술상이 나왔다.

"여기엔 얼마쯤 있게 되나?"

"일주일가량."

"청첩장 한 장 없이 결혼해 버리는 법이 어디 있어? 하기야 청첩장을 보냈더라도 그땐 내가 세무서에서 주판알 튕기고 있을 때니까 별수도 없었겠지만 말이다."

"난 그랬지만 청첩장 보내야 한다."

"염려 마라. 금년 안으로는 받아 볼 수 있게 될 거다."

우리는 별로 거품이 일지 않는 맥주를 마셨다.

"제약회사라면 그게 약 만드는 데 아닙니까?"

"그렇죠."

"평생 병 걸릴 염려는 없겠습니다그려."

굉장히 우스운 익살을 부렸다는 듯이 직원들은 방바닥을 치며 오랫동안 웃었다.

"참, 박 군(朴君). 학생들한테서 인기가 대단하더구먼. ……기껏 오 분쯤 걸어오면 될 거리에 살면서 나한테 왜 통 놀러 오지 않았나?"

"늘 생각은 하고 있었습니다만……."

"저기 앉아 계시는 하 선생님한테서 자네 얘긴 늘 듣고 있었지. ……자, 하 선생. 맥주는 술도 아니니까 한잔 들어 봐요 평소엔 그렇지도 않던데 오늘 저녁엔 왜 이렇게 얌전을 피우실까?"

"네, 네. 거기 놓으세요. 제가 마시겠어요."

"맥주는 좀 마셔 봤지요?"

"대학 다닐 때 친구들과 어울려서 방문을 안으로 잠가 놓고 소주도 마셔 본 걸요."

"이거 술꾼인 줄은 몰랐는데."

"마시고 싶어서 마신 게 아니라 시험 삼아서 맛 좀 본 거예요."

"그래서 맛이 어떻습디까?"

"모르겠어요. 술잔을 입에서 떼자마자 쿨쿨 자 버렸으니까요."

사람들이 웃었다. 박만이 억지로 웃는 듯한 웃음이었다.

"내가 항상 생각하는 바지만, 하 선생님의 좋은 점은 바로 저기에 있거든. 될 수 있으면 얘기를 재미있게 하려고 한다는 점, 바로 그거야."

"일부러 재미있게 하려고 하는 게 아녜요. 대학 다닐 때의 말버릇이에요."

"아하, 그러고 보면 하 선생의 나쁜 점은 바로 저기 있어. '내가 대학 다닐 때'라는 말을 빼 놓곤 얘기가 안 됩니까? 나처럼 대학엔 문전42에도 가보지 못한 사람은 서러워서 살겠어요?"

"죄송합니다."

"그럼 내게 사과하는 뜻에서 노래 한 곡 들려주시겠어요?"

"그거 좋습니다."

"좋지요."

"한번 들어 봅시다."

---

42 문전 : 문의 앞

사람들이 박수를 쳤다. 여선생은 머뭇거렸다.

"서울 손님도 오고 했으니까……. 그 지난번에 부르던 거 참 좋습디다."

조는 재촉했다.

"그럼 부릅니다."

여선생은 거의 무표정한 얼굴로 입을 조금만 달싹거리며 노래를 부르기 시작했다. 세무서 직원들이 손가락으로 술상을 두드리기 시작했다.

여선생은 '목포의 눈물'을 부르고 있었다. '어떤 갠 날'과 '목포의 눈물' 사이에는 얼마만큼의 유사성이 있을까? 무엇이 저 아리아[43]들로써 길들여진 성대에서 유행가를 나오게 하고 있을까? 그 여자가 부르는 '목포의 눈물'에는 작부(酌婦)[44]들이 부르는 그것에서 들을 수 있는 것과 같은 꺾임이 없었고, 대체로 유행가를 살려 주는 목소리의 갈라짐이 없었고, 흔히 유행가가 내용으로 하는 청승맞음[45]이 없었다.

그 여자의 '목포의 눈물'은 이미 유행가가 아니었다. 그렇다고 「나비부인」 중의 아리아는 더욱 아니었다. 그것은 이전에는 없었던 어떤 새로운 양식의 노래였다. 그 양식은 유행가가 내용으로 하는 청승맞음과는 다른, 좀 더 무자비한 청승맞음을 포함하고 있었고, '어떤 갠 날'의 그 절규보다도 훨씬 높은 옥타브의 절규를 포함하고 있었고, 그 양식에는

---

43 아리아 : 오페라, 칸타타, 오라토리오에서, 기악 반주가 있는 독창곡
44 작부 : 술집에서 손님을 접대하며 술을 따르는 여자
45 청승맞다 : 궁상스럽고 처량하다.

머리를 풀어헤친 광녀(狂女)의 냉소가 스며 있었고, 무엇보다도 시체가 썩어 가는 듯한 무진의 그 냄새가 스며 있었다.

그 여자의 노래가 끝나자 나는 의식적으로 바보 같은 웃음을 띠고 박수를 쳤고, 그리고 육감으로써랄까, 나는 후배인 박이 이 자리에서 떠나고 싶어 하는 것을 알았다. 나의 시선이 박에게로 갔을 때, 나의 시선을 박은 기다렸다는 듯이 자리에서 일어났다.

누군지가 그에게 앉아 있기를 권했으나 박은 해사한46 웃음을 띠우며 거절했다.

"먼저 실례합니다. 형님은 내일 또 뵙지요."

조는 대문까지 따라 나왔고 나는 한길47까지 박을 바래다주려고 나갔다. 밤이 깊지 않았는데도 거리는 적막했다. 어디선지 개 짖는 소리가 들려왔고, 쥐 몇 마리가 한길 위에서 무엇을 먹고 있다가 우리의 그림자에 놀라 흩어져 버렸다.

"형님, 보세요. 안개가 내리는군요."

과연 한길의 저 끝이, 불빛이 드문드문 박혀 있는 먼 주택지의 검은 풍경들이 점점 풀어져 가고 있었다.

"자네, 하 선생을 좋아하고 있는 모양이군."

내가 물었다. 박은 다시 그 해사한 웃음을 띠었다.

---

46 해사하다 : 표정이나 웃음소리 따위가 맑고 깨끗하다.
47 한길 : 차나 사람이 많이 다니는 큰길

"그 여선생과 조 군(趙君)과 무슨 관계가 있는 모양이지?"

"모르겠습니다. 아마 조 형이 결혼 대상자 중의 하나로 생각하고 있는 거 같아요."

"자네가 그 여선생을 좋아한다면 좀 더 적극적으로 나가야 해. 잘해봐."

"뭐 별로……."

박은 소년처럼 말을 더듬거렸다.

"그 속물48들 틈에 앉아서 유행가를 부르고 있는 게 좀 딱해 보였을 뿐이지요. 그래서 나와 버린 거죠."

박은 분노를 누르고 있는 듯이 나직나직 말했다.

"클래식을 부를 장소가 있고, 유행가를 부를 장소가 따로 있다는 것뿐이겠지. 뭐 딱할 거까지야 있나?"

나는 거짓말로써 그를 위로했다. 박은 가고 나는 다시 '속물'들 틈에 끼었다. 무진에서는 누구나 그렇게 생각하는 것이다, 타인은 모두 속물들이라고. 나 역시 그렇게 생각하는 것이다. 타인이 하는 모든 행위는 무위(無爲)49와 똑같은 무게밖에 가지고 있지 않은 장난이라고.

밤이 퍽 깊어서 우리는 자리에서 일어났다. 조는 내가 자기 집에서 자

---

48 속물 : 교양이 없으며 식견이 좁고, 세속적 이익이나 명예에만 마음이 급급한 사람을 얕
　잡아 이르는 말
49 무위 : 아무 일도 하지 않음.

고 가기를 권했다. 그러나 다음 날 아침에 잠자리에서 일어나 그 집을 나올 때까지의 부자유스러움을 생각하고 나는 기어코 밖으로 나섰다.

직원들도 도중에서 흩어져 가고 결국엔 나와 여자만이 남았다. 우리는 다리를 건너고 있었다. 검은 풍경 속에서 냇물은 하얀 모습으로 뻗어 있었고, 그 하얀 모습의 끝은 안개 속으로 사라지고 있었다.

"밤엔 정말 멋있는 고장이에요."

여자가 말했다.

"그래요? 다행입니다."

내가 말했다.

"왜 다행이라고 말씀하시는 줄 짐작하겠어요."

여자가 말했다.

"어느 정도까지 짐작하셨어요?"

내가 물었다.

"사실은 멋이 없는 고장이니까요. 제 대답이 맞았어요?"

"거의."

우리는 다리를 다 건넜다. 거기서 우리는 헤어져야 했다. 그 여자는 냇물을 따라서 뻗어 나간 길로 가야 했고, 나는 곧장 난 길로 가야 했다.

"아, 글루 가세요. 그럼……."

내가 말했다.

"조금만 바래다주세요. 이 길은 너무 조용해서 무서워요."

여자가 조금 떨리는 목소리로 말했다. 나는 다시 여자와 나란히 서서 걸었다. 나는 갑자기 이 여자와 친해진 것 같았다. 다리가 끝나는 바로 거기에서부터, 그 여자가 정말 무서워서 떠는 듯한 목소리로 내게 바래다주기를 청했던 바로 그때부터 나는 그 여자가 내 생애 속에 끼어든 것을 느꼈다. 내 모든 친구들처럼, 이제는 모른다고 할 수 없는, 때로는 내가 그들을 훼손하기도 했지만 그러나 더욱 많이 그들이 나를 훼손시켰던 내 모든 친구들처럼.

"처음에 뵈었을 때, 뭐랄까요, 서울 냄새가 난다고 할까요, 퍽 오래전부터 알던 사람처럼 느껴졌어요. 참 이상하죠?"

갑자기 여자가 말했다.

"유행가."

내가 말했다.

"네?"

"아니 유행가는 왜 부르십니까? 성악 공부한 사람들은 될 수 있는 대로 유행가를 멀리하지 않았던가요?"

"그 사람들은 항상 유행가만 부르라고 하거든요."

대답하고 나서 여자는 부끄러운 듯이 나지막하게 소리 내어 웃었다.

"유행가를 부르지 않으려면 거기에 가지 않는 게 좋다고 얘기하면 내 정간섭50이 될까요?"

"정말 앞으론 가지 않을 작정이에요. 정말 보잘것없는 사람들이에요."

"그럼 왜 여태까진 거기에 놀러 다녔습니까?"

---

50 내정간섭 : 남의 나라의 정치, 외교 문제에 부당하게 참견하거나 그 주권을 침해하는 일

"심심해서요."

여자는 힘없이 말했다. 심심하다, 그래 그게 가장 정확한 표현이다.

"아까 박 군은 하 선생님께서 유행가를 부르고 계시는 게 보기에 딱하다고 하면서 나가 버렸지요."

나는 어둠 속에서 여자의 얼굴을 살폈다.

"박 선생님은 정말 꽁생원51이에요."

여자는 유쾌한 듯이 높은 소리로 웃었다.

"선량한 사람이죠."

내가 말했다.

"네, 너무 선량해요."

"박 군이 하 선생님을 사랑하고 있다는 생각을 해본 적은 없었던가요?"

"아이, '하 선생님, 하 선생님.' 하지 마세요. 오빠라고 해도 제 큰오빠뻘이나 되실 텐데요."

"그럼 무어라고 부릅니까?"

"그냥 제 이름을 불러 주세요. 인숙이라고요."

"인숙이, 인숙이."

나는 낮은 소리로 중얼거려 보았다.

"그게 좋군요."

나는 말했다.

---

51 꽁생원 : 마음이 너그럽지 못하고 옹졸한 남자를 놀림조로 이르는 말

"인숙인 왜 내 질문을 피하지요?"

"무슨 질문을 하셨던가요?"

여자는 웃으면서 말했다. 우리는 논 곁을 지나가고 있었다. 언젠가 여름밤, 멀고 가까운 논에서 들려오는 개구리들의 울음소리를, 마치 수많은 비단 조개껍데기를 한꺼번에 맞비빌 때 나는 듯한 소리를 듣고 있을 때 나는 그 개구리 울음소리들이 나의 감각 속에서 반짝이고 있는, 수없이 많은 별들로 바뀌어져 있는 것을 느끼곤 했었다. 청각의 이미지가 시각의 이미지로 바뀌어지는 이상한 현상이 나의 감각 속에서 일어나곤 했었던 것이다.

개구리 울음소리가 반짝이는 별들이라고 느낀 나의 감각은 왜 그렇게 뒤죽박죽이었을까. 그렇지만 밤하늘에서 쏟아질 듯이 반짝이고 있는 별들을 보고 개구리의 울음소리가 귀에 들려오는 듯했었던 것은 아니다. 별들을 보고 있으면 나는 나의 어느 별과 그리고 그 별과 또 다른 별들 사이의 안타까운 거리가, 과학책에서 배운 바로써가 아니라, 마치 나의 눈이 점점 정확해져 가고 있는 듯이, 나의 시력에 뚜렷하게 보여 오는 것이었다.

나는 그 도달할 길 없는 거리를 보는 데 홀려서 멍하니 서 있다가 그 순간 속에서 그대로 가슴이 터져 버리는 것 같았다. 왜 그렇게 못 견디어 했을까. 별이 무수히 반짝이는 밤하늘을 보고 있던 옛날의 나는 왜 그렇게 분해서 못 견디어 했을까.

"무얼 생각하고 계세요?"

여자가 물어 왔다.

"개구리 울음소리."

대답하며 나는 밤하늘을 올려 봤다. 내리고 있는 안개에 가려서 별들이 흐릿하게 떠 보였다.

"어머, 개구리 울음소리. 정말예요. 제겐 여태까지 개구리 울음소리가 들리지 않았어요. 무진의 개구리는 밤 열두 시 이후에만 우는 줄로 알고 있었는데요."

"열두 시 이후에요?"

"네, 밤 열두 시가 넘으면, 제가 방을 얻어 있는 주인댁의 라디오 소리도 꺼지고 들리는 거라곤 개구리 울음소리뿐이거든요."

"밤 열두 시가 넘도록 잠을 자지 않고 무얼 하시죠?"

"그냥 가끔 그렇게 잠이 오지 않아요."

그냥 그렇게 잠이 오지 않는다. 아마 그건 사실이리라.

"사모님 예쁘게 생기셨어요?"

여자가 갑자기 물었다.

"제 아내 말씀인가요?"

"네."

"예쁘죠."

나는 웃으면서 대답했다.

"행복하시죠? 돈이 많고 예쁜 부인이 있고 귀여운 아이들이 있고 그러면……."

"아이들은 아직 없으니까 쬐끔 덜 행복하겠군요."

"어머, 결혼을 언제 하셨는데 아직 아이들이 없어요?"

"이제 삼 년 좀 넘었습니다."

"특별한 용무도 없이 여행하시면서 왜 혼자 다니세요?"

이 여자는 왜 이런 질문을 할까? 나는 조용히 웃어 버렸다. 여자는 아까보다 좀 더 명랑한 목소리로 말했다.

"앞으로 오빠라고 부를 테니까 절 서울로 데려가 주시겠어요?"

"서울에 가고 싶으신가요?"

"네."

"무진이 싫은가요?"

"미칠 것 같아요. 금방 미칠 것 같아요. 서울엔 제 대학 동창들도 많고……. 아이, 서울로 가고 싶어 죽겠어요."

여자는 잠깐 내 팔을 잡았다가 얼른 놓았다. 나는 갑자기 흥분되었다. 나는 이마를 찡그렸다. 찡그리고 찡그리고 또 찡그렸다. 그러자 흥분이 가셨다.

"그렇지만 이젠 어딜 가도 대학 시절과는 다를걸요. 인숙은 여자니까 아마 가정으로나 숨어 버리기 전에는 어느 곳에 가든지 미칠 것 같을걸요."

"그런 생각도 해봤어요. 그렇지만 지금 같아선 가정을 갖는다고 해도 미칠 것 같은 생각이 들어요. 정말 맘에 드는 남자가 아니면요. 정말 맘에 드는 남자가 있다고 해도 여기서는 살기가 싫어요. 전 그 남자에게 여기서 도망하자고 조를 거예요."

"그렇지만 내 경험으로는 서울에서의 생활이 반드시 좋지도 않더군요. 책임, 책임뿐입니다."

"그렇지만 여긴 책임도, 무책임도 없는 곳인걸요. 하여튼 서울에 가고 싶어요. 절 데려가 주시겠어요?"

"생각해 봅시다."

"꼭이에요, 네?"

나는 그저 웃기만 했다. 우리는 그 여자의 집 앞에까지 왔다.

"선생님, 내일은 무얼 하실 계획이세요?"

여자가 물었다.

"글쎄요. 아침엔 어머님 산소엘 다녀와야 하겠고, 그러고 나면 할 일이 없군요. 바닷가에나 가볼까 하는데요. 거긴 한때 내가 방을 얻어 있던 집이 있으니까 인사도 할 겸."

"선생님, 내일 거긴 오후에 가세요."

"왜요?"

"저도 같이 가고 싶어요. 내일은 토요일이니까 오전 수업뿐이에요."

"그럽시다."

우리는 내일 만날 시간과 장소를 약속하고 헤어졌다. 나는 이상한 우울에 빠져서 터벅터벅 밤길을 걸어 이모 댁으로 돌아왔다.

내가 이불 속으로 들어갔을 때 통금52 사이렌이 불었다. 그것은 갑작스럽게 요란한 소리였다. 그 소리는 길었다. 모든 사물이, 모든 사고(思

---

52 통금 : 통행금지. 일정한 시간 동안 일반인이 거리를 지나다니거나 집 밖으로 활동하는 것을 못하게 하던 일

考)가 그 사이렌에 흡수되어 갔다. 마침내 이 세상에선 아무것도 없어져 버렸다. 사이렌만이 세상에 남아 있었다. 그 소리도 마침내 느껴지지 않을 만큼 오랫동안 계속할 것 같았다. 그때 소리가 갑자기 힘을 잃으면서 꺾였고, 길게 신음하며 사라져 갔다. 내 사고(思考)만이 다시 살아났다. 나는 얼마 전까지 그 여자와 주고받던 얘기들을 다시 생각해 보려 했다. 많은 것을 얘기한 것 같은데, 그러나 귓속에는 우리의 대화가 몇 개 남아 있지 않았다. 좀 더 시간이 지난 후, 그 대화들이 내 귓속에서 내 머릿속으로 자리를 옮길 때는, 그리고 머릿속에서 심장 속으로 옮겨갈 때는 또 몇 개가 더 없어져 버릴 것인가. 아니 결국엔 모두 없어져 버릴지도 모른다.

천천히 생각해 보자. 그 여자는 서울에 가고 싶다고 했다. 그 말을 그 여자는 안타까운 음성으로 얘기했다. 나는 문득 그 여자를 껴안고 싶은 충동에 사로잡혔다. 그리고…… 아니, 내 심장에 남을 수 있는 것은 그것뿐이었다. 그러나 그것도 일단 무진을 떠나기만 하면 내 심장 위에서 지워져 버리리라. 나는 잠이 오지 않았다. 낮잠 때문이기도 하였다. 나는 어둠 속에서 담배를 피웠다. 나는 우울한 유령들처럼 나를 내려다보고 있는 벽에 걸린 하얀 옷들을 흘겨보고 있었다. 나는 담뱃재를 머리맡의 적당한 곳에 떨었다. 내일 아침 걸레로 닦아 내면 될 어느 곳에.

'열두 시 이후에 우는' 개구리 울음소리가 희미하게 들려오고 있었다. 어디선가 한 시를 알리는 시계 소리가 나직이 들려왔다. 어디선가 두 시를 알리는 시계 소리가 들려왔다. 어디선가 세 시를 알리는 시계 소리가 들려왔다. 어디선가 네 시를 알리는 시계 소리가 들려왔다. 잠시 후에 통금 해제의 사이렌이 불었다. 시계와 사이렌 중 어느 것 하나가 정확하지 못했다. 사이렌은 갑작스럽고 요란한 소리였다. 그 소리는 길었다. 모든 사물이 모든 사고가 그 사이렌에 흡수되어 갔다. 마침내 이 세상에선 아무것도 없어져 버렸다. 사이렌만 이 세상에 남아 있었다. 그 소리도 마침내 느껴지지 않을 만큼 오랫동안 계속할 것 같았다.

그때 소리가 갑자기 힘을 잃으면서 꺾였고 길게 신음하며 사라져 갔다. 어디선가 부부들은 교합(交合)53하리라. 아니다. 부부가 아니라 창부54와 그 여자의 손님이리라. 나는 왜 그런 엉뚱한 생각을 하고 있는지 알 수 없었다. 잠시 후에 나는 슬며시 잠이 들었다.

바다로 뻗은 긴 방죽

그날 아침엔 이슬비가 내리고 있었다. 식전55에 나는 우산을 받쳐 들고 읍 근처의 산에 있는 어머니의 산소로 갔다. 나는 바지를 무릎 위까지 걷어 올리고 비를 맞으며 묘를 향하여 엎드려 절했다. 비가 나를 굉장한 효자로 만들어 주었다. 나는 한 손으로 묘 위의 긴 풀을 뜯었다.

---

53 교합 : 두 사람이 육체적으로 관계함.
54 창부 : 금품을 받고 성교하는 것을 업으로 삼는 여자
55 식전 : 밥을 먹기 전

풀을 뜯으면서 나는, 나를 전무님으로 만들기 위하여 전무 선출에 관계된 사람들을 찾아다니며 그 호걸웃음[56]을 웃고 있을 장인 영감을 상상했다. 그러나 나는 묘 속으로 들어가고 싶었다.

돌아가는 길은, 좀 멀기는 하지만 잔디가 곱게 깔린 방죽 길을 걷기로 했다. 이슬비가 바람에 뿌옇게 날리고 있었다. 비를 따라서 풍경이 흔들렸다. 나는 우산을 접어 버렸다. 방죽 위를 걸어가다가 나는, 방죽의 경사 밑 물가의 풀밭에, 읍에서 먼 촌으로부터 등교하기 위하여 온 학생들이 모여서 웅성거리고 있는 것을 보았다.

나이 많은 사람들이 몇 사람 끼여 있었고, 비옷을 입은 순경 한 사람이 방죽의 비탈 위에 쭈그리고 앉아서 담배를 피우며 먼 곳을 바라보고 있었고, 노파 한 사람이 혀를 차며 웅성거리고 있는 학생들의 틈을 빠져나와서 갔다.

나는 방죽의 비탈을 내려갔다. 순경 곁을 지나면서 나는 물었다.

"무슨 일입니까?"

"자살 시쳅니다."

순경은 흥미 없다는 투로 말했다.

"누군데요?"

"읍에 있는 술집 여잡니다. 초여름이 되면 반드시 몇 명씩 죽지요."

"네에."

---

56 호걸웃음 : 호탕한 웃음

"저 계집애는 아주 독살스러운 년이어서 안 죽을 줄 알았더니, 저것도 별수 없는 사람이었던 모양입니다."

"네에."

나는 물가로 내려가서 학생들 틈에 끼었다. 시체의 얼굴은 냇물을 향하고 있었으므로 내게는 보이지 않았다. 머리는 파마였고 팔과 다리가 하얗고 굵었다. 붉은색의 얇은 스웨터를 입고 있었고 하얀 스커트를 입고 있었다. 지난밤의 새벽은 추웠던 모양이다. 아니면 그 옷이 그 여자의 맘에 든 옷이었던가 보다. 푸른 꽃무늬 있는 하얀 고무신을 머리에 베고 있었다. 무엇인가를 싼 하얀 손수건이 그 여자의 축 늘어진 손에서 좀 떨어진 곳에 굴러 있었다. 하얀 손수건은 비를 맞고 있었고, 바람이 불어도 조금도 나부끼지 않았다. 시체의 얼굴을 보기 위해서 많은 학생들이 냇물 속에 발을 담그고 이쪽을 향하여 서 있었다. 그들의 푸른색 유니폼이 물에 거꾸로 비쳐 있었다. 푸른색의 깃발들이 시체를 옹위하고 있었다.

나는 그 여자를 향하여 이상스레 정욕57이 끓어오름을 느꼈다. 나는 급히 그 자리를 떠났다.

"무슨 약을 먹었는지 모르지만 지금이라도 어쩌면……."

순경에게 내가 말했다.

"저런 여자들이 먹는 건 청산가립니다. 수면제 몇 알 먹고 떠들썩한 연극 같은 건 안 하지요. 그것만은 고마운 일이지만."

---

57 정욕 : 이성의 육체에 대한 성적 욕망

나는 무진으로 오는 버스 안에서 수면제를 만들어 팔겠다는 공상을
한 것이 생각났다. 햇볕의 신선한 밝음과 살갗에 탄력을 주는 정도의 공
기의 저온, 그리고 해풍(海風)에 섞여 있는 정도의 소금기, 이 세 가지
를 합성하여 수면제를 만들 수 있다면…… 그러나 사실 그 수면제는 이
미 만들어져 있었던 게 아닐까. 나는 문득, 내가 간밤에 잠을 이루지 못
하고 뒤척거리고 있었던 게 이 여자의 임종을 지켜 주기 위해서가 아니
었을까 하는 생각이 들었다. 통금 해제의 사이렌이 불고 이 여자는 약을
먹고, 그제야 나는 슬며시 잠이 들었던 것만 같다. 갑자기 나는 이 여자
가 나의 일부처럼 느껴졌다. 아프긴 하지만 아끼지 않으면 안 될 내 몸
의 일부처럼 느껴졌다.

　나는 접어 든 우산에 묻은 물을 휙휙 뿌리면서 집으로 돌아왔다. 집에
는 세무서장인 조가 보낸 쪽지가 기다리고 있었다. '할 일 없으면 세무
서에 좀 들러 주게.' 아침밥을 먹고 나는 세무서로 갔다. 이슬비는 그쳤
으나 하늘은 흐렸다. 나는 조의 의도를 알 것 같았다. 서장실에 앉아 있
는 자기의 모습을 보여 주고 싶은 거다. 아니 내가 비꼬아서 생각하고
있는지 모른다. 나는 고쳐 생각하기로 했다. 그는 세무서장으로 만족하
고 있을까? 아마 만족하고 있을 게다. 그는 무진에 어울리는 사람이다.
아니, 나는 다시 고쳐 생각하기로 했다. 어떤 사람을 잘 안다는 것 ― 잘
아는 체한다는 것이 그 어떤 사람의 입장에서 보면 무척 불행한 일이다.
우리가 비난할 수 있고, 적어도 평가하려고 드는 것은 우리가 알고 있
는 사람에 한하는 것이기 때문이다.

　조는 러닝셔츠 바람으로, 바지는 무릎 위까지 걷어붙인 채 부채를 부

치고 있었다. 나는 그가 초라해 보였고, 그러나 그가 흰 커버를 씌운 회전의자 위에 앉아 있는 것을 자랑스러워하는 듯한 몸짓을 해 보일 때는 그가 가엾게 생각되었다.

"바쁘지 않나?"

내가 물었다.

"나야 뭐 하는 일이 있어야지. 높은 자리라는 건 책임진다는 말만 중얼거리고 있으면 되는 모양이지."

그러나 그는 결코 한가하지 않았다. 여러 사람들이 드나들면서 서류에 조의 도장을 받아 갔고, 더 많은 서류들이 그의 미결함(未決函)58에 쌓여졌다.

"월말에다가 토요일이 되어서 좀 바쁘다."

그는 말했다. 그러나 그의 얼굴은 그 바쁜 것을 자랑스럽게 여기고 있었다. 바쁘다. 자랑스러워할 틈도 없이 바쁘다. 그것은 서울에서의 나였다. 그만큼 여기는 생활한다는 것에 서투를 수 있다고나 할까? 바쁘다는 것도 서투르게 바빴다. 그리고 그때 나는, 사람이 자기가 하는 일에 서투르다는 것은, 그것이 무슨 일이든지 설령 도둑질이라고 할지라도 서투르다는 것은 보기에 딱하고 보는 사람을 신경질 나게 한다고 생각하였다. 미끈하게 일을 처리해 버린다는 건 우선 우리를 안심시켜 준다.

"참, 엊저녁, 하 선생이란 여자는 네 색싯감이냐?"

내가 물었다.

"색싯감?"

그는 높은 소리로 웃었다.

"내 색싯감이 그 정도로밖에 안 보이냐?"

그가 말했다.

"그 정도가 뭐 어때서?"

"야, 이 약아빠진 놈아, 넌 빽 좋고 돈 많은 과부를 물어 놓고, 기껏 내가 어디서 굴러온 줄도 모르는 말라빠진 음악 선생이나 차지하고 있으면 맘이 시원하겠다는 거냐?"

말하고 나서 그는 유쾌해 죽겠다는 듯이 웃어 대었다.

"너만큼만 사는 정도라면 여자가 거지라도 괜찮지 않아?"

내가 말했다.

"그래도 그게 아니다. 내 편에 나를 끌어 줄 사람이 없으면 처가 편에서라도 누가 있어야 하는 거야."

그가 대답했다. 그의 말투로는 우리는 공모자[59]였다.

"야, 세상 우습더라. 내가 고시에 패스하자마자 중매쟁이 막 들어오는데……. 그런데 그게 모두 형편없는 것들이거든. 도대체 여자들이 성기 하나를 밑천으로 해서 시집가 보겠다는 고 배짱들이 괘씸하단 말야."

"그럼 그 여선생도 그런 여자 중의 하나인가?"

---

59 공모자 : 범죄 구성 행위에 대한 모의를 함께 한 사람

"아주 대표적인 여자지. 어떻게나 쫓아다니는지 귀찮아 죽겠다."

"퍽 똑똑한 여자일 것 같던데."

"똑똑하기야 하지. 그렇지만 뒷조사를 해 보았더니 집안이 너무 허술해. 그 여자가 여기서 죽는다고 해도 고향에서 그 여자를 데리러 올 사람 하나 변변한 게 없거든."

나는 그 여자를 어서 만나 보고 싶었다. 나는 그 여자가 지금 어디서 죽어 가고 있는 것처럼 생각되었다. 어서 가서 만나 보고 싶었다.

"속도 모르는 박 군은 그 여자를 좋아한대."

그가 말하면서 빙긋 웃었다.

"박 군이?"

나는 놀라는 체했다.

"그 여자에게 편지를 보내어 호소를 하는데 그 여자가 모두 내게 보여 주거든. 박 군은 내게 연애편지를 쓰는 셈이지."

나는 그 여자를 만나 보고 싶은 생각이 싹 가셨다. 그러나 잠시 후엔 그 여자를 어서 만나 보고 싶다는 생각이 되살아났다.

"지난봄엔 그 여잘 데리고 절엔 한번 갔었지. 어떻게 해보려고 했는데, 요 영리한 게 결혼하기 전까지는 절대로 안 된다는 거야."

"그래서?"

"무안60만 당하고 말았지."

---

60 무안 : 당혹스럽거나 쑥스럽고 부끄러워 낯을 바로 들기가 어려움.

나는 그 여자에게 감사했다.

시간이 됐을 때 나는 그 여자와 만나기로 한, 읍내에서 좀 떨어진 바다로 뻗어 나가고 있는 방죽으로 갔다. 노란 파라솔 하나가 멀리 보였다. 그것이 그 여자였다. 우리는 구름이 낀 하늘 밑을 나란히 걸어갔다.

"저 오늘 박 선생님께 선생님께 관해서 여러 가지 물어봤어요."

"그래요?"

"무얼 제일 중요하게 물어보았을 것 같아요?"

나는 전연 짐작할 수가 없었다. 그 여자는 잠시 동안 키득키득 웃었다. 그리고 말했다.

"선생님의 혈액형을 물어봤어요."

"내 혈액형을요?"

"전 혈액형에 대해서 이상한 믿음을 가지고 있어요. 사람들이 꼭 자기의 혈액형이 나타내 주는…… 그, 생물책에 씌어 있지 않아요? …… 꼭 그 성격대로이기만 했으면 좋겠어요. 그럼 세상엔 손가락으로 꼽을 정도의 성격밖에 없을 게 아니에요?"

"그게 어디 믿음입니까? 희망이지."

"전 제가 바라는 것은 그대로 믿어 버리는 성격이에요."

"그건 무슨 혈액형입니까?"

"바보라는 이름의 혈액형이에요."

우리는 후텁지근한 공기 속에서 괴롭게 웃었다. 나는 그 여자의 프로필을 훔쳐보았다. 그 여자는 이제 웃음을 그치고 입을 꾹 다물고 그 커다란 눈으로 앞을 똑바로 응시하고 있었고, 코끝에 땀이 맺혀 있었다.

그 여자는 어린아이처럼 나를 따라오고 있었다. 나는 나의 한 손으로 그 여자의 한 손을 잡았다. 그 여자는 놀라는 듯했다. 나는 얼른 손을 놓았다. 잠시 후에 나는 다시 손을 잡았다.

그 여자는 이번엔 놀라지 않았다. 우리가 잡고 있는 손바닥과 손바닥의 틈으로 희미한 바람이 새어 나가고 있었다.

"무작정 서울에만 가면 어떻게 할 작정이오?"

내가 물었다.

"이렇게 좋은 오빠가 있는데 어떻게 해 주겠지요."

여자는 나를 쳐다보며 방긋 웃었다.

"신랑감이야 수두룩하긴 하지만…… 서울보다는 고향에 가 있는 게 낫지 않을까요?"

"고향보다는 여기가 나아요."

"그럼 여기 그대로 있는 게……."

"아이, 선생님. 절 데리고 가시잖을 작정이시군요."

여자는 울상을 지으며 내 손을 뿌리쳤다. 사실 나는 내 자신을 알 수 없었다. 사실 나는 감상(感傷)61이나 연민으로써 세상을 향하는 나이도 지난 것이다. 사실 나는, 몇 시간 전에 조가 얘기했듯이 '빽이 좋고 돈 많은 과부'를 만난 것을 반드시 바랐던 것은 아니지만 결과적으로는 잘되었다고 생각하고 있는 사람인 것이다.

---

61 감상 : 사물에 대해 느낀 바가 있어 마음속으로 슬퍼하거나 아파함.

나는 내게서 달아나 버렸던 여자에 대한 것과는 다른 사랑을 지금의 내 아내에 대하여 갖고 있었다. 그러면서도 나는 구름이 끼어 있는 하늘 밑의 바다로 뻗은 방죽 위를 걸어가면서, 다시 내 곁에 선 여자의 손을 잡았다. 나는 지금 우리가 찾아가고 있는 집에 대하여 여자에게 설명해 주었다.

　어느 해, 나는 그 집에서 방 한 칸을 얻어 들고 더러워진 나의 폐(肺)를 씻어 내고 있었다. 어머니도 세상을 떠나간 뒤였다. 이 바닷가에서 보낸 일 년. 그때 내가 쓴 모든 편지들 속에서 사람들은 '쓸쓸하다'라는 단어를 쉽게 발견할 수 있었다. 그 단어는 다소 천박하고 이제는 사람의 가슴에 호소해 오는 능력도 거의 상실해 버린 사어(死語)62 같은 것이지만, 그러나 그 무렵의 내게는 그 말밖에 써야 할 말이 없는 것처럼 생각되었었다. 아침의 백사장을 거니는 산보에서 느끼는 시간의 지루함과, 낮잠에서 깨어나서 식은땀이 줄줄 흐르는 이마를 손바닥으로 닦으며 느끼는 허전함과, 깊은 밤에 악몽으로부터 깨어나서 쿵쿵 소리를 내며 급하게 뛰고 있는 심장을 한 손으로 누르며 밤바다의 그 애처로운 울음소리에 귀를 기울이고 있을 때의 안타까움, 그런 것들이 굴 껍데기처럼 다닥다닥 붙어서 떨어질 줄 모르는 나의 생활을 나는 '쓸쓸하다'라는, 지금 생각하면 허깨비 같은 단어 하나로 대신시켰던 것이다. 바다는 상상도 되지 않는 먼지 낀 도시에서, 바쁜 일과 중에, 무표정한 우편배달부

---

62 사어 : 이전에는 사용되었으나 현재에는 쓰이지 않게 된 낱말

가 던져 주고 간 나의 편지 속에서 '쓸쓸하다'라는 말을 보았을 때 그 편지를 받은 사람이 과연 무엇을 느끼거나 상상할 수 있었을까? 그 바닷가에서 그 편지를 내가 띄우고 도시에서 내가 그 편지를 받았다고 가정할 경우에도 내가 그 바닷가에서 그 단어에 걸어 보던 모든 것에 만족할 만큼 도시의 내가 바닷가의 나의 심경63에 공명할64 수 있었을 것인가? 아니 그것이 필요하기나 했었을까? 그러나 정확하게 말하자면, 그 무렵 편지를 쓰기 위해서 책상 앞으로 다가가고 있던 나도, 지금에 와서 내가 하고 있는 바와 같은 가정과 질문을 어렴풋이나마 하고 있었고, 그 대답을 '아니다'로 생각하고 있었던 듯하다. 그러면서도 그는 그 속에 '쓸쓸하다'라는 단어가 쓰인 편지를 썼고, 때로는 바다가 암청색(暗靑色)65으로 서투르게 그려진 엽서를 사방으로 띄웠다.

"세상에서 제일 먼저 편지를 쓴 사람은 어떤 사람이었을까요?"

내가 말했다.

"아이, 편지, 정말 편지를 받는 것처럼 기쁜 일은 없어요. 정말 누구였을까요? 아마 선생님처럼 외로운 사람이었겠죠?"

여자의 손이 내 손안에서 꼼지락거렸다. 나는 그 손이 그렇게 말하고 있는 듯한 느낌이 들었다.

---

63 심경 : 마음의 상태
64 공명하다 : 깊이 동감하여 함께 하려는 생각을 갖다.
65 암청색 : 검푸른 빛

"그리고 인숙이처럼."

내가 말했다.

"네."

우리는 서로 고개를 돌려 마주 보며 웃음 지었다.

우리는 우리가 찾아가는 집에 도착했다. 세월이 그 집과 그 집 사람들만은 피해서 지나갔던 모양이다. 주인들은 나를 옛날의 나로 대해 주었고, 그러자 나는 옛날의 내가 되었다. 나는 가지고 온 선물을 내놓았고, 그 집 주인 부부는 내가 들어 있던 방을 우리에게 제공해 주었다. 나는 그 방에서 여자의 조바심을, 마치 칼을 들고 달려드는 사람으로부터 누군가 자기의 손에서 칼을 빼앗아 주지 않으면 상대편을 찌르고 말 듯한 절망을 느끼는 사람으로부터 칼을 빼앗듯이 그 여자의 조바심을 빼앗아 주었다. 그 여자는 처녀가 아니었다. 우리는 다시 방문을 열고 물결이 다소 거센 바다를 내어다보며 오랫동안 말없이 누워 있었다.

"서울에 가고 싶어요. 단지 그거뿐예요."

한참 후에 여자가 말했다.

나는 손가락으로 여자의 볼 위에 의미 없는 도화66를 그리고 있었다.

"세상엔 착한 사람이 있을까?"

나는 방으로 불어오는 해풍 때문에 불이 꺼져 버린 담배에 다시 불을 붙이며 말했다.

66 도화 : 그림과 도안을 아울러 이르는 말

"절 나무라시는 거죠? 착하게 보아 주려는 마음이 없으면 아무도 착하지 않을 거예요."

나는 우리가 불교도(佛敎徒)[67]라고 생각했다.

"선생님은 착한 분이세요?"

"인숙이가 믿어 주는 한."

나는 다시 한 번 우리가 불교도라고 생각했다.

여자는 누운 채 내게 조금 더 다가왔다.

"바닷가로 나가요, 네? 노래 불러 드릴게요."

여자가 말했다. 그러나 우리는 일어나지 않았다.

"바닷가로 나가요, 네? 방이 너무 더워요."

우리는 일어나서 밖으로 나왔다. 우리는 백사장을 걸어서 인가가 보이지 않는 바닷가의 바위 위에 앉았다. 파도가 거품을 숨겨 가지고 와서 우리가 앉아 있는 바위 밑에 그것을 뿜어 놓았다.

"선생님."

여자가 나를 불렀다. 나는 여자 쪽으로 고개를 돌렸다.

"자기 자신이 싫어지는 것을 경험하신 적이 있으세요?"

여자가 꾸민 명랑한 목소리로 물었다. 나는 기억을 헤쳐 보았다. 나는 고개를 끄덕이며 말했다.

"언젠가 나와 함께 자던 친구가 다음 날 아침에 내가 코를 골면서 자

---

67 불교도 : 불교를 믿는 사람

더라는 것을 알려 주었을 때였지. 그땐 정말이지 살맛이 나지 않았어."

나는 여자를 웃기기 위해서 그렇게 말했다. 그러나 여자는 웃지 않고 조용히 고개만 끄덕거렸다.

한참 후에 여자가 말했다.

"선생님, 저 서울에 가고 싶지 않아요."

나는 여자의 손을 달라고 하여 잡았다. 나는 그 손을 힘을 주어 쥐면서 말했다.

"우리 서로 거짓말은 하지 말기로 해."

"거짓말이 아니에요."

여자는 방긋 웃으면서 말했다.

"'어떤 갠 날' 불러 드릴게요."

"그렇지만 오늘은 흐린걸."

나는 '어떤 갠 날'의 그 이별을 생각하며 말했다. 흐린 날엔 사람들은 헤어지지 말기로 하자. 손을 내밀고 그 손을 잡는 사람이 있으면 그 사람을 가까이, 가까이 좀 더 가까이 끌어당겨 주기로 하자. 나는 그 여자에게 '사랑한다'고 말하고 싶었다. 그러나 '사랑한다'라는 그 국어(國語)의 어색함이 그렇게 말하고 싶은 나의 충동을 쫓아 버렸다.

우리가 바닷가에서 읍내로 돌아온 것은 저녁의 어둠이 밀려든 뒤였다. 읍내에 들어오기 조금 전에 우리는 방죽 위에서 키스를 했다.

"전 선생님께서 여기 계시는 일주일 동안만 멋있는 연애를 할 계획이니까 그렇게 알고 계세요."

헤어지면서 여자가 말했다.

"그렇지만 내 힘이 더 세니까 별수 없이 내게 끌려서 서울까지 가게 될걸."

내가 말했다.

집으로 돌아와서 나는 후배인 박이 낮에 다녀간 것을 알았다. 그는 내가 '무진에 계시는 동안 심심하시지 않을까 하여 읽으시라.'고 책 세 권을 두고 갔다. 그가 저녁에 다시 오겠다고 하더라는 얘기를 이모가 내게 했다. 나는 피로를 핑계로 아무도 만나기 싫다는 뜻을 이모에게 알려 두었다. 이모는 내가 바닷가에서 아직 돌아오지 않았다고 대답하겠다 말했다. 나는 아무것도 생각하고 싶지 않았다, 아무것도. 나는 이모에게 소주를 사오게 하여 취해서 잠이 들 때까지 마셨다. 새벽녘에 잠깐 잠이 깨었다. 나는 이유를 집어 낼 수 없이 가슴이 두근거렸는데 그것은 불안이었다. '인숙이' 하고 나는 중얼거려 보았다. 그리고 곧 다시 잠이 들어 버렸다.

당신은 무진을 떠나고 있습니다

나는 이모가 나를 흔들어 깨워서 눈을 떴다. 늦은 아침이었다. 이모는 전보 한 통을 내게 건네주었다. 엎드려 누운 채 나는 전보를 펴 보았다. '27일회의참석필요, 급상경바람 영.', '27일'은 모레였고 '영'은 아내였다. 나는 아프도록 쑤시는 이마를 베개에 대었다. 나는 숨을 거칠게 쉬고 있었다. 나는 내 호흡을 진정시키려고 했다.

아내의 전보가 무진에 와서 내가 한 모든 행동과 사고(思考)를 내게 점점 명료하게 드러내 보여 주었다. 모든 것이 선입관68 때문이었다. 결국 아내의 전보는 그렇게 얘기하고 있었다. 나는 아니라고 고개를 저었다. 모든 것이, 흔히 여행자에게 주어지는 그 자유 때문이라고 아내의 전보는 말하고 있었다. 나는 아니라고 고개를 저었다. 모든 것이 세월에 의하여 내 마음속에서 잊힐 수 있다고 전보는 말하고 있었다.

그러나 상처가 남는다고, 나는 고개를 저었다. 오랫동안 우리는 다투었다. 그래서 전보와 나는 타협안을 만들었다. 한 번만, 마지막으로 한 번만 이 무진을, 안개를, 외롭게 미쳐 가는 것을, 유행가를, 술집 여자의 자살을, 배반을, 무책임을 긍정하기로 하자. 마지막으로 한번만이다. 꼭 한 번만, 그리고 나는 내게 주어진 한정된 책임 속에서만 살기로 약속한다. 전보여, 새끼손가락을 내밀어라. 나는 거기에 내 새끼손가락을 걸어서 약속한다. 우리는 약속했다.

그러나 나는 돌아서서 전보의 눈을 피하여 편지를 썼다.

'갑자기 떠나게 되었습니다. 찾아가서 말로써 오늘 제가 먼저 가는 것을 알리고 싶었습니다만, 대화란 항상 의외의 방향으로 나가 버리기를 좋아하기 때문에 이렇게 글로써 알리는 것입니다. 간단히 쓰겠습니다. 사랑하고 있습니다. 왜냐하면 당신은 제 자신이기 때문에, 적어도 제가 어

---

68 선입관 : 어떤 사람이나 사물, 또는 주의나 주장에 대하여, 직접 경험하기 전에 이미 마음속에 형성된 고정 관념이나 견해

렴풋이나마 사랑하고 있는 옛날의 저의 모습이기 때문입니다. 저는 옛날의 저를 오늘의 저로 끌어다 놓기 위하여 갖은 노력을 다하였듯이 당신을 햇볕 속으로 끌어 놓기 위하여 있는 힘을 다할 작정입니다. 저를 믿어 주십시오. 그리고 서울에서 준비가 되는 대로 소식 드리면 당신은 무진을 떠나서 제게 와 주십시오. 우리는 아마 행복할 수 있을 것입니다.'

쓰고 나서 나는 그 편지를 읽어 봤다. 또 한 번 읽어 봤다. 그리고 찢어 버렸다.

덜컹거리며 달리는 버스 속에 앉아서 나는, 어디쯤에선가, 길가에 세워진 하얀 팻말을 보았다. 거기에는 선명한 검은 글씨로 '당신은 무진읍을 떠나고 있습니다. 안녕히 가십시오.'라고 씌어 있었다.

나는 심한 부끄러움을 느꼈다.

선생님이 들려주는 그 시절 이야기

서연 : 안녕하세요, 선생님. 오늘은 저희가 김승옥의 「무진기행」을 읽고 왔어요. 이 작품에 관한 얘기를 들려주세요.

선생님 : 어서 오너라. 작품을 읽고 어떤 생각이 들었니?

서연 : 처음에 '무진기행'이란 제목을 보고 여행을 소재로 한 이야기인가 했는데 예상이 맞았어요. 주인공이 고향을 갔다가 서울로 다시 돌아오는 내용인데, 그리 밝고 즐거운 여행은 아니었던 것 같아요.

선생님 : 어떤 성격의 여행이었다고 이해했니?

서연 : 주인공의 어떤 내적 갈등이나 고민과 연관돼 있는 거 같은데, 뭐라고 설명해야 될지 잘 모르겠어요.

선생님 : 그럼, 오늘은 그 문제를 중심으로 이야기해 보면 되겠구나. 그전에 태환이의 소감도 들어 보자.

태환 : 저는 주인공의 고향으로 나오는 무진이 인상 깊었어요. 안개가 명물인 고장이라고 하는데, 그 안개가 낀 풍경과 분위기가 아주 특이했어요. 그런데 무진이란 곳이 실제로 존재하는 장소인가요?

선생님 : 작가의 고향인 순천만을 모델로 삼았다고 볼 수 있지만, 실재하는 지명은 아니야. 작가가 독특한 분위기의 공간을 설정하기 위해 상상해 낸 곳이지. 안개가 많이 끼는 포구라는 이름을 붙여

서 말이야.

태환 : 작가가 무진이란 장소를 통해 어떤 상징적인 의미를 담아내려고 한 거네요?

선생님 : 맞아. 그걸 잘 파악하는 게 작품을 이해하는 데 도움이 되지. 너희들은 무진을 어떤 곳이라고 생각했니?

서연 : 음……, 서울과 대비되는 곳인 거 같아요. 작품을 보면, 서울은 사회적 성공이나 출세와 관련된 측면이 중요하게 부각되는 거 같아요. 고향 사람들이 주인공을 두고 서울 가서 출세했다고 수군거리고, 여행 중인 지금도 처가 덕에 전무 승진을 앞두고 있는 걸로 나오잖아요?

이에 비해 무진은 젊은 시절의 순수함을 떠올리게 해요. 가령 그건 후배 '박'이 독서광이었던 주인공의 학창 시절을 기억하고 아직도 존경하는 걸 보면 알 수 있어요.

선생님 : 잘 봤어. 서울이 부와 성공 등의 현실적 가치가 중시되는 세속적인 공간이라면, 무진은 때 묻지 않은 청년기의 순수함과 관련된 공간이라고 볼 수 있지.

태환 : 그런데 한 가지 의문이 들어요. 무진이 순수함을 나타내는 공간인데, 한편으론 왜 그렇게 비현실적이면서 어둡고 우울한 곳으로 묘사되나요?

선생님 : 어떤 부분에서 그렇게 느꼈니?

태환 : 여러 대목에서 그랬는데, 대표적으로는 무진의 명물이라는 안개의 이미지를 들 수 있을 거 같아요.

작품에서 안개를 묘사한 대목을 보면, 마치 이승에 한이 있어서 매일 밤 찾아오는 여귀가 뿜어 내놓은 입김 같다고 하고, 밤사이에 진주해 온 적군들처럼 무진을 둘러싸서 주위의 산들도 유배당해 없어져 버린다고 나와요.

안개 낀 풍경에 대한 묘사가 아주 독특한데, 뭔가 꿈속처럼 아득하고 기괴하면서 세상으로부터 철저히 격리된 곳이라는 느낌을 줬어요.

선생님 : 그래. 불투명한 안개는 고정된 실체가 없으면서도 모든 걸 차단하고 가둬 버리지. 그래서 안개는 흔히 단절과 유폐, 혼돈과 불안의 상태를 암시해. 그럼 무진은 왜 이렇게 암울한 안개의 이미지로 표현되는 걸까?

서연 : 그건 주인공의 젊은 시절 체험과 연관돼 있는 거 같아요.

선생님 : 자세히 말해 볼래?

서연 : 무진은 과거에 주인공이 서울에서의 실패로부터 도망해야 할 때거나 무언가 새 출발이 필요할 때 내려갔던 곳으로 나와요.

구체적으로 전쟁기에는 징병을 피해 어머니에 의해 골방에 갇혀 있었고, 폐병에 걸렸을 때는 혼자 바닷가 방에서 요양하며 지냈어요. 그리고 4년 전에는 실연과 실직을 겪은 후 실의에 빠져 내려갔었고요.

그때의 기억들은 골방에서의 공상과 불면, 수음과 담배꽁초, 초조함, 미쳐간다는 느낌 등으로 연상되는 것들이에요. 굉장히 어두운 체험들이었죠.

그런 고립감이나 혼란스러운 내면세계의 분위기를 암시하는 것이 안개의 이미지인 거 같아요.

선생님 : 그래, 잘 봤어. 주인공에게 무진은 밝고 따뜻한 고향과는 거리가 멀지. 그보다는 가난과 병고, 소외와 좌절감에 시달리던 암울한 공간이었어.

태환 : 그러니까 무진은 주인공이 좌절하거나 새 출발이 필요할 때 내려온 곳이고, 그곳에서 정신적인 혼란과 방황을 겪으며 번민했다고 볼 수 있겠네요?

선생님 : 맞아. 젊은 시절에 순수를 지향했지만 현실의 벽에 부딪혀 좌절하고, 이상과 현실, 순수와 세속 사이에서 방황하고 갈등했던 거지.

서연 : 선생님의 말씀을 듣고 보니, 이번 여행도 그런 관점에서 이해할 수 있을 거 같아요.

선생님 : 어서 말해 보렴.

서연 : 이번 무진행에서도 주인공은 이상과 현실 사이에서 갈등하는 모습을 보여요. 서울이라는 현실에서 떨어져 나와서 자기의 삶을 되돌아보며 고민하게 된 거 같아요.

가령 주인공이 어머니 산소에 갔을 때 장인 영감을 떠올리고는 묘 속에 들어가고 싶다고 하잖아요? 장인이 자신의 승진을 위해 사람들을 찾아다니며 거짓 웃음을 짓는 장면이 연상돼서요. 너무 세속화되어 가는 자신에게 부끄러움을 느끼고 있는 걸로 이해됐어요.

선생님 : 그래, 잘 봤어. 그런 장면은 주인공이 무진으로 오면서 젊은 날의 순수한 내면을 되찾고 내적 갈등을 겪게 된 걸로 이해할 수 있지. 무진으로의 여행이 의식의 변화를 가져왔다고 할 수 있어. 하인숙과의 만남도 같은 맥락에서 이해할 수 있어. 주인공이 하인숙을 사랑하게 되는데, 그 이유가 뭐지?

태환 : 주인공이 하인숙에게 썼다 찢어버린 편지에 나오는데, 그녀가 옛날의 자기 모습이기 때문이라고 했어요.

선생님 : 어떤 면에서 옛날의 자기 모습이라고 했을까?

태환 : 음……, 그건 하인숙의 방황하는 모습을 말하는 거 같아요. 하인숙은 속물인 '조'와 순수한 '박', 이 둘 중에 어느 쪽도 선택하지 못하고 방황하잖아요?

선생님 : 맞아. 그런 면이 젊은 시절 자신이 현실과 이상 사이에서 갈등하던 모습과 닮았다는 거지.

서연 : 그런 그녀를 사랑하게 되고 서울로 데려갈 생각까지 한다는 건 주인공이 과거 순수했던 시절의 마음을 회복했다는 뜻이군요?

선생님 : 그래 맞아.

태환 : 그런데 결말에서 주인공은 아내의 전보를 받자 서둘러 서울로 올라가 버리잖아요? 잠시 고민하며 하인숙에게 편지를 쓰기도 하지만 결국 찢어버리고요. 그건 주인공이 순수보다는 다시 세속적인 현실을 선택했다는 뜻인 거죠? 주인공은 왜 그렇게 한 건가요?

선생님 : 그런 뜻으로 해석할 수 있지. 사실 이기적 욕망과 경쟁이 지배

하는 현실에서 순수를 지킨다는 건 힘든 일이야. 안타깝지만 주인공의 선택이 현실에 적응해 살아가는 현대인들의 일반적인 모습에 가깝다고 할 수 있지.

서연 : 그렇다고 주인공이 무조건 순수와 이상을 버리고 세속적 현실을 선택했다고 할 순 없지 않나요? 주인공은 서울로 올라가며 '심한 부끄러움'을 느끼잖아요? 어머니 산소에서처럼요.

선생님 : 그래, 맞아. 그렇게 부끄러움을 느낀다는 건 속물로 살아가는 일을 어쩔 수 없다고 합리화하거나 수긍하지는 않는다는 걸 알려주지.

결국 이런 결말은 타락한 현실 속에서 현대인들이 보이는 무기력한 태도를 드러내면서, 동시에 속물화되는 자아를 반성적으로 자각하는 정신도 보여준다고 할 수 있겠지.

태환 : 잘 알겠습니다. 작품 이야기를 하고 보니, 진정한 삶의 태도에 대해 많은 생각을 하게 되네요.

서연 : 네, 저도요. 오늘도 좋은 말씀 감사합니다!